cDv
DRESSLER

Sabine Neuffer

LINA
mit dem Katzenauge

Cecilie Dressler Verlag · Hamburg

Von Sabine Neuffer sind
im Cecilie Dressler Verlag erschienen:
Das Papa-Projekt
Das Oma-Projekt
Lina mit dem Katzenauge

FSC
Mix
Produktgruppe aus vorbildlich
bewirtschafteten Wäldern und
anderen kontrollierten Herkünften

Zert.-Nr. GFA-COC-1223
www.fsc.org
© 1996 Forest Stewardship Council

Einband von Sabine Völkers
Satz: Dörlemann Satz, Lemförde
Druck und Bindung: Clausen & Bosse, Leck
Printed in Germany 2008
ISBN 978-3-7915-1413-0

www.cecilie-dressler.de

1. Kapitel

Dass Lina ein wenig anders war als alle anderen Menschen, merkte sie zum ersten Mal an ihrem zehnten Geburtstag. Es war ein Mittwoch im Februar, ein kalter und grauer Tag. Vom Himmel fielen dicke Schneeflocken, die auf dem Pflaster zu einem breiigen Matsch zerschmolzen und zu Pfützen verschwammen, in denen sich die Lichter der Straße spiegelten.
»Brrr«, machte Linas Mutter, als sie endlich das Café betraten, in dem sie mit der Großmutter verabredet waren. »Was für ein scheußliches Wetter!« Sie nahm den Regenschirm herunter und schüttelte ihn aus.
Lina schob ihre Kapuze zurück und sah sich um. Ihre Oma war anscheinend noch nicht da.
»Guck mal, wir haben Glück. Da drüben ist ein Tisch am Fenster frei.« Linas Mutter steuerte darauf zu, lud die vielen Einkaufstaschen auf einen Stuhl und half Lina aus dem Anorak. »Heute darfst du so viel Kuchen essen, bis du platzt«, sagte sie, als sie endlich saßen.
Lina lachte. Plötzlich war der Tag warm und hell und süß. Die Luft duftete nach Schokolade und Mamas Augen blitzten himmelblau. Wie immer, wenn sie glücklich war.

»Kakao und Schokoladentorte«, sagte Lina. »Die mit den kleinen Marzipanmohrrüben drauf.«
»Nanu?« Mamas Augen wurden rund. »Du magst doch kein Marzipan.«
»Eben. Da kann ich die Mohrrübe aufheben, als Andenken. Schließlich ist heute ein besonderer Tag. Ich bin zweistellig!«
Erst guckte ihre Mutter etwas verdutzt, aber dann lachte sie so laut, dass ein paar alte Damen sich mit missmutigen Gesichtern nach ihr umdrehten.
Doch bevor Lina sich über sie ärgern konnte, kam ihre Oma auf sie zugesegelt, wie eine Fregatte auf hoher See. Ihr weißes Wintercape wehte um sie her, ihre Augenlider glitzerten silbrig, ihre Lippen leuchteten knallrot und auf ihrem gelbblonden Haar thronte ein verwegenes Hütchen. »Mein liebes, liebes Geburtstagskind!« Lina verschwand unter dem feuchten Cape. »Ich wünsche dir alles Gute und Schöne!« Sie zauberte ein kleines Päckchen hervor, legte es vor Lina auf den Tisch und zwinkerte ihr zu. »Klein, aber fein!«
Lina riss die rosa Schleife auf. Ob das die Uhr war, die sie sich so sehr gewünscht hatte? Die mit den Klimperherzchen am Armband?
Sie war es! In Silber und Pink, *genau* wie sie sie sich gewünscht hatte. »Oma!« Lina fiel ihrer Großmutter um den Hals. »Danke! Tausendundtausendmal danke!«
Während Mama ihr half, die Uhr umzulegen, kam die Kellnerin an den Tisch.
»Für mich einen Milchkaffee und ein Joghurttörtchen«, sagte Oma.

Linas Mutter bestellte für Lina und sich selbst, und als die Kellnerin schon gehen wollte, fiel Oma noch etwas ein: »Und zwei Gläser Sekt für meine Tochter und mich. Wir haben etwas zu feiern, meine Enkelin ist nämlich heute zehn geworden.«

»Mama!« Linas Mutter rollte mit den Augen. »Musste das sein?«

»Aber ja! Eigentlich sollten wir eine Wagenladung Champagner bestellen! Oder hättest du vor zehn Jahren gedacht, dass wir hier heute sitzen und Linas Geburtstag feiern würden?«

Linas Mutter schüttelte den Kopf und ihre Augen waren einen Moment lang gar nicht mehr himmelblau, sondern dunkel und trüb.

»Wieso denn nicht?«, fragte Lina. »Was war denn?«

Ihre Mutter lächelte sie an. »Jetzt, nachdem du zweistellig bist, können wir es dir wohl erzählen. Bisher habe ich es dir immer verschwiegen, weil ich nicht wollte, dass du dich schwächer und zerbrechlicher fühlst als andere Kinder. Ich dachte, wenn du es wüsstest, dann ...«

»Mama!« Jetzt rollte Lina mit den Augen. »Kannst du mal zur Sache kommen?«

Ihre Mutter zögerte und nickte der Großmutter zu. »Erzähl du es ihr.«

Die sah ihre Tochter verwundert an. »Was hast du nur? Geht dir das immer noch so nah?«

»Ja, was denn, verdammt noch mal?«, rief Lina ungeduldig.

»Du sollst nicht fluchen, Lina, du weißt, dass ich das nicht mag«, sagte ihre Großmutter streng. Aber dann wurde ihre

Stimme weich. »Weißt du, als du geboren wurdest, warst du sehr klein und schwach. Zweitausend Gramm hast du nur gewogen und eigentlich warst du noch gar kein richtig fertiges Baby. Ich weiß nicht, warum du es so eilig hattest, auf die Welt zu kommen. Jedenfalls musstest du die ersten Wochen in einem Brutkasten liegen, deine Mama konnte dich nicht mit nach Hause nehmen. Wir hatten große Angst um dich und ...«

»Und ich habe nicht geglaubt, dass du es schaffst«, sagte Linas Mutter mit einer Stimme, die klang, als würden ihr gleich die Tränen kommen.

»Aber ich hab's doch geschafft«, rief Lina. »Da brauchst du doch jetzt nicht mehr zu weinen!«

»Das meine ich aber auch«, sagte ihre Großmutter und genau in diesem Moment kam die Kellnerin und stellte zwei Sektgläser auf den Tisch und eine gelbe, brennende Kerze. Dann legte sie ein kleines Marzipanherz vor Lina auf die Tischdecke. Darauf stand mit Schokolade geschrieben *Herzlichen Glückwunsch* und es war in eine durchsichtige Plastikschachtel verpackt.

Lina freute sich. Das war auch ein prima Andenken, sie mochte Marzipan wirklich nicht. Das Herz konnte sie bis zu ihrem 100. Geburtstag aufheben.

Ihre Oma hob ihr Glas. »Auf unser Linchen.«

Linas Mutter prostete Lina zu. »Auf meine Große«, sagte sie und ihre Augen waren feucht. Sie trank das ganze Glas auf einmal aus. »Diese Wochen damals«, sagte sie, »waren die schlimmsten meines Lebens. Ich konnte dich immer nur in diesem Glaskasten angucken und ab und zu ein bisschen streicheln, aber mehr erlaubten sie mir nicht. Immer wenn ich aus dem Krankenhaus wegging, habe ich mir die Augen aus dem Kopf geweint.«

»Bis ich es nicht mehr mit ansehen konnte«, ergänzte Linas Großmutter. »Eines Tages habe ich sie von der Kinderstation weggezerrt und bin mit ihr hierhergegangen. Sie musste doch mal etwas Schönes haben!«

»Genau an diesem Tisch haben wir gesessen«, erzählte Linas Mutter weiter. »Oma hat ein riesiges Stück Sahnebaisertorte gegessen. Ich habe ihr zugeguckt und kriegte keinen Bissen herunter. ›Wenn sie überlebt‹, habe ich Oma damals gefragt, ›meinst du, sie wird normal?‹«

»›Und wenn nicht?‹, habe ich gesagt«, sagte Oma. »›Hast du sie dann weniger lieb?‹«

Linas Mutter lächelte, immer noch meerblau, mit Tränen in den Wimpern. »Natürlich hätte ich dich nicht weniger lieb gehabt. Aber ich bin sehr, sehr glücklich, dass du ein ganz normales, gesundes Kind geworden bist.«

»Wie lange hat das denn gedauert, bis ich normal war?«, fragte Lina, die diese Geschichte nur mäßig interessant fand, obwohl es natürlich gut war zu wissen, welch ein schweres Schicksal sie schon hinter sich hatte.

»Sechs Wochen«, sagte ihre Mutter. »Mir kamen sie damals vor wie sechs Jahre.«

Da kam endlich der Schokoladenkuchen. Und der Kakao. Und Kaffee für die Großen. So ganz verstand Lina diese Aufregung nicht. Mama brauchte doch jetzt nicht mehr traurig zu sein, es war schließlich alles gut ausgegangen. Also! Lina versenkte ihre Gabel in das Kuchenstück. Wie das duftete! Und wie es auf der Zunge zerging, weich und süß.

»Was habt ihr denn eingekauft?«, erkundigte sich ihre Großmutter und spülte ein Häppchen Joghurttörtchen mit einem Schluck Kaffee hinunter.

»Ganz tolle Sachen!« Lina vergaß für einen Moment ihren Kuchen. »Eine Glitzerjeans! Und einen MP3-Player. Und ich durfte mir *fünf* Bücher aussuchen!« Sie grinste. »Ich habe natürlich die dicksten genommen.«

Ihre Großmutter lachte. »Sie kommt ganz nach dir, Chris. Du warst auch immer eine Leseratte. Weißt du noch, damals in Dänemark, als wir im Urlaub waren und du nichts mehr zu lesen hattest ...«

Lina hörte nur noch mit halbem Ohr zu. Sie aß ihren Kuchen, trank ihren Kakao aus und lehnte sich zurück. Sie war müde. Es war ein langer Tag gewesen. Sechs Stunden in der Schule, dann hatte Mama sie abgeholt und sie waren gar nicht erst nach Hause gefahren, sondern gleich einkaufen gegangen. Tausendmal, so kam es Lina jetzt vor, hatte sie sich aus- und angezogen, um neue Sachen zu probieren, und immer wieder waren sie durch das nasskalte Schneegestöber in einen anderen Laden gehetzt. Es hatte Spaß gemacht, aber jetzt, hier in der Wärme, fielen ihr fast die Augen zu.

Was, zum Teufel, ist nur mit ihr los?, hörte sie ihre Großmutter plötzlich sagen.

Lina riss die Augen auf. Oma fluchte? Aber nein, sie lächelte ganz lieb und bestellte sich gerade noch einen Milchkaffee.

Doch während sie noch mit der Kellnerin sprach, hörte Lina es ganz deutlich: *Irgendetwas ist hier ganz und gar nicht in Ordnung! Chris hat doch sonst nicht so nah am Wasser gebaut. Oder … ist sie am Ende wieder schwanger?*
Lina sah ihre Mutter neugierig an. Die winkte freundlich ab. »Danke, ich habe noch genug.« Aber dann hörte Lina wieder etwas, diesmal aus ihrer Richtung: *Noch einen Kaffee! Das dauert ja ewig hier! Ich will nach Hause. Wo Gert jetzt wohl ist? Ob er wenigstens heute einmal früher nach Hause kommt?* Das klang verzweifelt und irgendwie seltsam, flach und wie mit einem Nachhall, gar nicht wie die richtige Stimme ihrer Mutter, obwohl sie es war. Aber es hörte sich an, als sei sie ganz weit weg.
»Du hast noch kaum etwas von eurem Urlaub erzählt, wie war es denn?«, fragte Linas Oma jetzt. Ihre Stimme klang ganz nah und so wie immer.
Furchtbar, hörte Lina Mamas ferne Stimme und dann, wieder ganz nah: »Wenn man hier aus dem Fenster guckt, kann man sich gar nicht vorstellen, dass irgendwo anders die Sonne scheint. Aber es war herrlich, wir haben jeden Tag gebadet und …« *… und uns die tropischen Nächte mit immer den gleichen Auseinandersetzungen um die Ohren geschlagen …* »abends gab es die tollsten Büfetts, jedes Mal wurde nach einer anderen Landesküche gekocht, mal taiwanesisch, mal italienisch, mal indisch …«
Lina spielte mit ihrem neuen Uhrenarmband. Die Erzählungen aus dem Urlaub, den ihre Eltern gerade verbracht hatten, kannte sie zur Genüge. Und sie fand das alles nicht besonders spannend, sondern eher eine Riesengemeinheit. Plötzlich wa-

ren sie abgedüst, mitten in der Schulzeit, und hatten Lina einfach für zwei lange Wochen mit Tante Agnes, ihrer Tagesmutter, allein gelassen. Der hatte das auch nicht gepasst, denn eigentlich kam sie nur noch an zwei Tagen in der Woche, dienstags und donnerstags, wenn Mama bis abends arbeitete.

Sie verschweigt mir etwas, hörte Lina die Stimme ihrer Oma, auch die jetzt mit diesem merkwürdigen Hall. Und dann, nah und wie immer: »Wir sollten mal zahlen. Ich lade euch ein.«

Gott sei Dank! Ich hätte dieses Theater keinen Augenblick länger ausgehalten, hörte Lina ihre Mutter und gleichzeitig: »Es war schön, dass du Zeit hattest. Wir sollten das öfter machen.«

Dummes Geschwätz! Sie ist doch froh, dass ich so gut beschäftigt bin. Sie hat doch auch nie Zeit.

Lina zuckte zusammen. Was hörte sie da bloß? Das konnte doch nicht ihre Oma gewesen sein, auch wenn es geklungen hatte wie sie. Oder fast so geklungen hatte. Denn jetzt sagte sie mit ihrer ganz normalen Stimme: »Gern. Ruf mich einfach an, wenn du Zeit hast.« Und dazu lächelte sie freundlich.

Verwirrt und müde trottete Lina hinter ihrer Mutter her zum Auto. Auf der Rückfahrt lullte das gleichmäßige Surren der Scheibenwischer sie ein, bis …

Mist! Ich habe vergessen, die Sachen aus der Reinigung abzuholen, hörte sie plötzlich. *Na, das mache ich morgen früh, noch vor der Arbeit. Dieser blöde Urlaub hat mich völlig aus dem Tritt gebracht. Und geändert hat er gar nichts. Gert ist gestern wieder erst um zehn nach Hause gekommen. Vielleicht stimmt es ja, dass er so viel aufzuarbeiten hat, was in den letzten vierzehn Tagen liegen geblieben ist, aber …*

Lina hielt den Atem an und machte sich auf dem Rücksitz ganz klein.
... wie soll ich ihm das noch glauben? Andererseits – hinter ihm herzuspionieren wäre doch wirklich das Letzte und ich habe ja auch versprochen, ihm zu vertrauen ...
»Mama?«
Ihre Mutter blickte in den Rückspiegel. »Ja?«
»Woran denkst du gerade?«
»Ich?« Ihre Mutter lachte. Es klang nicht froh. »Och, an nichts Besonderes. An deine Geburtstagsfeier am Samstag. Ihr werdet bestimmt viel Spaß haben im Badeland. Was ist jetzt eigentlich mit Nadine? Ist sie wieder gesund? Kommt sie auch?«
»Hm«, machte Lina. Und dann saß sie wieder ganz still. Allerdings hörte sie nun nichts mehr und fast schlief sie ein. Aber da! ... weiß gar nicht, wie ich das durchhalten soll. Aber ich muss mich zusammenreißen, Lina darf auf keinen Fall etwas merken, sie ist doch noch so klein! Obwohl sie nun zweistellig ist. Lina hörte ein merkwürdiges Lachen, wie aus weiter Ferne. Süß, wie sie das gesagt hat. Und dieser grüne Pullover steht ihr ausgezeichnet, richtig apart hat sie darin ausgesehen. Oje, ich wollte doch Steaks besorgen! Aber vielleicht kann ich auch einfach ein Baguette auftauen und wir essen Käse dazu ... »Hast du großen Hunger?«
Lina schreckte auf. Das hatte ihre Mutter jetzt wirklich gefragt, oder? Aber was war das vorher gewesen? Was hörte sie da nur? Oder träumte sie es? Oder war es einfach Einbildung? Hatte sie wirklich zu viel Fantasie, wie Tante Agnes immer sagte?

»Hey, schläfst du schon? Ich habe dich etwas gefragt!« Sie hielten gerade an einer Ampel und Linas Mutter drehte sich um und legte eine Hand auf Linas Knie. »Ob du großen Hunger hast. Oder reichen ein bisschen Brot und Käse?«
»Klar.« Lina hatte gar keinen Hunger. Sie war plötzlich viel zu aufgeregt. Das waren tatsächlich die *Gedanken* ihrer Mutter gewesen, die sie gehört hatte, oder? Und vorhin im Café … die von Oma auch! So etwas konnte man sich doch gar nicht einbilden, nicht mit der schönsten Fantasie.
Sie bogen auf die schmale Landstraße ein, die zu ihrem Dorf führte. »Du, Mama? Gibt es das, dass man Gedanken hören kann?«, fragte Lina.
Ihre Mutter lachte. »Zum Glück nicht! Stell dir das nur mal vor! Dann gäbe es vermutlich nur noch Mord und Totschlag auf der Welt. Deine Glitzerjeans hättest du jedenfalls nicht bekommen!«
»Warum das denn nicht?«
»Weil ich die ganze Zeit, während wir in dem Laden waren, gedacht habe, was für eine dumme Pute diese Verkäuferin war. Und wie sie aussah! Sich mit solchen Speckröllchen und so einem Hintern in eine Hüfthose und ein hautenges Top zu zwängen, also, ich bitte dich! Sie sah doch aus wie diese eklige, eingeschnürte Rotwurst, die Papa so gern isst!«
Lina kicherte. »Das hast du gedacht?«
»Und noch viel Schlimmeres«, gab ihre Mutter amüsiert zu. »Jedenfalls, wenn dieses Mädchen meine Gedanken hätte hören können, wäre sie wahrscheinlich mit einem dieser schwarzen Nietengürtel auf mich losgegangen, aber ganz sicher hätte

sie sich nicht die Mühe gemacht, dir extra die passende Größe aus dem Lager herauszusuchen.«

»Hm«, machte Lina wieder. Sie hatte die Verkäuferin sehr nett gefunden. Und dafür, dass sie ein bisschen dick war, konnte sie ja nichts.

»Und mit Oma hätten wir uns wahrscheinlich auch verkracht, wenn sie meine Gedanken hätte hören können«, fuhr Linas Mutter fort. »Erzählt der Kellnerin, warum wir da sind! Das war doch peinlich!«

Das fand Lina nicht. Was war denn peinlich daran, dass sie zehn geworden war? Und außerdem, wenn Oma es nicht erzählt hätte, hätte sie nicht das hübsche Marzipanherz bekommen.

»Und dann«, sagte ihre Mutter, als sie schon in die lange Einfahrt zu ihrem Haus einbogen, »musste sie *noch* eine riesige Tasse Kaffee bestellen! Dabei wollte ich längst los! Du hast ja noch nicht einmal deine Hausaufgaben gemacht.«

»Brauche ich auch nicht. Wir haben nur Mathe auf, das schaffe ich morgen früh im Bus«, sagte Lina.

»Das kommt überhaupt nicht infrage«, erklärte ihre Mutter und Lina strengte sich gar nicht erst an, um ihre Gedanken zu hören. In diesem Fall konnte sie nicht mit einer Überraschung rechnen, das wusste sie ganz genau.

Und etwas anderes wusste sie *fast* genau: Sie *hatte* Gedanken gehört.

2. Kapitel

Vielleicht war sie doch kein normales, gesundes Kind, überlegte Lina, als sie allein in ihrem Zimmer war. *Ganz* normal war sie ohnehin nicht, mit ihrem Katzenauge. In ihrem linken Auge war die Pupille nicht rund, sondern oval, mit Spitzen oben und unten, genau wie bei einer Katze. Und genau wie bei einer Katze wurde die Pupille nicht klein wie ein Stecknadelkopf, wenn das Licht sehr hell war, sondern sie wurde zu einem schmalen, senkrechten Schlitz. Und wenn es dämmerig war, bildete Lina sich ein, dass sie mit diesem Auge besser sehen konnte als alle anderen Menschen. Fast so gut wie Kleckschen, ihre Katze.
Vielleicht konnte sie auch besser hören? Hatte sie womöglich auch ein Katzenohr? Kleckschen nämlich konnte Dinge hören, die Menschen gar nicht wahrnahmen. Letztes Jahr zum Beispiel hatte sie tagelang ein Mordstheater vor Papas Kleiderschrank gemacht, sie hatte gemauzt und an der Tür gekratzt, immer wieder. Tante Agnes hatte den Schrank ein paarmal durchsucht, aber ohne Erfolg. Trotzdem hatte Kleckschen keine Ruhe gegeben und schließlich hatte Mama Papa gezwungen, den ganzen Schrank auszuräumen, weil sie Angst

hatte, dass sich darin Mäuse eingenistet haben könnten. Ganz zum Schluss, als fast alle Sachen schon vor dem Schrank auf dem Boden lagen, hatte Papa seine Gartenhose hervorgezogen, die er in eine Ecke gestopft hatte. Als er sie auseinandergerollt hatte, war ein Maikäfer herausgefallen. Er hatte matt auf dem Rücken gelegen und nicht einmal die Kraft gehabt, sich umzudrehen. Nur ein bisschen gebrummt hatte er noch.

»Meine Güte, die Hose liegt da seit einer Woche«, hatte Papa gesagt. Und dann hatten Lina und er den armen Käfer in eine Schachtel gestupst und zu der großen Linde vor dem Gutshaus getragen. Papa hatte ein paar junge, grüne Blätter abgerupft und sie neben den Stamm gelegt. »Vielleicht kommt er wieder zu Kräften«, hatte er gehofft, als sie den Maikäfer mitten in die Blätter gesetzt hatten.

»Oder ein Igel hat ihn gefressen«, sagte Tante Agnes am nächsten Tag ungnädig, als Lina ihr aufgeregt berichtete, dass der Maikäfer nicht mehr da war. »Das ist der Lauf der Welt. Stark frisst Schwach, Groß frisst Klein. Aber dein Kleckschen ist schlau, das muss man ihr lassen. Die hat Ohren, da kommt kein Paganini mit!«

»Wer ist das denn?«, hatte Lina verblüfft gefragt.

»Ein Geiger«, hatte Tante Agnes gesagt. »Der beste. Mein Kurti hat eine CD von dem.«

Mein Kurti war Tante Agnes' Mann und *seine* Ohren waren bestimmt nicht die besten. Am liebsten hörte er scheppernde Schrummelmusik, auf voller Lautstärke. Also, schloss Lina, konnte es mit diesem Paganini nicht allzu weit her sein und

Tante Agnes hatte ja auch selbst zugegeben, dass er, was seine Ohren betraf, mit Kleckschen nicht mithalten konnte.
Aber Lina vielleicht?
Doch warum, überlegte sie und malte Blümchen auf den Rand ihres Mathehefts, hatte sie das noch nie vorher bemerkt? Warum ausgerechnet heute? Ob das etwas mit ihrem zehnten Geburtstag zu tun hatte?
Und wenn das stimmte, wenn sie wirklich Gedanken hören konnte ... Mann, das wäre ja ... Dann müsste sie ja überhaupt kein Mathe mehr pauken, sondern nur noch lauschen, was Frau Maximilian *dachte*, wenn sie auf Linas Antwort wartete, und das dann nur noch nachplappern!
Entschlossen klappte Lina ihr Matheheft zu und stopfte es in ihren Rucksack. Es war schon spät und sie hatte Geburtstag. Da würde Mama bestimmt nicht mehr auf die Idee kommen, noch ihre Hausaufgaben zu kontrollieren. Also konnte sie sie getrost morgen früh im Bus von Isabel abschreiben.
Jetzt kuschelte sie sich lieber auf ihr Bett und dachte nach. Wenn das vorhin wirklich Mamas Gedanken gewesen waren, die sie gehört hatte, was bedeuteten sie? Warum war der Urlaub *furchtbar* gewesen? Und was meinte Mama mit *hinter ihm herspionieren*? Hatte sie etwa Krach mit Papa? War es das, was sie, Lina, nicht merken durfte?
»Schätzchen, komm, wir können essen!«, rief ihre Mutter.
Der große Wohnraum duftete nach warmem Brot und Bienenwachskerzen. Ein bisschen wie Weihnachten, dachte Lina. Sie liebte diesen Raum. Er war riesig, Küche und Esszimmer und Wohnzimmer in einem, und abends, wenn es dunkel war, spie-

gelte sich das ganze Zimmer in den Glasscheiben zwischen den alten Fachwerkbalken.

»Ihr wohnt in einem *Stall*?«, hatte Marie gehöhnt, als Isabel ihr erzählt hatte, dass Linas Eltern den alten Schafstall auf dem Gutsgelände ihres Vaters gekauft hatten. Aber als Marie dann zum ersten Mal bei Lina zu Besuch gewesen war, hatte sie Mund und Augen aufgesperrt. »Ist das gemütlich bei euch! Und das war wirklich mal ein Stall?«

»Und was für einer!«, hatte Lina lachend geantwortet und ihr die Fotos gezeigt, die ihre Mutter vor dem Umbau gemacht hatte. Leider konnte man darauf nur sehen, wie schäbig und verfallen das flache, lang gestreckte Gebäude vor vier Jahren gewesen war. Wie es gerochen hatte, das konnte man natürlich nicht erkennen. Richtig muffig, ein bisschen nach Schimmel und sehr viel mehr nach Mäusedreck, ziemlich eklig.

Doch jetzt war es wunderschön geworden, hell und freundlich, und Lina hatte ein großes Zimmer, in dem sie fast das Gefühl hatte, mitten im Garten zu sitzen, so groß waren die Fenster. Insgeheim fand sie, dass sie es hier viel schöner hatte als Isabel in dem weitläufigen Herrenhaus, das im Winter nie richtig warm wurde, in dem die alten Holzböden und -decken immer knarrten und knackten und wo bei Sturm die Zweige der hohen, alten Bäume unheimlich an die Fenster schlugen. Einmal hatte Lina gehört, wie Isabels Vater gescherzt hatte, dass er vielleicht lieber das Herrenhaus hätte verkaufen und das Geld in den Schafstall hätte stecken sollen, anstatt sich von dem ollen Stall zu trennen. Aber das hatte er natürlich nicht ernst gemeint, denn ein Herr *von* Bennecke und seine Tochter konnten ja auf keinen Fall in einem Stall wohnen! Trotzdem, manchmal schien es Lina, als beneidete er ihre Eltern ein bisschen.

»Ist Papa noch nicht da?«, fragte sie, als sie sich an den Tisch setzte.

»Er ist auf dem Weg«, sagte ihre Mutter mit schmalen Lippen. »Er hat gerade angerufen. Aber greif nur schon zu, wir warten nicht auf ihn.«

Lina sah sie aufmerksam an und blieb ganz still. Doch sie hörte nichts. Gar nichts. Ob ihre Mutter an nichts dachte? Aber das ging doch gar nicht. Irgendwie dachte man doch immer etwas, wie gut der Käse schmeckte zum Beispiel oder wie hübsch der rote Läufer auf dem Holztisch aussah oder dass sie morgen im Sportunterricht Frisbeetennis spielen würden oder dass sie ab heute eine halbe Stunde länger aufbleiben durfte, weil sie jetzt zehn war.

»Du bist ja so nachdenklich«, sagte ihre Mutter. »Ist irgendwas?«

Lina streute Salz auf ein Tomatenviertel. »Eigentlich ist man doch immer nachdenklich, oder?«, erwiderte sie. »Ich meine, man *denkt* doch immerzu, oder nicht? Das kann man doch nicht abstellen.«

Ihre Mutter lächelte. »Leider. Dabei wäre es manchmal ganz angenehm, wenn man das könnte.«

»Außer wenn man schläft«, wandte Lina ein. »Dann gibt das Gehirn mal Ruhe.«

»Oh nein, wenn du schläfst, träumst du doch! Dann ist dein

Gehirn sogar sehr aktiv. Es räumt sich sozusagen selbst auf und sortiert alles, was es den ganzen Tag über aufnehmen musste. Unwichtige Dinge wirft es hinaus und die wichtigen werden, so kannst du dir das vorstellen, ordentlich in Regale verstaut, sodass du sie jederzeit wieder hervorholen kannst.«

Lina zerteilte noch eine Tomate. »Komisch, mein Gehirn wirft immer die Mathesachen raus, die findet es wohl nicht so wichtig. Und ich auch nicht«, fügte sie trotzig hinzu.

»Apropos, hast du deine Hausaufgaben gemacht?«

Lina hätte sich ohrfeigen können. Wie blöd von ihr, jetzt ausgerechnet von Mathe anzufangen!

Aber genau in diesem Moment kam ihr Vater vorgefahren, die Scheinwerfer seines Autos fielen durch die Vorderfenster und streiften über die Wand mit den Kräuterbildern, die ihre Mutter über der Anrichte aufgehängt hatte. Lina sprang auf und stürzte zur Tür. »Papa! Wir haben vielleicht toll eingekauft! Nach dem Essen führe ich dir alles vor!«

Ihr Vater zog sie in seine Arme und wirbelte sie einmal im Kreis. »Hallo, mein Kätzchen! Also hattest du einen schönen Geburtstag?«

»Mega!« Lina strahlte. »Aber am Samstag wird es noch viel besser!« Ihr Vater hatte versprochen, mit ihren Freundinnen und ihr ins Badeland zu fahren, darauf freute sie sich schon seit Wochen.

Er setzte sie lachend ab. »Nun lass mich erst einmal hereinkommen.« Er stellte seinen Aktenkoffer ab und schnupperte. »Hm, wie das duftet! Ich habe einen Riesenhunger!«

Nach dem Essen schaltete er den Fernseher an. »Nur eben die Nachrichten«, sagte er. »Ich habe sie zwar im Auto gehört, aber die Bilder von dem Parteitag möchte ich doch gern sehen.«

Lina nicht. Sie wusste ja nicht einmal so genau, was das war, ein Parteitag. Bestimmt eine Zusammenkunft von irgendwelchen langweiligen, alten Knilchen, die lauter Zeug redeten, das niemanden interessierte. So war das immer in den Nachrichten.

Also holte sie ihr Buch aus ihrem Zimmer. »Ich darf noch eine halbe Stunde!«, erklärte sie und kuschelte sich zwischen ihren Eltern auf das breite Sofa. Kleckschen sprang auf die Rückenlehne, ließ sich hinter Linas Kopf nieder und schnurrte. Das war gemütlich! Lina lehnte sich an Papas Schulter und schlug ihr Buch auf. Den Tagesschau-Sprecher hörte sie kaum. Er hätte ebenso gut chinesisch reden können, so wenig begriff sie, was er sagte. Da war es ganz leicht abzuschalten.

Schon nach zwei Seiten fielen ihr die Augen zu. Sie riss sie wieder auf. Also, das ging ja nun gar nicht! Da durfte sie endlich eine halbe Stunde länger aufbleiben und dann schlief sie ein? Sonst hatte sie sich um acht, wenn sie ins Bett musste, immer noch putzmunter gefühlt! Doch heute Abend gelang es ihr nur mit Mühe, wach zu bleiben. Aber sie würde durchhalten, auf jeden Fall!

Beim Wetterbericht stand ihre Mutter auf und begann, die Reste vom Abendessen wegzuräumen. Linas Vater blieb sitzen und guckte sich irgendein todlangweiliges Wirtschaftsmagazin an.

Lina kämpfte mit dem Schlaf. Und da, plötzlich, hörte sie es: … sollte mich eigentlich aufraffen und Chris helfen … diese Sache mit Wiegand, verflixte Kiste … am besten, man könnte einen Verfahrensfehler nachweisen … und Verena, dieses Mittagessen heute, sehr unangenehm … Es war eindeutig die Stimme ihres Vater, die Lina hörte, fern und mit diesem sonderbaren Hall. Vorsichtig sah sie auf. Er bewegte die Lippen nicht, sondern saß unbeweglich da und starrte auf den Bildschirm. … für Samstag muss ich ihr absagen, Lina geht vor, zu dumm, dass ich das mit dem Badeland vergessen habe … oder soll ich Wiegand doch einen Vergleich vorschlagen? Chris war komisch heute Abend, dabei bin ich doch … und Sartorius, den muss ich morgen gleich als Erstes anrufen …
Mannomann, wenn das Papas Gedanken waren, dann ging es in seinem Kopf ja durcheinander wie Kraut und Rüben! Darauf konnte man sich ja überhaupt keinen Reim machen. Wiegand und Sartorius, die Namen hatte Lina schon einmal gehört, die hatten etwas mit Papas Arbeit zu tun, aber Verena – wer war das?
Lina war plötzlich wieder hellwach, aber alles, was sie nun noch hörte, waren die Stimme im Fernsehen und das Klappern der Teller, die ihre Mutter in die Spülmaschine räumte. Dann drückte sie auf das Knöpfchen und warf die Klappe zu. »So, mein Schatz, halb neun. In fünf Minuten komme ich Gute Nacht sagen.«
Lina rappelte sich aus dem Sofa. Sie war nicht einmal böse, jetzt ins Bett gehen zu müssen. Da konnte sie wenigstens in Ruhe nachdenken.
Als sie aus dem Badezimmer kam, hatte Kleckschen sich schon

auf ihrem Kopfkissen breitgemacht. Im Winter war sie sehr häuslich. Und manchmal ein bisschen sehr aufdringlich, fand Lina. Sie selbst musste sich wieder einmal mit dem kleinen Kuschelkissen begnügen und als Mama das Licht ausgemacht hatte, streckte Kleckschen ihren Schwanz über Linas Gesicht. Das kitzelte. Doch Lina war eingeschlafen, bevor sie sich kratzen konnte.

3. Kapitel

Linas Mathehausaufgaben fielen ziemlich krakelig aus.
»Hast du die etwa im Bus gemacht?«, fragte Frau Maximilian missbilligend.
Lina blickte entrüstet zu ihr auf. »Im Bus? Wie kommen Sie denn darauf? Wir hatten gestern die Handwerker im Haus, die haben gebohrt, mit so einem Ding!« Sie breitete die Arme aus, so weit sie konnte. »Mein ganzer Schreibtisch hat gebebt!«
Frau Maximilian – Maxi, wie die Kinder sie nannten – unterdrückte ein Schmunzeln. »So, so. Anscheinend hat dieser Superbohrer mit seinen Schwingungen auch telepathische Ströme in Gang gesetzt. Oder wie erklärst du dir, dass du dich an genau denselben Stellen verrechnet hast wie Isabel?« Sie deutete mit ihrem Bleistift auf ein Zwischenergebnis.
Lina zog die Stirn kraus. »Seltsam. Hat Isabel wirklich denselben Fehler? Da sieht man mal, es gibt mehr Dinge zwischen Himmel und Erde, als der Mensch sich träumen lässt.« Das sagte Tante Agnes immer, wenn etwas ganz besonders verwunderlich war. Sie hatte viele solcher Weisheiten auf Lager und Lina merkte sie sich gut. Irgendeine davon passte immer.

Maxi sah Lina streng an, aber um ihre Mundwinkel zuckte es. »Morgen präsentierst du mir Hausaufgaben in 1a-Schönschrift. Selbst gerechnet, okay?«

»Okay«, seufzte Lina und nahm sich vor, das auch wirklich zu tun. Maxi hatte es verdient, nachdem sie jetzt kein großes Theater gemacht hatte. Zur Belohnung passte Lina in dieser Stunde auch ganz gut auf und meldete sich dreimal – für Mathestunden ein Rekord.

Anschließend hatten sie Unterricht bei Womo, ihrem Klassenlehrer. Offiziell hieß er Dr. Bernward, aber weil er jeden Tag in einem uralten Wohnmobil zur Schule kam, mit dem er mindestens zwei Parkplätze blockierte, hieß er bei allen Schülern nur Womo. Und irgendwie passte der Name zu ihm, er klang genauso breit und rund und gemütlich, wie Dr. Bernward aussah. Er war nicht besonders groß und ein bisschen dick, seine Hemden spannten über dem Bauch und die Jeans hingen irgendwo darunter. Außerdem hatte er einen recht zotteligen Vollbart und seine Haare umstanden den runden Kopf wie ein wirrer, zerfledderter Heiligenschein. Schön war er nicht, aber umso netter.

Bei Womo hatten sie Deutsch, Geschichte, Erdkunde und Bio. Meistens alles auf einmal, denn ihr Klassenlehrer war ein großer Fan von Projektunterricht. »Alles andere ist doch Mist«, hatte er ihnen zu Anfang des Schuljahres erklärt, als sie noch ganz verschüchtert von der unbekannten, großen Schule und all den fremden, neuen Lehrern auf ihren Plätzen gehockt hatten. »Da zieht ihr für fünfundvierzig Minuten die Deutsch-Schublade auf, dann schiebt ihr sie wieder zu und öffnet die

Erdkundeschublade. Und bevor Geschichte dran ist, macht ihr die wieder schön zu. Dabei hängt alles zusammen und dass ihr das begreift, das ist wichtig. Darum läuft das bei mir anders, daran werdet ihr euch gewöhnen müssen.«

Zuerst war ihnen das schwergefallen, aber inzwischen waren sie sich alle einig: Bei Womo machte der Unterricht am meisten Spaß.

Heute hatte er wieder etwas Neues auf Lager: Er stellte sich mitten in die Klasse und warf acht Briefumschläge in die Luft. »Los, fangt!«

Lina hatte Glück, einer segelte genau in ihre ausgestreckten Arme.

»Gruppenarbeit«, verkündete Womo. »Diejenigen, die einen Umschlag gefangen haben, kommen jetzt nach vorn und ziehen zwei Kärtchen mit Namen ihrer Mitschüler. Die Dreiergruppen, die so entstehen, haben zwei Wochen Zeit für ihre Aufgabe.«

Die acht Schüler, die einen Umschlag ergattert hatten, stürzten nach vorn. Lina drängelte ein bisschen und zog zwei Kärtchen, eins aus Womos rechter, eins aus seiner linken Hand, und drückte sie an ihre Brust. Hoffentlich hatte sie Glück gehabt! Wenn sie nun Kim oder eine aus deren Clique gezogen hatte – ein Albtraum!

Vorsichtig drehte sie die erste Karte um: *Isabel* stand da in Womos klotzig breiter Schrift. Lina stieß einen Freudenschrei aus und lief zurück zu ihrem Platz. »Ich hab dich gezogen! Ist das nicht krass?«

»Super!« Isabel hob den Daumen. »Und wen noch?«

Lina drehte langsam das zweite Kärtchen um und ihr Gesicht wurde lang. »Ruth.«

»Na klasse.« Isabel lehnte sich in ihrem Stuhl zurück. »Da könnten wir ja genauso gut gleich zu zweit arbeiten. Die kriegt doch den Mund nicht auf.«

Auch Lina war nicht begeistert. »Aber es hätte schlimmer kommen können«, sagte sie und buffte Isabel in die Seite. »Komm, nun mach doch nicht so ein Gesicht. Die schleifen wir schon mit durch. Wo ist sie überhaupt?« Suchend sah sie sich um.

In der Klasse wuselten alle durcheinander, um ihre Gruppenpartner zu finden. Ruth aber saß still an ihrem Platz, blass und klein und schweigsam wie immer. Sie war erst nach den Weihnachtsferien in die Klasse gekommen, niemand wusste, woher sie kam. Zuerst hatten sie sich noch neugierig um sie geschart und sie mit den üblichen Fragen bombardiert, die keinem erspart blieben, der neu in eine Klasse kam: »Woher kommst du?«, »Wo wohnst du?«, »Hast du Geschwister?«, »Sind deine Eltern noch zusammen oder geschieden?«, »Was ist deine Lieblingsgruppe?«, »Guckst du auch GZSZ?«.

Aber Ruth hatte sie nur verschreckt angeschaut und war stumm geblieben. Sie hatten schnell das Interesse an ihr verloren. »Dumme Pute«, hatte Isabel gesagt, »die will nicht mit uns reden.«

»Wahrscheinlich sind wir ihr nicht gut genug«, hatte Nadine gemeint.

Lina hatte nur gegähnt. »Eine Schlaftablette.«

Wenn Ruth auch nur ein bisschen interessanter gewesen wäre,

hätte sie damit ihren Spitznamen weggehabt. Aber nicht einmal dazu reichte es. Ruth blieb Ruth, denn niemand verschwendete einen zweiten Gedanken an sie. Sie war wie unsichtbar und genau das schien sie auch zu wollen. Sie hielt sich von allen und allem fern.

»Ich geh mal zu ihr«, sagte Lina seufzend. Schließlich hatte sie eine Verantwortung, nachdem sie die Namenskarten gezogen hatte. Sie setzte sich neben Ruth an den Tisch. »Du bist bei uns, Isabel und mir.«

Ruth lächelte kaum merklich. Aber sie sagte nichts.

»Komm doch zu uns an den Tisch«, schlug Lina vor. »Dann gucken wir uns unsere Aufgabe an.«

Ruth stand zögernd auf. Sehr langsam, fand Lina und wurde schon etwas ungeduldig.

Isabel riss den Umschlag auf und zog ein Blatt Papier hervor. *Watt – Gefahr – Priel* stand darauf, mehr nicht.

Sie sahen einander ratlos an. Lina linste zu Marie hinüber, die auch einen Umschlag gefangen hatte. »Was habt ihr denn?«

Marie reichte ihr wortlos ihren Zettel und zuckte mit den Schultern. Lina las *Gezeiten – Krabbenfischer – Überfischung*.

»Toll!« Sie gab den Zettel zurück. »Das scheint ja irre spannend zu werden.«

Da dröhnte Womos Stimme durch den Raum: »Könnt ihr euch mal langsam setzen?«

Alle Gruppen hatten sich inzwischen gefunden und die Jungen und Mädchen ließen sich auf Stühlen und Tischen nieder.

»Eure Stichworte habt ihr ja nun. Ich erwarte einen spannen-

den Text, interessante Hintergrundinformationen und eine ansprechende Präsentation. Alles klar?«
»Nee«, sagte Marco. »Was ist denn das überhaupt –«, er starrte auf seinen Zettel, »Tidenhub?«
»Die Antwort erwarte ich von euch«, sagte Womo. »Strengt euch mal ein bisschen an. Wenn ihr erste Ergebnisse habt oder an einer Stelle gar nicht weiterkommt, helfe ich euch gern, aber zunächst versucht es einmal allein. Ihr könnt in allen Stunden, die ihr bei mir habt, an dieser Aufgabe arbeiten, den Computerraum habe ich auch reserviert. Aber nur aus dem Internet ausdrucken gilt nicht, das wisst ihr. Spätestens bei der Präsentation fliegt ihr dann auf.« Er zwinkerte Kevin zu, der einmal ein beeindruckendes Plakat über die Pharaonengräber in Ägypten angefertigt hatte und dann keine einzige Frage dazu hatte beantworten können. Das war so peinlich gewesen, dass die ganze Klasse mitgelitten hatte.
Womo sah auf die Uhr. »So, Freunde, eine halbe Stunde haben wir noch. Zehn Minuten gebe ich euch Zeit, damit ihr euer gemeinsames Vorgehen planen könnt, und dann ist ein bisschen Rechtschreibung angesagt. Das kann euch allen nicht schaden.«

Als Lina mittags nach Hause kam, erwartete Tante Agnes sie mit ihrem Lieblingsgericht – Fleischklößchen in weißer Soße mit Reis und Möhren. Auf dem Tisch brannten zehn rote Kerzen und neben Linas Teller lag ein großes, flaches Päckchen, schön in hellgrünes Papier gewickelt, mit einer dunkelblauen Schleife.

»Noch mal herzlichen Glückwunsch zum Geburtstag!« Tante Agnes breitete die runden Arme aus und drückte Lina an ihren großen, ausladenden Busen. Wie immer duftete sie nach Maiglöckchenparfüm und warmem Essen, ein kuscheliger Geruch.

»Hattest du denn einen schönen Tag?«, fragte sie, während Lina das dunkelblaue Geschenkband aufknibbelte.

Die nickte abwesend, sie war viel zu sehr mit ihrem Geschenk beschäftigt. Dabei ahnte sie, was es war, sie hatte es sich ausdrücklich gewünscht. Aber so groß? »Mensch, Tante Agnes!«, sagte sie überwältigt, als sie das grüne Papier auseinanderschlug. »So viele?« Sie klappte den Deckel des hübschen Holzkastens auf. Die lackierten Buntstifte leuchteten ihr in allen Farben des Regenbogens entgegen, von Gelb über Orange, Rot, Pink, Violett bis zu sattem Blau, und in einer Lage darunter ging es weiter mit vielen Grün-, Braun- und Grautönen bis zu tiefem Schwarz. »Sind die schön!« Lina starrte andächtig auf die Stifte. »Das erste Bild male ich für dich! Ich weiß auch schon, was!« Sie schob den Kasten vorsichtig von der Tischkante weg, bevor sie aufstand und Tante Agnes so fest drückte, wie sie nur konnte. »Die sind *noch* besser als die Glitzerjeans! Danke, danke, danke!«

Die Buntstifte mussten auch während des Essens auf dem Tisch stehen bleiben, damit Lina sie immer wieder angucken konnte. »Ich male auch ein Bild für unser Plakat«, sagte sie. »Wir haben nämlich ein neues Projekt in der Schule. Diesmal geht es um die Nordsee.« Sie berichtete von Womos Umschlägen und wie die Arbeitsgruppen entstanden waren. »Dass ich

Isabel gezogen habe, war echt ein Superglück, aber Ruth …« Sie rümpfte die Nase und fischte sich noch zwei Fleischbällchen aus der Schale. Ein Tröpfchen weiße Sauce kleckste auf den Tischläufer.

Tante Agnes wischte es weg. »Nun lern sie doch erst einmal kennen. Vielleicht erlebst du eine Überraschung. Stille Wasser sind tief.«

»Ach ja?«, fragte Lina zweifelnd. »Pfützen sind auch stille Wasser.«

Tante Agnes lachte. »Warte es ab! Habt ihr euch denn schon verabredet? So wie ich euren Womo kenne, reichen die Schulstunden ja wohl kaum aus, um die Arbeit zu erledigen. Das letzte Mal habe ich dich kaum noch zu Gesicht gekriegt, weil du deine Nachmittage nur noch bei Gülay verbracht hast.«

»Das war ja nur, weil Gülays Vater nicht erlaubt hat, dass sie abends noch mit dem Bus von hier zurück in die Stadt fährt.« Gülays Vater war sehr streng, viele Freiheiten hatte Gülay nicht. Aber dafür war ihre Familie sehr gastfreundlich und Gülays Mutter hatte Marie, Nadine und Lina immer zum Mittagessen eingeladen, wenn die Mädchen zusammen arbeiten wollten. Tolle, ganz unbekannte Gerichte hatte sie gekocht und zum Nachtisch gab es die wunderbarsten Sachen, so üppig und süß, dass Lina sich gefühlt hatte wie eine Prinzessin in Tausendundeiner Nacht.

Damals war es um Völker in Afrika gegangen und Linas Gruppe hatte sich mit Niger beschäftigt, wo es vielen Menschen sehr schlecht ging und immer wieder schreckliche Hungersnöte herrschten. Doch Lina würde wohl ihr Leben lang, wenn sie das Wort *Niger* hörte, an rosa Zuckerkrusten, sämigen Türkischen Honig und braun glänzende Karamellküchlein denken. Lecker!

»Diesmal würden wir gern hier arbeiten«, erklärte sie nun. »Ist ja auch nur fair, weil Isabel und ich beide hier wohnen.«

»Und Ruth? Wo wohnt sie?«

»Keine Ahnung. Irgendwo in der Stadt. Aber sie hat gesagt, bei ihr geht es nicht und sie will zu Hause fragen, ob sie mit dem Bus zu uns fahren darf. So viel haben wir immerhin aus ihr herausgekriegt.«

»Dann kommt sie am besten gleich mittags mit euch mit. Ich koche für euch alle drei und dann könnt ihr hinterher sofort loslegen. Aber natürlich müssen wir erst deine Mutter fragen, ob ihr das recht ist.«

Lina nickte. »Vielleicht ist es diesmal ja auch gar nicht so viel Arbeit und wir müssen uns nicht so oft treffen. Aber dafür müssen Isabel und ich uns bestimmt doppelt und dreifach anstrengen. Schließlich sind wir eigentlich nur zu zweit. Die Ruth, die zählt doch nicht!«

»Abwarten und Tee trinken«, sagte Tante Agnes.

»Lass uns lieber Nachtisch essen«, schlug Lina vor. »Gibt's welchen?«

Tante Agnes lächelte. »Heidelbeerquark.«

»Warum hast du das nicht gleich gesagt?«, fragte Lina. »Wenn ich das gewusst hätte, hätte ich glatt drei Klößchen weniger gegessen.«

»Hättest du nicht«, sagte Tante Agnes und stellte die Teller aufeinander. »Bei Fleischklößchen wirst du so gierig, dass du das Denken einstellst. Sonst hättest du nämlich gewusst, dass ich keinen deiner Geburtstage ohne Heidelbeerquark verstreichen lasse.«

Lina lachte. »Stimmt! Aber was ich jetzt nicht mehr essen kann, hebe ich mir für heute Abend auf.«

Tante Agnes wuchtete eine Schale auf den Tisch, die für drei Tage reichen würde. »Du hast mir noch gar nicht erzählt, wie dein Geburtstag war«, sagte sie, als sie einträchtig die Quarkspeise löffelten.

»Schön war's«, sagte Lina und wischte sich die Lippen mit dem Handrücken ab. »Mama und ich haben ganz toll eingekauft und dann haben wir uns noch mit Oma getroffen und ...« Während sie weitererzählte, fiel ihr auch das andere wieder ein, das mit dem Gedanken-Hören. Aber das würde sie Tante Agnes nicht erzählen. Die würde nur wieder sagen, Lina hätte zu viel Fantasie, und vielleicht stimmte das ja auch. Vielleicht hatte sie sich das wirklich alles nur eingebildet. Heute jedenfalls hatte sie gar nichts gehört, schon gar keine Matheergebnisse aus Maxis Kopf. Aber sie hatte auch gar nicht daran gedacht, genau hinzuhören, sie war viel zu beschäftigt gewesen.

4. Kapitel

Ihre Matheaufgaben erledigte Lina als Erstes. Und weil sie im Unterricht so gut aufgepasst hatte, fand sie sie auch gar nicht so schwer. Die Ergebnisse unterstrich sie mit ihren neuen Buntstiften, eins türkis, eins hellgrün, eins rosa und das letzte orange. Am liebsten hätte sie noch einen kunterbunten Blumenstrauß daruntergemalt, aber das wäre ja schon fast ein richtiges Bild gewesen und das hatte sie Tante Agnes versprochen. Maxi, so nett sie manchmal war, hätte es auch nicht verdient. Sie war ja bloß eine Mathelehrerin, während Tante Agnes … eben Tante Agnes war. Lina kannte sie schon immer. Sie war zu ihnen gekommen, als Lina noch ein Baby gewesen war, denn damals hatte Linas Mutter von morgens bis abends arbeiten müssen, weil sie gerade erst mit ihrem Beruf angefangen hatte. Aber als Lina in die Schule kam, hatte ihre Mutter eine andere Arbeitsstelle gefunden, wo sie nur dienstags und donnerstags bis abends arbeiten musste. An den anderen Tagen kam sie mittags nach Hause und Tante Agnes konnte dann nach Hause gehen und sich um ihren eigenen Haushalt kümmern.
Inzwischen arbeitete Linas Mutter in einer Papierfabrik. Sie war Juristin, also so eine Art Fachfrau für Gesetze und früher

hatte Lina sich vorgestellt, dass ihre Mutter in der Fabrik aufpasste, dass sich da alle an die Gesetze hielten, dass sie kein Papier klauten oder dass sie es nicht zu klein schnitten, weil es ja genau vorgeschriebene Größen gab, DIN A3, DIN A4 und so weiter. Aber inzwischen wusste Lina, dass ihre Mutter für ihre Firma die Verträge mit Lieferanten und Kunden ausarbeitete. Anscheinend hatten sie sehr viele Lieferanten und Kunden, denn Linas Mutter hatte ziemlich viel zu tun und manchmal brachte sie sogar Arbeit mit nach Hause.
Linas Vater war auch Jurist. Er war Rechtsanwalt. Aber er verteidigte keine Einbrecher oder Mörder. Seine Kunden, die er Mandanten nannte, waren irgendwelche Wirtschaftsbosse oder manchmal sogar ganze Firmen. Wahrscheinlich solche, die nicht so gute, eigene Juristen hatten wie die Papierfabrik, vermutete Lina. Aber sie hatte noch nie wirklich nachgefragt, denn sehr interessant schien das alles nicht zu sein, was ihre Eltern machten. Lina jedenfalls würde später bestimmt keine Juristin werden, sondern Illustratorin. Bilder für Kinderbücher zu malen stellte sie sich toll vor. Oder sie wurde Modedesignerin. Oder Tierforscherin. So ganz genau hatte sie sich noch nicht entschieden.
Sie schreckte aus ihren Gedanken auf, als Kleckschen auf ihren Schreibtisch sprang. Mittags, wenn Lina aus der Schule kam, war mit ihr nichts anzufangen, dann lag sie meistens unter Linas Bettdecke und schlief. Aber jetzt war sie wach und beschnupperte interessiert die neuen Buntstifte. Lina ließ sie eine Weile gewähren, doch als Kleckschen ihre Pfote ausstreckte und mit den Stiften spielen wollte, holte sie schnell die

weiße Fellmaus hervor und warf sie auf das Bett. Kleckschen sprang mit einem riesigen Satz hinterher. Spielstunden auf dem dicken, weichen Federbett liebte sie über alles.
Tante Agnes hatte es längst aufgegeben, dagegen zu protestieren, obwohl sie der Meinung war, Tiere gehörten nicht ins Bett.
»Kleckschen ist das sauberste Tier der Welt«, erklärte Lina ihr immer, wenn sie doch einmal schimpfte.
»Und das verwöhnteste!«, brummte Tante Agnes dann und zog eines der Leckerli für Kleckschen hervor, die sie immer in der Schürzentasche hatte.
Kleckschen und die Leckerli gehörten also auch unbedingt auf das Bild, das Lina für Tante Agnes malen wollte. Am besten fing sie gleich damit an.

Malen machte furchtbar hungrig. Zum Abendbrot verdrückte Lina erst zwei Tomatenbrote und jetzt füllte sie ihr Schälchen schon zum zweiten Mal mit Heidelbeerquark.
Ihre Mutter, die kaum etwas gegessen hatte, sah ihr belustigt zu. »Du scheinst ja einen anstrengenden Tag gehabt zu haben«, bemerkte sie. »Hast du etwas Interessantes zu berichten?«
Lina dachte einen Moment lang nach. »Nö, eigentlich nicht.« Aber dann fiel ihr das Nordsee-Projekt wieder ein und sie hatte gerade begonnen, davon zu erzählen, als das Telefon klingelte.
Linas Mutter seufzte. »Das ist bestimmt Papa. Wahrscheinlich will er uns sagen, dass wir nicht mit dem Abendbrot auf ihn warten sollen.« Sie sah ziemlich grimmig aus, als sie den Hörer abnahm. »Weyhe?« Es klang richtig unfreundlich.

Doch dann wurde sie schlagartig höflicher. »Aber nein, Sie stören überhaupt nicht, meine Tochter hat mir gerade davon erzählt ... ja ... hm ...« Sie hörte lange zu. Lina konnte nichts von dem verstehen, was am anderen Ende der Leitung gesprochen wurde.

»Aber natürlich ist Ruth hier jederzeit willkommen«, sagte ihre Mutter schließlich. »Am besten nimmt sie gleich mit Isabel und Lina den Bus nach der Schule und ...« Sie wurde unterbrochen und machte wieder in regelmäßigen Abständen »hm ... hm ... hm«.

Und dann sagte sie: »Wissen Sie was, Frau Kurz? Lassen Sie Ruth doch am Samstag zu Linas Geburtstagsfeier kommen. Mein Mann fährt mit den Kindern ins Badeland. Er könnte Ruth abholen und ...«

Lina war aufgesprungen. Sie schüttelte wild den Kopf und gestikulierte heftig herum.

Aber ihre Mutter fuhr unbeirrt fort: »Dann lernen sie sich schon einmal etwas kennen. Das wäre doch sehr nett.« Als sie das sagte, schaute sie Lina fest an.

Die pfefferte ihren Löffel in das Quarkschälchen, dass es spritzte, stürmte aus dem Zimmer und knallte die Tür hinter sich zu. Mit Karacho!

War ihre Mutter verrückt geworden? Mann, das war ja ... das war ... das war das Allerundallerhinterletzte! Ruth! Zu *ihrer* Geburtstagsfeier!

Lina gab ihrer Zimmertür einen wütenden Tritt und warf sich auf das Bett.

Sie schüttelte die Hand ihrer Mutter, die sie plötzlich auf ihrer

Schulter spürte, unwirsch ab und richtete sich auf. »Was fällt dir ein? Das ist *mein* Geburtstag! Da kannst du doch nicht einfach jemanden einladen, den ich gar nicht dabeihaben will! Das ist so gemein!« Sie wischte sich die Tränen aus dem Gesicht, dicke, klebrige Wuttränen, die gar nicht aufhören wollten. »Aber dir kann es ja egal sein, wenn alles verdorben ist, du kommst ja nicht mal mit!« Das war ungerecht und Lina wusste es. Bis vor zehn Minuten hatte sie es nämlich noch ganz toll gefunden, einmal etwas nur mit ihrem Vater zu machen. »Wieso hast du die blöde Ziege eingeladen, ohne mich zu fragen? Dazu hattest du kein Recht!« Wieder wischte sie sich das Gesicht. »Weißt du was? Ich will überhaupt keine Geburtstagsfeier mehr! Ich *scheiße* darauf!« Sie warf sich zurück auf die Bettdecke und schluchzte vor Wut und Enttäuschung.
»Lina, entschuldige.« Ihre Mutter rührte sie nicht an und ihre Stimme war sehr leise und sehr erschrocken. »Verzeih mir, ich habe da anscheinend einen Riesenfehler gemacht und ich ... ich ... Lina, es tut mir maßlos leid.«
»Dafür kann ich mir jetzt auch nichts mehr kaufen«, sagte Lina böse.
»Es war furchtbar unüberlegt von mir«, sagte Linas Mutter und setzte sich zaghaft auf die Bettkante.
Lina kehrte ihr weiter den Rücken zu. »Und warum hast du es gemacht?« Ihre Tränen waren inzwischen versiegt.
»Ruth hat mir so leidgetan«, sagte ihre Mutter leise. »Und ich wusste ja nicht, dass du sie nicht magst. Du hast ja nie etwas über sie erzählt.«
Jetzt fuhr Lina doch herum und setzte sich auf. »Ach ja? Jetzt

ist das Ganze auch noch meine Schuld, was? Über die gibt es nichts zu erzählen, die ist die trübste Tasse, die mir je begegnet ist!«

»Kleine.« Ihre Mutter legte nun doch die Hand auf Linas Arm.

Die zog ihn weg und funkelte ihre Mutter wütend an.

»Bitte, Lina, hör mir wenigstens zu, ja? Anscheinend weißt du nichts über Ruth, stimmt's?«

»Wenn sie nicht den Mund aufkriegt!«, fauchte Lina.

Jetzt wurde ihre Mutter wütend. »Dann kann das seine Gründe haben! Du solltest das Mädchen nicht verurteilen, ohne das Geringste über sie zu wissen. Das ist auch gemein.«

»Und?«, fragte Lina aufsässig. »Welche Gründe hat Ruth denn?«

Die Augen ihrer Mutter wurden so dunkel wie der Himmel bei Nacht. »Sie hat vor einem halben Jahr ihre Eltern verloren. Alle beide. Sie hatten einen Motorradunfall. Seitdem lebt Ruth hier bei ihren Großeltern, denn in Kassel, wo sie aufgewachsen ist, hatte sie keine Verwandten, bei denen sie bleiben konnte. Also kam sie in eine ganz neue, fremde Umgebung und in den ersten Monaten nach dem Tod ihrer Eltern war sie so verstört, dass sie nicht in die Schule gehen konnte. Jetzt geht das zwar, aber …«

»Oh Mama, das ist ja furchtbar!«, rief Lina erschrocken.

Ihre Mutter nickte. »Das finde ich auch. Verstehst du nun, warum Ruth so zurückhaltend ist? Und warum ich sie eingeladen habe? Ich dachte, wenn sie ein bisschen Kontakt zu euch bekommt, würde ihr das guttun. Aber natürlich hätte ich dich

vorher fragen sollen. Du hast völlig recht, es war falsch von mir, einfach jemanden zu deiner Feier einzuladen.«
Lina blieb ganz lange still. »Dürfen wir dann überhaupt fröhlich sein, wenn Ruth so unglücklich ist?«, fragte sie dann.
»Ja natürlich«, sagte ihre Mutter, »das dürft ihr. Ich glaube, Ruth braucht Fröhlichkeit, damit sie wieder zu einem normalen Leben zurückfinden kann. Ihre Großmutter hat gesagt, dass sie früher ein sehr lebhaftes Kind war, richtig frech manchmal. Sieh mal, nun hat sie jede Fröhlichkeit in ihrer Umgebung verloren, denn ihre Großeltern sind ja genauso traurig wie sie. Also hat sie nun auch niemanden mehr, der ihr ein bisschen Lebensfreude schenken könnte.«
Lina versuchte sich das vorzustellen: Mama und Papa tot und sie ganz allein, weit weg, fern von ihren Freundinnen und Tante Agnes und der Schule und allem, was sie kannte. Ihr Zimmer weg und Kleckschen womöglich auch ... Lina konnte nicht glauben, dass sie dann noch etwas damit anfangen könnte, wenn ein paar fremde Mädchen ihr Lebensfreude schenken wollten. Das ging doch gar nicht. Lieber würde sie sich verkriechen, wie Ruth.
»Wir müssen das alles Papa erklären«, sagte sie. »Und Isabel und Nadine und Marie werde ich es auch erzählen, damit keine eine hässliche Bemerkung zu Ruth macht, wenn sie nicht viel sagt.«
»Das ist bestimmt eine gute Idee«, stimmte Linas Mutter zu. »Aber ihr solltet Ruth auch nicht behandeln, als sei sie etwas Besonderes, das mag sie sicher nicht. Versucht einfach, ganz normal mit ihr umzugehen, das ist ihr wahrscheinlich am

liebsten. Sie scheint ja nicht der Typ zu sein, der gern über seine Probleme spricht.«
Lina schwieg. Woher wollte ihre Mutter das wissen? Sie kannte Ruth doch auch nicht. Aber vielleicht hatte sie recht, wahrscheinlich wusste man solche Dinge einfach, wenn man erwachsen war.
»Und weißt du was?«, sagte ihre Mutter nun. »Wenn es am Samstag wirklich nicht so schön wird, weil Ruth dabei ist, dann lasse ich mir zum Ausgleich etwas ganz Schönes für dich einfallen, einverstanden?«
»Das brauchst du nicht«, sagte Lina, längst wieder besänftigt. »Es ist schon okay.«

In Wirklichkeit war nichts okay. Zwar war Lina tatsächlich nicht mehr wütend oder enttäuscht darüber, dass Ruth zu ihrer Geburtstagsfeier kam, aber ihre traurige Geschichte ging ihr den ganzen Abend nicht mehr aus dem Kopf. Sogar in den Schlaf verfolgte sie sie und mitten in der Nacht wachte sie auf, weil sie etwas Schreckliches geträumt hatte. Sie wusste nicht mehr, was es war, nur ein Gefühl großer Verlassenheit war von dem Traum geblieben.
Lina tastete nach Kleckschen, die auf ihrem Kopfkissen lag, und drückte sie ganz fest an sich. Aber Kleckschen wand sich aus ihrem Arm und sprang vom Bett.
Lina knipste das Licht an und beschloss, sich etwas zu trinken zu holen.
Barfuß tappte sie in den Flur. Nanu? Im Wohnzimmer brannte ja noch Licht! Vorsichtig stieß sie die Tür auf und blieb wie

angewurzelt stehen: Mama hockte in einer Sofaecke, ein Glas Rotwein vor sich, und weinte. Aber wie! Ihre Nase war rot, die Augen dick verquollen und ihr ganzes Gesicht glänzte von Tränen.

»Mama!« Lina war mit einem Satz bei ihr. »Mama, was hast du denn?«

Ihre Mutter wischte sich die Augen mit einem verknüllten Taschentuch, das schon ziemlich feucht aussah, und lächelte matt. Sie klopfte auf den Platz neben sich und Lina schmiegte sich in ihren Arm. »Ist was mit Papa? Warum ist er nicht da?«

»Er hat noch ein Geschäftsessen, das kann spät werden«, sagte ihre Mutter.

»Und warum weinst du? Was ist passiert?«

»Es ist nichts passiert«, erwiderte ihre Mutter. »Ich bin nur traurig. Weißt du, heute hat Matthias Geburtstag und er ist so weit weg und ich habe ihn so lange nicht gesehen und ...« Wieder schniefte sie.

Lina war beruhigt. Das verstand sie. Matthias war Mamas älterer Bruder und er lebte mit seiner Familie in Neuseeland, das war wirklich weit weg. Da konnte man schon mal Sehnsucht haben.

»Arme Mama«, sagte sie und streichelte ihr über den Arm.

»Es geht schon wieder«, sagte ihre Mutter und putzte sich die Nase. »Aber was machst du eigentlich hier? Du hast ja kaum zwei Stunden geschlafen.«

»Ich habe schlecht geträumt, davon bin ich aufgewacht«, sagte Lina. »Wegen Ruth, glaube ich.« Sie fror plötzlich und drängte sich enger in Mamas Arm. »Wenn ihr nun auch sterbt.«

Ihre Mutter hielt sie sehr fest. »Lina, Mäuschen, die meisten Eltern sterben nicht so jung. Was Ruth passiert ist, ist sehr tragisch, und ich verstehe gut, dass es dir nahegeht, aber du musst keine Angst haben. So etwas widerfährt vielleicht einem von hunderttausend Kindern oder noch wenigeren. Außerdem fahren Papa und ich nicht Motorrad, also leben wir viel weniger riskant.«

»Trotzdem.« Lina zitterte immer noch.

»Lina«, sagte ihre Mutter und ihrer Stimme war anzuhören, dass es ihr schwerfiel, weiterzusprechen. »Wenn wirklich so etwas Schlimmes passieren sollte, dann würde sich für dich nicht alles ändern wie für Ruth. Du könntest hier bleiben, in diesem Haus, in deiner vertrauten Umgebung, und Tante Agnes und Onkel Kurti würden hier mit dir wohnen und sich um dich kümmern, als wärest du ihr eigenes Kind. Das haben wir alles besprochen. Bei ihnen würde es dir gut gehen.«

Lina sah ihre Mutter an. »Das habt ihr *besprochen*?«

»Aber ja. Natürlich denken Eltern darüber nach, was passiert, falls sie plötzlich nicht mehr da sind. Das heißt nicht, dass man damit rechnet, aber es *könnte* ja sein. Und für diesen Fall wollten wir natürlich sicher sein, dass du gut versorgt bist. Darum haben wir mit Tante Agnes und Onkel Kurt gesprochen und das in unserem Testament auch alles ganz genau geregelt. Ihr würdet auch genug Geld von der Versicherung bekommen, sodass ihr hier gut leben könntet. Aber weißt du«, ihre Mutter drückte Lina an sich, »ich bin fest entschlossen, sehr, sehr alt zu werden, also sollten wir uns darüber nun keine weiteren Gedanken machen. Was hältst du davon, wenn ich dir eine warme Milch mit Honig mache und bei dir bleibe, bis du wieder eingeschlafen bist?«

Lina nickte. »Aber bitte, bis ich ganz fest eingeschlafen bin. Und … wenn ich noch mal schlecht träume heute Nacht, darf ich dann … darf ich dann zu dir ins Bett kommen? Obwohl ich zehn bin?«

Ihre Mutter lachte, ein leichtes Lachen, voller Liebe. »Lina, du kannst noch zu mir ins Bett kommen, wenn du zwanzig bist. Oder vierzig! Angst und Einsamkeit haben nichts mit dem Alter zu tun und nichts hilft dagegen so gut wie ein bisschen Kuscheln. So, und nun komm! Du hast ja ganz kalte Füße.«

Im Bett, als Lina die Honigmilch trank, wurde ihr sehr schnell warm.

Sie leerte ihren Becher und kroch tiefer unter die Bettdecke. Plötzlich fühlte sie sich wieder sehr schläfrig und kein bisschen einsam und verlassen. Ihre Mutter schaltete das Licht aus und blieb auf dem Bettrand sitzen. Lina drehte sich auf den Bauch und spürte Mamas Hand in ihrem Haar, ganz sanft. »Hmmm«, machte sie und fast schlief sie schon.

Meine Kleine, hörte sie da plötzlich Mamas Stimme, sehr zärtlich, sehr fern, wir schaffen es auch allein. Soll er doch gehen, der verdammte Kerl … Plötzlich war die Stimme gar nicht mehr zärtlich, doch immer noch weit, weit weg. Eine Dreiundzwanzigjährige, es ist unglaublich! Für so blöd hätte ich ihn nicht gehalten, und warum, zum Teufel, tut mir das eigentlich so weh?

Was denn?, wollte Lina fragen. Aber da war sie schon eingeschlafen.

5. Kapitel

Samstag. Badeland. Nadine hatte eine aufblasbare Geburtstagstorte für Lina mitgebracht – inklusive Kerzen – und die Freundinnen warfen sie ausgelassen im Wasser hin und her. Lina paddelte in der Mitte und versuchte verzweifelt, sie zu fangen.

»Du kriegst sie nie!«, schrie Marie und warf sie in einem hohen Bogen zu Ruth hinüber.

Die hielt sie fest und Lina schwamm schnell zu ihr hin, um sie ihr wegzuschnappen. Wenn sie eine Chance hatte, die Torte zu ergattern, dann nur bei Ruth, die anderen waren einfach zu schnell. Zwei Züge noch, dann hatte sie sie!

Doch da schoss Ruth aus dem Wasser. »Nadine!«, rief sie und ehe Lina sich versah, sauste die Torte über ihren Kopf, direkt in Nadines Arme. Und Ruth lachte.

Vorhin, als sie mit Linas Vater die lange Rutsche heruntergeschliddert war, hatte sie gelächelt, zum ersten Mal, aber jetzt lachte sie über das ganze Gesicht. Richtig hübsch sah sie aus, ihre Augen blitzten in dem geröteten Gesicht und sie strich sich mit einer ungeduldigen Bewegung das lange, dunkle Haar zurück.

Lina starrte sie verblüfft an. »Du siehst aus wie Schneewittchen beim Baden«, sagte sie.
Ruths Lachen verschwand. Wie ausgeknipst. Sie drehte sich um und tauchte ab, paddelte einmal kurz mit den Füßen an der Wasseroberfläche und schoss davon. Schwimmen konnte die! Erst am Beckenrand tauchte sie wieder auf, stützte die Arme auf, stieß sich ab und saß auch schon auf den Fliesen. Ihr Gesicht war weiß, der Mund ein Strich.
Lina folgte ihr und ließ sich neben ihr nieder. »Habe ich etwas Falsches gesagt?«
Ruth schüttelte den Kopf und wischte sich mit dem Arm über die Augen.
Lina war sicher, dass sie sich nicht nur Badewasser wegwischte. Sie wartete eine Weile, doch Ruth blieb still. Sie starrte auf das Wasser, dessen Oberfläche in kleinen, blauen Wellen tanzte. »Ich habe etwas Falsches gesagt«, beharrte Lina. »Aber ich weiß nicht, warum. Ich habe es nett gemeint, du hast eben nämlich richtig schön ausgesehen.«
Ruth nickte und blickte weiter auf das Wasser. Ganz verschlossen sah sie aus, bleich und traurig, gar nicht hübsch.
»Ich wollte dir wirklich nicht wehtun«, sagte Lina geduldig. »Kannst du mir nicht bitte erklären, was ich falsch gemacht habe?«
In diesem Moment schwamm Isabel heran. »Hey, was ist denn? Spielen wir nicht weiter?«
Lina schüttelte den Kopf und Isabel drehte ab. Anscheinend hatte sie verstanden, dass sie die beiden jetzt allein lassen musste.

»Meine Mutter hat das immer gesagt«, sagte Ruth da plötzlich, so leise, dass Lina im ersten Moment meinte, sich verhört zu haben.
»Was hat sie gesagt?«
»Das mit Schneewittchen beim Baden«, sagte Ruth und Lina musste sich sehr anstrengen, um sie zu verstehen. »Wir sind oft schwimmen gegangen, im Sommer jeden Tag. Manchmal haben wir den ganzen Tag am See verbracht, das war schön.«
Lina fasste nach Ruths Hand. »Hat sie dir das Tauchen beigebracht?«
Ruth nickte. »Sie war mal Jugendmeisterin über 200 Meter. Ich habe noch ihre Medaille. Wenn du willst, zeige ich sie dir.«
»Gern«, sagte Lina. »Hast du auch ein Foto von deiner Mutter?«
Ruth nickte wieder, ganz eifrig nun. »Viele. Von meinem Vater natürlich auch. Willst du die auch sehen?«
»Ja«, sagte Lina. »Ich möchte sie sehr gern sehen.« Jetzt, da Ruth redete, fand sie sie plötzlich sehr nett. Und es stimmte gar nicht, was ihre Mutter gesagt hatte, dass Ruth nicht über ihre Probleme sprechen wollte. Vielmehr kam es Lina so vor, als wollte Ruth am liebsten ganz viel erzählen. Vielleicht weil sie so lange geschwiegen hatte?
»Weißt du was?«, sagte Lina. »Komm doch einfach schon am Montag nach der Schule mit zu mir. Isabel bleibt montags immer in der Stadt bei ihrer Tante, weil sie nachmittags Geigenunterricht hat. Dann können wir uns in Ruhe unterhalten, ohne das blöde Nordsee-Projekt.«

»Ich finde das Nordsee-Projekt eigentlich ganz interessant«, sagte Ruth. »Aber ich komme gern am Montag.« Sie sprang auf die Füße und zog Lina mit. Ihre Augen blitzten wieder. »Wer zuerst auf der anderen Seite ist!«, rief sie und war auch schon mit einem Kopfsprung im Wasser verschwunden. Lina schwamm hinterher, aber dieses Wettschwimmen hatte sie schon verloren. Doch das machte nichts. Es machte ganz und gar nichts.

Auf der Rückfahrt quetschten sich Nadine, Marie, Ruth und Lina auf die Rückbank wie die Heringe. Da Lina unbedingt neben Ruth sitzen wollte, hatte sie den Platz vorne Isabel überlassen. Vorher hatten sie alle zusammen in dem Palmenrestaurant im Schwimmbad noch etwas gegessen. Wenigstens da hatte auch ihr Vater mit ihnen zusammengesessen. Als sie gebadet hatten, hatten sie nicht mehr viel von ihm gesehen, und Lina war ein wenig enttäuscht gewesen. Ein paarmal war er zwar mit ihnen die große Rutsche heruntergerutscht, aber dann hatte er sich an die Kaffeebar verkrümelt, an seinem Handy gehangen und ihnen nur manchmal zugewinkt. Irgendwie hatte Lina sich einen Tag mit ihrem Vater ganz anders vorgestellt.
Linas Vater setzte eine nach der anderen ab. Isabel stieg auch schon in der Stadt aus, sie übernachtete heute bei ihrer Tante.
Bis zu Ruths Großeltern war es noch ein Stück Weg. Ruth war nicht gerade gesprächig, was vielleicht auch daran lag, dass Linas Vater dabei war. Aber womöglich war sie einfach nur

müde nach dem langen Tag, genau wie Lina. Auch Linas Vater schwieg und kurvte, anscheinend in seine eigenen Gedanken versunken, durch die dunklen, regennassen Straßen.
Lina lehnte sich zurück und schloss die Augen. Ganz matt fühlte sie sich und müde nach dem vielen Essen. Doch plötzlich spitzte sie die Ohren.
Hoffentlich streiten sie heute nicht wieder, hörte sie, ganz klein und piepsig, aber unverkennbar war es Ruths Stimme. *Wenn Opa wirklich angefangen hat, die Türen zu streichen, ist bestimmt dicke Luft zu Hause. Er spinnt ja auch, immer macht er alles so ungemütlich. Und Oma hat dann hinterher die ganze Arbeit, da kann man schon verstehen, dass sie sauer wird. Aber vielleicht … oh, wir sind ja schon da! Und da steht Tante Hannis Auto, zum Glück! Dann wird's bestimmt doch ganz schön …*
»So, junge Dame, da sind wir!« Linas Vater hielt in der zweiten Reihe und drehte sich zu Ruth um. »Es war schön, dass du mitgekommen bist«, sagte er herzlich.
Ruth gab ihm die Hand. »Danke für die Einladung«, sagte sie artig. »Und fürs Bringen.« Dann wandte sie sich an Lina. »Bis Montag?«
»Bis Montag«, sagte Lina. »Ich freu mich schon auf unsere Verabredung.«
»Ich mich auch«, sagte Ruth und stieg aus. Vor ihrer Haustür drehte sie sich noch einmal um und winkte.
»Und?«, fragte ihr Vater, nachdem er wieder angefahren war. »Hat's Spaß gemacht?«
»Und wie!«, sagte Lina und das stimmte ja auch. Obwohl ihr Vater nicht gerade viel mit ihnen unternommen hatte. Wahr-

scheinlich knackte er an einem schwierigen Fall, dann war er manchmal tagelang ganz abwesend, das kannte Lina schon.
»Diese Ruth ist ein nettes Mädchen«, sagte er jetzt. »Mama hat mir erzählt, dass du erst gar nicht begeistert warst, als sie sie eingeladen hat, aber nun war es doch gar nicht so schlimm, oder?«
»Nein«, sagte Lina. »Ich bin jetzt richtig froh, dass sie dabei war. Hast du gesehen, wie toll sie schwimmen kann? Ihre Mutter war mal Jugendmeisterin über 200 Meter und am Montag kommt sie mich besuchen.«
Linas Vater stutzte einen Moment, aber dann begriff er. »Es wäre schön, wenn ihr euch anfreunden würdet. Das würde Ruth bestimmt sehr guttun.«
Diese letzte Bemerkung machte Lina ein bisschen wütend. Das klang ja, als wäre Ruth ein Sozialfall. »Mir würde es bestimmt auch guttun«, sagte sie trotzig.
»Ja«, sagte ihr Vater. »Ja, bestimmt.« Dann konzentrierte er sich auf die Straße und schaltete die Scheibenwischer auf Höchstgeschwindigkeit. »So ein Sauwetter!«
Der Regen peitschte auf die Frontscheibe und trommelte auf das Wagendach, prasselnd laut und einschläfernd zugleich. Lina zog die Beine auf den Sitz und lehnte die Wange an das Rückenpolster. Gemütlich …
… muss mit Chris reden, am besten heute noch … spürt ja sowieso, was los ist …, **hörte Lina plötzlich und blieb ganz still.** … hat doch keinen Sinn, das auf die lange Bank zu schieben … muss Klaus fragen, ob sein Angebot noch steht … ärgerlich, dass ich ihn vorhin nicht erreicht habe … Verena macht sich viel zu viele Sorgen, dabei wird das

schon … Tut mir nur leid wegen der Kleinen … Klaus haut bestimmt mal wieder so richtig schön auf den Putz, wahrscheinlich mit der üppigen Schwarzhaarigen, die er da neulich kennengelernt hat … der macht's richtig, während ich … verdammt, ich wollte ja heute noch die Akte Gernfeld … aber nee, nachher rede ich erst mal mit … Was macht denn der Idiot da, spinnt der?

Linas Vater trat so heftig auf die Bremse, dass Lina aufschreckte. »So ein Vollidiot!«, schimpfte er. »Hast du das gesehen? Nicht mal geblinkt hat er!«

Lina blinzelte verwirrt. Das abrupte Bremsmanöver hatte sie weniger erschreckt als die Gedanken ihres Vaters. Die waren ja mehr als chaotisch. Ob er da selbst noch durchstieg? Lina tat es jedenfalls nicht, auch wenn sie noch so sehr versuchte, sich einen Reim darauf zu machen. Wer war diese Verena nur? Und Klaus? Von dem hatte sie auch noch nie etwas gehört. Aber es war ganz bestimmt gut, dass ihr Vater mit ihrer Mutter reden wollte, die würde schon Ordnung in das heillose Durcheinander in seinem Kopf bringen. So etwas konnte sie gut, das wusste Lina aus eigener Erfahrung.

Obwohl Samstag war, ging Lina freiwillig um acht ins Bett. »Aber ich darf noch lesen!«, erklärte sie. »So lange ich will! Weil heute schließlich noch mein Fortsetzungsgeburtstag ist.«

Ihre Mutter strich ihr liebevoll das Haar aus der Stirn. »Dir fallen ja jetzt schon die Augen zu!«

»Keine Spur! Du wirst schon sehen! Außerdem hab ich ein ganz spannendes Buch.«

Aber als sie am nächsten Morgen aufwachte, stellte sie fest, dass ihr das Buch gestern Abend heruntergefallen sein musste. Seltsam, sie konnte sich nicht einmal mehr erinnern, das Licht ausgeschaltet zu haben.

Sie sah auf die Uhr. Es war erst halb acht, ihre Eltern schliefen bestimmt noch. Auch gut, dachte Lina und griff nach ihrem Buch. Irgendwann kam Kleckschen anspaziert. Anscheinend hatte sie gerade gefrühstückt, denn sie setzte sich auf die Bettdecke, genauer gesagt mitten auf Linas Po, und verrichtete ausführlich ihre Morgentoilette.

Als Lina eine Stunde später aufstand, deckte ihre Mutter gerade den Frühstückstisch – für zwei.

»Wo ist denn Papa?«, fragte Lina überrascht. Sie hatte ihn gar nicht wegfahren hören.

»Arbeiten«, sagte ihre Mutter knapp. Sie sah blass und müde aus, aber sie hatte ihre Haare sehr sorgfältig aufgesteckt und sich sogar ein bisschen geschminkt. Das tat sie selten an einem Sonntagmorgen, meistens frühstückten sie sogar im Bademantel. Aber heute hatte sie sich schon angezogen, Jeans und einen flauschigen weißen Rollkragenpullover, den Lina noch gar nicht kannte. Sehr schick sah sie aus.

»Willst du auch noch weg?«, fragte Lina.

Ihre Mutter schüttelte den Kopf und füllte Wasser in die Kaffeemaschine.

»Und warum hast du dich dann so fein gemacht?«

»Weil mir danach zumute war«, sagte ihre Mutter, aber ein besonders festliches Gesicht machte sie nicht. »Was ist mit dir? Willst du dich nicht auch noch schnell anziehen? Ich wollte

gerade die Eier aufsetzen, ein paar Minuten dauert es also sowieso noch.«
»Na gut.« Lina trollte sich wieder, obwohl sie überhaupt keine Lust hatte, sich anzuziehen. Sie fand Bademantelfrühstücke sehr gemütlich und heute war so ein grauer, trüber Bindfadenregentag, dass sie sich auch hätte vorstellen können, sich nach dem Essen wieder ins Bett zu kuscheln und weiterzulesen. Aber Mama hatte fast elegant ausgesehen, da kam sie sich in ihrem alten, verblichenen Bademantel ganz unpassend vor.
»Wann ist Papa denn gefahren?«, fragte sie, als sie ihr Ei aufschlug.
»Früh«, sagte ihre Mutter.
»Und wann kommt er wieder?«
»Spät«, sagte ihre Mutter.
»Ach so«, sagte Lina. Wahrscheinlich hatte ihre Mutter seine Gedanken endlich sortiert und nun saß er in seinem Büro und war froh, dass er endlich wusste, wo es langging. Da brauchte er bestimmt lange. Lina konnte sich gut vorstellen, dass er eine Menge Unordnung angerichtet hatte in den letzten Tagen. So wie es in seinem Kopf ausgesehen hatte!
»Ich müsste eigentlich auch etwas arbeiten«, sagte ihre Mutter. »Ich habe da eine Sache, die morgen fertig sein muss.«
»Ja, ist doch toll!« Lina freute sich. Ihre Mutter arbeitete immer am Esstisch und da würde sie sich einfach dazusetzen und ihr Bild für Tante Agnes weitermalen. Sie fand, das war ein sehr schönes Programm für so einen verregneten Tag.

Es war absolut still im Zimmer, als Lina und ihre Mutter an dem großen, dunklen Holztisch saßen, beide ganz vertieft. Lina malte und ihre Mutter las in einem Aktenordner und machte sich manchmal Notizen.
Aber eigentlich war es gar nicht still, plötzlich hörte Lina ganz viele Geräusche. Der Regen schlug sanft und gleichmäßig an die Fensterscheiben und draußen klapperte das lose Brett des Rosenspaliers, wenn ein Windstoß darunterfuhr. Die Kerzen, die Mama auf das Silbertablett am Ende des Tisches gestellt hatte, knisterten ab und zu. Und Kleckschen, die sich auf Mamas Lesesessel eingerollt hatte, schnarchte ganz leise. Man hörte einen Holzbalken knarren und das Kratzen von Mamas Stift auf dem Notizblock und das Umblättern der Seiten. Auch sie selbst, bemerkte Lina auf einmal, machte eine Menge Lärm: Ihre Stifte klapperten auf der Tischplatte, wenn sie sie ablegte, und beim Anspitzen knirschte das Holz. Sogar das Malen konnte man hören, ein weiches Schaben, als Lina die blaue Schüssel mit den Fleischklößchen anmalte.
Ein richtiges Wimmelbild sollte Tante Agnes bekommen, eines, auf dem alles drauf war, was für sie beide wichtig war. In der Mitte des Bildes stand der rotbraune Holztisch, an dem sie immer zusammen Mittag aßen, darauf die Schüssel mit den Fleischklößchen, daneben, perfekt hellviolett, eine riesige Schale mit Heidelbeerquark. Kleckschen stand mitten auf dem Tisch und Tante Agnes guckte sie böse an – Lina hatte ihr ganz dicke, dunkle Augenbrauen gemalt, damit man das gut erkannte – und fütterte sie mit Leckerli aus der großen Tasche ihrer hellblauen Schürze. Und dabei lächelte sie gleichzeitig

mit einem breiten, roten Mund. In die Ecke würde Lina ihren Schlitten malen – inmitten einer Pfütze getauten Schnees – und dazu die große, rote Einkaufstasche, weil Tante Agnes sie früher, als sie klein gewesen war, im Winter immer auf dem Schlitten hinter sich her zum Einkaufen gezogen hatte. Und die vielen Vorlesebücher durften natürlich nicht fehlen und die neuen Buntstifte – die würde sie auf dem Tisch verteilen, alle sechzig, in Originalfarbe – und der kleine, gelbe Ball und der Teddy, den Tante Agnes ihr geschenkt hatte, als sie drei war, und die Puppenkleider, die sie für sie genäht hatte, und der Bollerwagen und die Bauklötze und der Blumentopf mit der Bohnenpflanze, die sie aufgepäppelt hatten, als Lina in der vierten Klasse war. Und, und, und … Ordentlich würde das Zimmer nicht gerade aussehen, ein richtiges Wimmelzimmer eben, bunt und lebendig, wie auch das Leben mit Tante Agnes war, ein richtiges Wimmelleben.
Lina malte und malte und sie hörte gar keine Geräusche mehr, nicht mehr das Klopfen der Regentropfen, nicht mehr das Knarren der Balken, nicht mehr das Klappern ihrer Stifte oder das Blättern der Seiten in Mamas Ordner.
Aber plötzlich hörte sie etwas anderes: … bin sogar erleichtert jetzt. Komisch eigentlich. Aber soll er doch gehen! Ist doch besser, als sich weiter herumzuquälen, und, ehrlich, was war es in den letzten Jahren denn anderes als eine einzige Quälerei? Immerhin, wenigstens scheint er ja ein so schlechtes Gewissen zu haben, dass er finanziell keine Schwierigkeiten macht. Na ja, sagt er jetzt. Aber wenn's hart auf hart geht, soll er es nur versuchen! Doch das wird er sich nicht trauen, da wäre am Ende er der Dumme, und das weiß er wahrscheinlich auch ganz genau. Er wird

sich sowieso noch umgucken, mit zweiundvierzig noch einmal ganz neu anzufangen, na, viel Spaß!

Linas Mutter klappte energisch ihren Aktenordner zu und schlug mit der flachen Hand darauf. »So, Schluss für heute! Magst du einen Becher Kakao?«

Lina nickte. Antworten konnte sie nicht, sie hatte einen dicken Kloß im Hals.

Ihre Mutter stand auf. »Was hältst du von einem Regenspaziergang? Wir könnten an die Seen fahren, da ist jetzt kein Mensch. Wir ziehen unser Ölzeug und Gummistiefel an und platschen durch alle Pfützen, die wir finden. Und wenn wir genug haben, gehen wir hübsch essen, am besten in diesem urigen Fischrestaurant, wo wir einmal Aal gegessen haben, weißt du noch?«

Lina räumte blitzschnell ihre Stifte ein. »Au ja! Lass uns gleich losfahren, ohne Kakao vorher!« Der Kloß in ihrem Hals hatte sich in Luft aufgelöst und sie hatte plötzlich eine irrsinnige Lust, mit Schmackes in eine dicke, fette Pfütze zu springen. Sie hatte sich getäuscht! Mama hatte nur über einen Fall nachgedacht, sonst wäre sie jetzt nicht so fröhlich. Wahrscheinlich gab es einen Mitarbeiter in ihrer Firma, der jahrelang Mist gebaut hatte und der nun wegging. Ja, sollte er doch! Er würde schon sehen, was er davon hatte!

6. Kapitel

Als Lina und Ruth am Montagmittag aus der Schule kamen, erwartete sie Tante Agnes. »Deine Mutter hat mich gebeten, heute länger zu bleiben, sie wollte sich mit ihrer Freundin zum Essen treffen. Na, Lina, nun mach mal nicht so ein langes Gesicht! Was dem einen recht ist, ist dem anderen billig.«

»Aber ich wollte doch so gern, dass Mama Ruth kennenlernt«, sagte Lina.

»Das wird sie doch auch. So spät kommt sie bestimmt nicht nach Hause. Und dafür lerne ich Ruth jetzt kennen, das ist doch auch sehr schön!« Sie lächelte Ruth breit an und streckte ihr die Hand entgegen.

Die knickste schüchtern. »Guten Tag, Frau …«

»Ach was, sag einfach Tante Agnes und du zu mir. So machen es Linas Freundinnen alle. Und nun geht euch erst einmal die Hände waschen und dann gibt's was zu essen. Ich hoffe, du magst Kartoffelpuffer, Ruth? Es gibt Blaubeeren dazu.«

Ruth strahlte. »Puffer esse ich für mein Leben gern. Bei uns gab es sie früher immer mit Apfelmus.«

»Das kannst du auch haben«, sagte Tante Agnes. »Also, beeilt euch. Ihr seht ja schon ganz verhungert aus.«

»Die ist aber nett«, raunte Ruth Lina zu, als sie sich im Bad die Hände wuschen.
»Supernett«, bestätigte Lina. »Und wenn dir ihr Essen schmeckt, hast du bei ihr gleich einen Stein im Brett.«
»Bestimmt schmeckt es mir. Bei meiner Oma gibt's immer nur Fertiggerichte aus der Mikrowelle, auf die Dauer ist das ganz schön ätzend.«
Anscheinend hatte Ruth wirklich einen großen Nachholbedarf. Lina staunte, wie viele Kartoffelpuffer sie verdrücken konnte. Tante Agnes, die am Herd stand und stetig für Nachschub sorgte, sah ihr zufrieden zu. »Das liebe ich, wenn kleine Mädchen nicht zimperlich sind beim Essen«, bemerkte sie und legte Ruth noch einen goldgelb gebratenen Puffer auf den Teller.
»Das ist aber jetzt der allerletzte«, sagte Ruth. »Sonst platze ich.«
»Ach was, iss nur ordentlich.« Tante Agnes kleckste ihr noch etwas Apfelmus auf den Puffer. »Essen und Trinken hält Leib und Seele zusammen. Was ist denn dein Lieblingsgericht?«
»Paniertes Kotelett«, erwiderte Ruth prompt. »Mit Bratkartoffeln.«
»Und grünen Bohnen?«
Ruths Augen glänzten und sie nickte.
»Dann gibt's das morgen«, sagte Tante Agnes vergnügt. »So, wenn ihr fertig seid, dürft ihr abzwitschern, ihr zwei. Nachher bringe ich euch frischen Streuselkuchen.«
»Wieso bist du nicht kugelrund wie eine Tonne, wenn deine Tante Agnes immer so gut kocht?«, fragte Ruth, als sie die Tür zu Linas Zimmer hinter sich geschlossen hatten. »Ich kann

mich kaum noch rühren, so vollgegessen …« Mitten im Satz hielt sie inne und starrte auf Linas Bettdecke, unter der sich plötzlich etwas regte.
Kleckschen steckte ihr schwarzes Köpfchen hervor und schaute Ruth neugierig an.
Die trat vorsichtig einen Schritt näher. »Ist die süß! Ist das deine? Wie heißt sie denn?«
»Kleckschen«, sagte Lina und nahm die Katze auf den Arm. »Komm, setz dich hin, dann kannst du sie auf den Schoß nehmen.«
Kleckschen beschnupperte Ruth ausgiebig, dann rollte sie sich auf ihrem Schoß ein und begann zu schnurren.
»Sie mag dich«, sagte Lina. »Das macht sie nicht bei jedem.«
Ruth streichelte das schwarze, glänzende Fell. »Ich hätte auch gern eine Katze«, sagte sie. »Aber mein Opa erlaubt es nicht.«
»Deine Großeltern sind nicht so nett, oder?«, fragte Lina, obwohl sie sich die Antwort eigentlich schon denken konnte. Eine Oma, die nicht anständig kochte, und ein Opa, der etwas gegen Katzen hatte, konnten nicht besonders toll sein. Und wenn sie sich dann auch noch immer stritten …
»Na ja, es geht. Meine Oma ist eigentlich ganz in Ordnung«, sagte Ruth. »Aber mein Opa …« Sie verzog das Gesicht. »Er ist Frührentner, weißt du, und immer zu Hause. Meine Oma arbeitet noch, sie ist Arzthelferin und wenn sie mittags von der Arbeit kommt, hat er irgendwie immer ein furchtbares Durcheinander angerichtet. Er langweilt sich einfach und da will er immer irgendwas in der Wohnung machen, dabei hat er zwei

linke Hände. Neulich hat er ein Bücherregal für mich gebaut, das ist schon beim Einräumen zusammengekracht.«

Lina kicherte, aber Ruth schüttelte den Kopf. »Das ist nicht komisch. So was passiert nämlich so ungefähr jeden zweiten Tag und das geht meiner Oma furchtbar auf die Nerven. Und mir langsam auch.«

»Hm«, machte Lina ratlos. Was sollte sie dazu sagen? »Hast du die Fotos von deinen Eltern mitgebracht?«, fragte sie dann.

Ruths Gesicht hellte sich auf. »Ja, jedenfalls ein paar. Natürlich habe ich noch jede Menge Alben, aber die hier sind die neuesten.« Sie setzte Kleckschen behutsam auf die Bettdecke und kramte in ihrer Schultasche. »Hier!« Sie zog einen großen, braunen Umschlag hervor.

Es waren viele Fotos, große, glänzende Farbausdrucke. »Mein Vater war Grafikdesigner«, erklärte Ruth, »für ihn waren das Kleinformate. Guck, das ist er. Und hier sind meine Mutter und ich.«

Lina betrachtete das Bild von der hübschen, lachenden Frau mit den dunklen Haaren. Ruth sah ihr unglaublich ähnlich, sie hatte das gleiche schmale Gesicht und die großen, blauen Augen. Allerdings sah sie auf dem Foto anders aus als jetzt, viel weicher und kindlicher. Und – natürlich – viel glücklicher.

Linas Blick wanderte weiter zu dem Foto von Ruths Vater. Er saß in einem Gartenstuhl und kniff die Augen zusammen, weil ihm die Sonne ins Gesicht schien. Seine Haare waren lang und strubbelig und so hell, dass sie fast weiß schienen, aber seine Haut war braun gebrannt. Ein bisschen, fand Lina, sahen Ruth und ihre Eltern aus wie eine Familie im Film, so strahlend und unbekümmert. Und sie schienen auch so zu leben wie eine Filmfamilie, dachte sie, als Ruth ihr weitere Fotos zeigte. Sie hatten ein sehr modernes Haus und einen großen Garten. Ruths Mutter trug lange, luftige Sommerkleider und sah auf den Fotos so lebendig aus, dass Lina meinte, sie müsse jeden Moment ihr Lachen hören können.

»Wie hältst du das nur aus, dir diese Bilder anzugucken?«, fragte sie. »Macht dich das nicht erst recht traurig?«

Ruth blickte unverwandt auf eine Porträtaufnahme ihrer Mutter und Lina dachte, sie würde ihre Frage nicht beantworten. Aber dann sagte sie ganz leise: »Ich rede mit ihnen. Und wenn ich sie sehen kann, ist es ein bisschen so, als wären sie noch da. In meinem Zimmer habe ich ganz viele Bilder von ihnen aufgehängt, noch größere.«

Lina versuchte sich vorzustellen, wie es wäre, wenn ihre Eltern heute Abend nicht mehr nach Hause kommen würden und alles, was ihr bliebe, nur ein paar Fotos wären.

»Manchmal«, sagte Ruth, und nun flüsterte sie fast, »bin ich auch wütend auf sie. Wenn sie nicht mit diesem Scheißmotorrad gefahren wären …« Sie verstummte und Lina wusste nicht, was sie sagen sollte. Sie fasste nur nach Ruths Hand.

»Es war in Frankreich«, sagte Ruth. »Mein Vater hatte da einen Kunden, den er besuchen musste, und danach haben sie dort noch ein paar Tage Urlaub gemacht.«

»Und wo warst du?«

»Bei Verwandten. Ich musste ja zur Schule. Meine Eltern waren oft unterwegs, dann war ich immer bei denen. Mein Onkel Gert ist der ältere Bruder von meinem Vater, und seine Frau ist

meine Tante Gabi. Warte, von denen habe ich auch ein Foto.« Sie ließ Linas Hand los und blätterte in dem Stapel. »Hier, guck.« Sie zeigte Lina die Aufnahme eines etwas älteren Ehepaares, das in die Kamera lächelte. Sie sahen sehr elegant aus und, wie Lina fand, ein bisschen einschüchternd.
»Konntest du nicht bei ihnen bleiben?«
Ruth streichelte über das Gesicht ihrer Tante und lächelte wehmütig. »Nein, davon war nie die Rede. Die beiden haben eine Immobilienfirma und nur wenn ich mal für ein paar Tage bei ihnen war, hat meine Tante Gabi nachmittags nicht gearbeitet. Aber auf die Dauer hätten sie gar keine Zeit für mich gehabt.«
»Haben sie keine Kinder?«
»Nee, ich glaube, sie wollten keine. Sie arbeiten immerzu und dann machen sie große Reisen.«
»Aber sie sind netter als deine Großeltern«, vermutete Lina. »*Wärest* du gerne bei ihnen geblieben?«
Ruth hob die Schultern. »Ich weiß nicht. Sie waren total lieb, aber irgendwie hatte ich immer ein bisschen das Gefühl, ich bin so eine Art Puppe für sie, wie ein Spielzeug, verstehst du? Meine Tante hat mit mir am liebsten Klamotten gekauft, richtig schicke, das hat ihr Spaß gemacht. Aber so ein richtiges Zuhause war das bei denen nicht, es war so … na, wie in einer Puppenstube eben.« Ruth lachte ein bisschen. »Keine warme Milch zum Einschlafen und Freundinnen durfte ich auch nicht mitbringen, das machte ihnen zu viel Unruhe.«
»Aber das darfst du doch jetzt auch nicht«, wandte Lina ein und betrachtete nachdenklich das Foto von Ruths Verwand-

ten. Diese Tante Gabi sah wirklich nicht so aus, als könnte man sich bei ihr sehr wohlfühlen.
»Doch, natürlich könnte ich jemanden mitbringen«, sagte Ruth. »Meine Oma drängelt sogar richtig, dass ich das tun soll. Aber ich will es nicht.«
Lina sah sie überrascht an. »Weil du dich für deinen schrecklichen Opa schämst?«
Jetzt lachte Ruth wirklich. »Überhaupt nicht. Der ist total nett zu allen Leuten und alle mögen ihn. Na ja, alle, die nicht mit ihm zusammenleben müssen«, fügte sie einschränkend hinzu. »Nein, es ist wegen ...«
»Wegen?«
Ruth presste die Lippen aufeinander und schlug die Augen nieder.
Da begriff Lina. »Wegen deiner Eltern. Weil du in deinem Zimmer mit ihnen allein sein willst, stimmt's?«
Ruth nickte.
»Das würde mir genauso gehen«, sagte Lina. »Ich würde da auch keinen Fremden reinlassen.«
Ruth hob den Kopf und sah Lina aus ihren großen Augen an. Sie waren so dunkelblau wie Mamas, wenn sie traurig war. Aber Ruth lächelte ein ganz klein wenig.
Dann stand sie auf und spazierte durch Linas Zimmer und sah sich um. Vor dem Bücherregal blieb sie lange stehen. »Du hast ganz viele Bücher, die ich auch habe. Aber seit ... seit meine Eltern tot sind, lese ich nicht mehr. Es geht irgendwie nicht mehr, die Geschichten sind alle so ... Ich weiß nicht, sie interessieren mich plötzlich nicht mehr. Aber ich male ganz viel.«

»Ich auch«, sagte Lina. »Guck mal, was für schöne Stifte mir Tante Agnes zum Geburtstag geschenkt hat.« Sie holte die Holzkiste aus dem Regal.
»Die gleichen habe ich auch«, sagte Ruth. »Meine Oma hat sie mir zu Weihnachten geschenkt.«
Plötzlich fand Lina Ruths Oma schon viel netter. »Mein erstes Bild damit male ich für Tante Agnes«, sagte sie und öffnete die Schublade, in der sie es vor Tante Agnes versteckt hatte. »Aber es ist noch lange nicht fertig. Ich will lauter Erinnerungen daraufmalen.«
Ruth schaute sich das Bild lange an. »Das ist eine schöne Idee«, sagte sie. »Und was ist das? Ein Spielzeugäffchen? So eins hatte ich auch.«
»Das soll Kleckschen sein«, sagte Lina niedergeschlagen. »Aber ich kriege sie einfach nicht hin.« Sie hatte die Katze erst ganz leicht mit Bleistift vorgezeichnet und schon tausendmal radiert. Immerhin, ein Äffchen, hatte Ruth gesagt, das war ja schon ein Fortschritt. Bisher war ihr Kleckschen immer wie ein Hängebauchhundeschwein geraten.
»Darf ich mal?«, fragte Ruth und saß schon am Schreibtisch. »Gib mal einen Radiergummi.« Sie radierte das Äffchen vom Tisch, griff zum Bleistift und beugte sich tief über das Blatt. Ihre langen, dunklen Haare fielen herab, sodass Lina nichts sehen konnte. Aber sie musste sich nicht lange gedulden, Ruth richtete sich schnell wieder auf und reichte Lina das Zeichenblatt. Auf dem Tisch saß eine perfekte kleine Katze und langte mit dem Pfötchen in den Heidelbeerquark.
»Mann!« Lina starrte Ruth an. »Wie hast du das hingekriegt?«

Die zuckte bescheiden mit den Schultern. »Ich zeichne gern Tiere. Ich hab ein Buch mit Schritt-für-Schritt-Anleitungen, wenn du willst, bringe ich es morgen mal mit und zeige es dir.«
Da klopfte es an der Tür und im selben Moment stieß Tante Agnes sie auch schon auf. »Na, habt ihr schon wieder ein bisschen Platz im Magen für warmen Streuselkuchen?«
Lina ließ ihr Bild blitzschnell in der Schublade verschwinden. »Aber immer! Gibt's auch Kakao dazu?«
Tante Agnes stellte das Tablett auf dem kleinen Tisch neben dem Fenster ab. »Habe ich dir jemals Kuchen ohne etwas zu trinken serviert?«, fragte sie entrüstet. »Allerdings, Kakao is' nicht, heute gibt's Früchtetee. Schließlich will ich euch nicht mästen.« Sie stellte Becher, Teekanne und den Kuchenteller auf den Tisch und sah sich um. »Wo hast du denn die schöne dicke Kerze gelassen? Ach, und Kleckschen aalt sich mal wieder auf dem Bett! Und wie das aussieht, ganz zerwühlt! Zustände sind das hier!« Sie scheuchte Kleckschen davon und zog die Bettdecke glatt. »So! Und wo ist nun die Kerze?«
Lina nahm sie von einem der Fensterbalken. »Hier! Es hat alles seinen Platz!«
Während Tante Agnes umständlich die Kerze anzündete, sie auf den Tisch stellte und noch einmal das Geschirr zurechtrückte, hüpfte Kleckschen wieder auf das Bett und rollte sich zu einer kleinen Kugel mit großen, vorwurfsvollen Augen zusammen. »Och Gott, das Tierchen!«, rief Tante Agnes. »Wenn es einen so anguckt ...« Sie zog ein paar Leckerli aus ihrer Schürzentasche. »Na komm, ich bin ja kein Unmensch.«
Kleckschen knabberte die Leckerli aus ihrer Hand und leckte

ihr freundlich die Finger. Danach setzte sie sich auf, um sich zu putzen, wie nach jeder Mahlzeit, auch der kleinsten. »Daran sollten sich manche Menschen ein Beispiel nehmen«, sagte Tante Agnes besänftigt. »So ein sauberes Tier!« Dann sah sie Lina an, weniger sanft. »Nach dem Tee solltet ihr mal an eure Hausaufgaben denken. Hier sieht es nicht so aus, als hättet ihr schon etwas getan. Aber ihr wisst doch: Erst die Arbeit, dann das Vergnügen. Na ja, aber jetzt lasst es euch erst mal schmecken!« Und damit verschwand sie wieder.
Ruth gluckste. »Die ist lustig! Du hättest mal die Haushälterin von meiner Tante Gabi erleben sollen, die war das genaue Gegenteil. Bei der gab's zum Tee einen einzigen trockenen Keks und dein Bett hätte die jetzt wahrscheinlich desinfiziert. So eine wie deine Tante Agnes hätte Tante Gabi sofort gefeuert.«
»Dann ist es ja gut, dass du nicht bei ihr geblieben bist«, sagte Lina.
»Supergut«, bestätigte Ruth und biss herzhaft in ein Stück Streuselkuchen.
»Wir sollten wirklich schnell die Hausaufgaben machen«, sagte Lina, als sie den Kuchenteller leer geputzt hatten. »Oder hast du dazu heute Abend noch Lust?«
»Garantiert nicht. Außerdem geht es zu zweit viel schneller. Was haben wir eigentlich auf?«
»Mathe und Englisch«, sagte Lina und spülte die letzten Kuchenkrümel mit einem Schluck Tee hinunter.
»Und was machst du lieber?«, fragte Ruth.
»Englisch.«

»Na, das passt doch. Dann mache ich Mathe und anschließend tauschen wir die Hefte.«
Lina fand, das war eine geniale Arbeitsteilung. »Wir sollten immer zusammen Hausaufgaben machen«, sagte sie, als sie fertig waren. Sie hatten gerade mal eine halbe Stunde gebraucht und selbst wenn Ruth sich verrechnet oder sie einen Bock in die Englischsätze gebaut haben sollte, es würde weder Maxi noch Mrs Gilbreth, der Englischlehrerin, auffallen, dass sie dieselben Fehler hatten. Die hatten beide nur das Isabel-Lina-Gespann auf dem Kieker.
»Und was machen wir jetzt?«, fragte Lina.
»Malen«, sagte Ruth entschieden. »Ich will auch so ein Wimmelbild malen wie du. Für meine Oma. Die ist so lieb zu mir und außerdem hat sie bald Geburtstag.«

So fand Linas Mutter die beiden einträchtig an Linas Schreibtisch sitzend vor. »Warum habt ihr euch nicht an den Esstisch gesetzt? Da hättet ihr doch viel mehr Platz.«
Lina deutete auf ihr Bild für Tante Agnes. »Das soll sie doch jetzt noch nicht sehen. Außerdem waren wir hier mehr unter uns.«
Ihre Mutter lächelte. »Und war's schön?«
»Sehr«, sagte Ruth. »Danke, dass ich kommen durfte.«
»Du bist jederzeit willkommen, Ruth«, sagte Linas Mutter. »Komm, wann immer du willst. Ihr braucht auch nicht vorher zu fragen, wenn du da bist, bist du da, okay?«
»Danke«, sagte Ruth wieder. Plötzlich sah sie – fast – glücklich aus.

Und als sie später mit Tante Agnes in deren kleinem roten Auto zurück in die Stadt fuhr, winkte sie fröhlich.
Linas Mutter legte den Arm um Lina, als sie die Haustür schlossen und zurück ins Warme gingen. »War es für dich auch schön?«, fragte sie.
»Und wie! Irgendwie ist mit Ruth alles so … sanft.« Lina erzählte von den Fotos, die Ruth ihr gezeigt hatte, und von ihrem Zimmer, in dem sie mit ihren Eltern sprach und in das sie keinen Fremden hineinlassen wollte.
Ihre Mutter setzte sich auf das Sofa und hörte ihr aufmerksam zu. Ihre Augen wurden dabei immer dunkler. Aber so richtig hell waren sie auch nicht gewesen, als sie nach Hause gekommen war. »Wahrscheinlich braucht Ruths Trauer jetzt einfach noch ganz viel Platz«, sagte sie, als Lina zu Ende erzählt hatte. »Irgendwann wird sich das ändern, aber es braucht Zeit. Viel Zeit. Jedenfalls freut es mich, dass ihr euch anzufreunden scheint. Das wird ihr helfen.«
»Aber ich kann ihr doch gar nicht helfen«, sagte Lina. »Als sie von ihren Eltern erzählt hat, wusste ich manchmal gar nicht, was ich sagen sollte.«
»Du musst auch nichts sagen. Es reicht, wenn du zuhörst«, sagte ihre Mutter. Sie streichelte Linas Wange. »Und dass du da bist, das hilft auch ganz viel.« Jetzt waren ihre Augen dunkelblau. Wie Tränenseen.
Lina schaute sie verwundert an. Ging ihr Ruths Geschichte wirklich so nahe? Oder war da noch etwas anderes?
Plötzlich spürte sie wieder diesen Kloß im Hals, so dick, dass er sie stumm machte.

7. Kapitel

Lina schleppte den Kloß in ihrem Hals viele Tage mit sich herum. Manchmal, in der Schule oder wenn sie nachmittags mit Isabel und Ruth an dem Nordsee-Projekt arbeitete, vergaß sie ihn, aber immer wenn sie allein war, kam er wieder. Und jedes Mal schien er ein bisschen größer zu sein.

Erst dachte Lina, das läge daran, dass sie nun so viel Zeit mit Ruth verbrachte. Immer wieder stellte sie sich vor, wie es wäre, plötzlich keine richtige Familie mehr zu haben. Diese Angstgedanken konnten doch nur daher kommen, dass Ruth ihre Familie verloren hatte, oder?

Aber es war immer schön, wenn sie mit Ruth zusammen war. Ruth sprach auch gar nicht so oft von ihren Eltern und wenn Isabel dabei war, erwähnte sie sie nie. Dann redeten sie eigentlich nur über ihr Nordsee-Projekt. Isabel hatte von ihrer Tante ein richtig gutes Buch über das Wattenmeer mitgebracht, da war ganz viel erklärt, aber am besten waren die Fotos.

Ruth stürzte sich darauf. »Ich male die Tiere ab«, schlug sie vor.

»Und ich suche im Internet Texte dazu«, sagte Isabel. »Das zusammen werden dann unsere Hintergrundinformationen.«

»Dann schreibe ich eine Geschichte über eine Wattwanderung, in der die Leute von der Flut überrascht werden«, sagte Lina. »In dem Buch steht ganz genau, was man alles beachten muss, wenn man ins Watt geht. Kompass mitnehmen und den Tidenkalender genau studieren und nie ohne Wattführer zu weit hinausgehen, weil diese Priele, die bei Ebbe ganz schmal sind, plötzlich zu richtigen Flüssen werden können, wenn das Wasser zurückkommt.«

Ruth hatte eine brillante Idee: »Schreib das doch so, als ob *wir* das erlebt hätten!«

Sie fläzten sich auf die Sofas im Wohnzimmer, futterten Tante Agnes' Schokoladenkuchen und malten sich eine dramatische Geschichte aus, während vor den großen Fenstern ein eklig kalter Winterregen niederging.

Zuerst, das war bei dramatischen Geschichten wichtig, ging sie ganz harmlos los: Die Sonne schien und die drei Mädchen beschlossen, ein wenig aufs Watt hinauszuspazieren, um Muscheln zu suchen. Immer weiter und weiter wanderten sie und die Sonne brannte auf sie herab, sodass sie froh waren, schließlich auf einen Priel zu stoßen, in dem sie sich abkühlen konnten. Sie planschten darin herum und Isabel begann eine Wasserschlacht. Schließlich waren sie so erschöpft, dass sie sich in den feuchten Sand warfen und ein wenig ausruhten. Vielleicht waren sie sogar eingedöst, das konnten sie später nicht mehr so genau sagen, jedenfalls waren sie plötzlich ganz überrascht, weil sie gar nicht bemerkt hatten, dass der Himmel sich zugezogen hatte. Es wurde kalt. Und der kleine Priel war zu einem reißenden Fluss angeschwollen. Sie bekamen Panik und liefen weiter ins Watt hinaus, wo sie sich auf eine Sandbank retteten. Doch das Wasser um sie her stieg und stieg, brodelnd und zischend umzingelte sie die weiße Gischt. Ihre Hilferufe wurden vom Wind davongetragen und nichts war zu hören, außer dem Schreien der Möwen und dem Gurgeln des Wassers. Als es ihre Hüften umspülte, klammerten sie sich aneinander. Sie wussten, es erwartete sie der sichere Tod. Das Wasser umtoste sie mit seiner alles verschlingenden Macht und nur mit äußerster Anstrengung gelang es ihnen noch, sich auf den Beinen zu halten. Doch dann – tauchte ein Hubschrauber über ihnen auf und ein Boot der Küstenwacht kam angerast … Rettung in letzter Minute!

»Prima!«, sagte Isabel zufrieden und angelte sich das letzte Stück Schokoladenkuchen von der Kuchenplatte. »Das musst du jetzt nur noch aufschreiben. Mit viel wörtlicher Rede.«

»Aber du darfst nicht einfach schreiben, dass wir Todesangst hatten«, sagte Ruth und nahm Isabel den Kuchen weg, um selbst noch einmal abzubeißen. »Das muss man *spüren.*«

Lina arbeitete wirklich hart an der Geschichte, tagelang. Während Ruth gemütlich am Gefieder eines Strandläufers strichelte und Isabel die Texte aus dem Internet zusammenfasste, kaute sie an ihrem Bleistift und überlegte, wie sich wohl Todesangst anfühlte. Ob es reichte, wenn Ruth schrie: »Ich spüre den Boden nicht mehr! Der Boden ist weg!«? Lina fand, dass das ganz schön dramatisch klang.

Schließlich las sie ihren Freundinnen die Geschichte vor.

»Super«, sagte Isabel und schleckte Vanillesauce von ihrem Finger. Diesmal hatte Tante Agnes Apfelstrudel gebacken.

»Echt gruselig.« Ruth schauderte. »Also, ich möchte das nicht erlebt haben.«
»Wir könnten noch eine Tafel auf unser Plakat kleben, was man bei Wattwanderungen alles beachten muss«, schlug Isabel vor. »Die mache ich!«
»Und wie bringen wir meinen Aufsatz unter?«, fragte Lina. »Der ist doch viel zu lang.«
»Ich schreibe ihn auf lauter zusammengeklebte Blätter«, sagte Ruth. »Die falten wir dann wie eine Ziehharmonika und pinnen sie einfach mit einer Stecknadel fest.«
Es wurde ein supergutes Plakat. Das beste von allen, darin waren sie sich einig. Aber natürlich sagten sie das nicht laut. Ruths Bilder sahen fast aus wie fotografiert und Isabel hatte alles wunderschön auf blaues Tonpapier geklebt und – mithilfe ihres Vaters – am Computer eine richtig verwittert aussehende Warntafel mit Verhaltensregeln für Wattwanderungen erstellt.
Als Lina ihren Aufsatz der Klasse vorlas, hatte sie höchstens einen Kloß im Hals, weil ihre Freundinnen und sie so knapp dem Tode entronnen waren. Aber bei dem anschließenden Applaus löste sich der Kloß sofort wieder auf.
Doch dann sagte Womo: »Ich möchte, dass ihr euch alle einmal Ruths Zeichnungen ganz genau anseht. Sie sind hervorragend. Und da unser nächstes Projekt das Zeichnen von Landkarten sein wird, möchte ich dich bitten, Ruth, den anderen zu erklären, wie man so feine und exakte Strukturen zeichnen kann.« Das war gemein! Ruth hatte noch nie vor der ganzen Klasse etwas gesagt und jetzt sollte sie gleich einen ganzen Vortrag halten?

Aber Ruth sah gar nicht ängstlich aus. »Das ist gar nicht so schwer«, sagte sie. »Man muss vor allem gute Buntstifte haben, nicht so ein Billigzeug. Und man muss sie immer und immerzu anspitzen beim Malen, das ist wichtig. Und immer kleine Striche machen oder kleine Kreise. Das dauert zwar länger, aber nur dann wird's was.«
»Sehr gut«, sagte Womo. »Habt ihr gehört? Besorgt euch vernünftige Buntstifte, kein Billigzeug. Morgen legen wir los.«
»Ich finde, wir haben uns eine Belohnung verdient«, sagte Lina nach der Stunde zu Ruth und Isabel. »Wollen wir nicht am Samstag wieder schwimmen gehen, nur wir drei?«
»Aber nicht in der Nordsee«, sagte Ruth.
Lina lachte. »Nee, ich dachte eher ans Badeland. Ich frage meine Mutter, ob sie uns fährt, mit dem Bus gondeln wir ja sonst eine halbe Ewigkeit durch die Gegend.«
Die beiden anderen waren von der Idee begeistert und Ruth sagte: »Diesmal lade ich euch hinterher zum Essen im Palmenrestaurant ein. Ich darf das bestimmt, schließlich habe ich meinen letzten Geburtstag gar nicht gefeiert.«
»Wann war der denn?«, fragte Isabel.
»Im September«, sagte Ruth und im selben Moment klingelte es zur nächsten Stunde.

Als Isabel und Lina mittags im Bus nach Hause juckelten, sagte Lina: »Wenn Ruth uns wirklich einlädt, dann müssen wir ihr aber auch etwas schenken. Schließlich ist das ja so eine Art Geburtstagsnachfeier.«
»Stimmt«, sagte Isabel. »Und ich finde, wir sollten uns etwas

besonders Schönes einfallen lassen. Sie ist nett, nicht? Und sie tut mir so schrecklich leid.«

»Mir tut sie auch leid«, sagte Lina. »Aber deswegen will ich ihr nichts schenken. Das wäre blöd.«

»So meine ich das ja auch nicht«, räumte Isabel ein. »Es ist nur, weil ... ach, ich weiß auch nicht.«

»Weil sie eben nett ist«, sagte Lina fest. »Und weil es Spaß macht, ihr eine Freude zu machen.«

»Genau.« Isabel schaute aus dem Fenster, vor dem die graue Februarlandschaft vorbeizog, kahl und trist. Es regnete wieder.

Ein paar Kilometer später sagte Isabel: »Seit ich Ruth kenne, finde ich es gar nicht mehr so schlimm, ein Scheidungskind zu sein. Wenigstens habe ich noch meinen Vater.«

»Na, und deine Mutter hast du schließlich auch noch«, sagte Lina. »Auch wenn du sie nicht so oft siehst.«

Isabel schnaubte. »Pah, die!« Und dann sah sie wieder aus dem Fenster. Lina wusste, dass sie sie jetzt in Ruhe lassen musste. Isabel sprach nie über ihre Mutter und wenn in den Ferien einmal ein Besuch bei ihr anstand, was selten genug vorkam, war sie schon Tage vorher mürrisch und gereizt, richtig ungenießbar.

Lina kannte Isabels Mutter nicht. Die hatte sich, lange bevor Linas Eltern den alten Stall gekauft und die beiden Mädchen sich kennengelernt hatten, von Isabels Vater getrennt. Lina wusste nur, dass sie jetzt mit ihrem neuen Mann, der nicht nur ein Herr *von*, sondern ein echter Graf war, irgendwo in Bayern lebte. Und einmal hatte sie gehört, wie ihr eigener Vater ziemlich abfällig gesagt hatte, dass Isabels Mutter wohl nicht nur der Stimme ihres Herzens, sondern auch der des Geldes gefolgt sei.

»Ein Herz kann die nicht haben«, hatte Linas Mutter böse gesagt. »Sonst hätte sie ihre kleine Tochter nicht in diesem Mausoleum zurückgelassen. Dass sie diesen Langweiler Bennecke verlassen hat, kann ich ja noch verstehen – aber ihr *Kind*?«

Diese Unterhaltung war natürlich keineswegs für Linas Ohren bestimmt gewesen und sie hütete sich, auch nur mit einem Sterbenswörtchen zu verraten, dass sie sie gehört hatte. Aber schließlich waren ihre Eltern selbst schuld, wenn sie sich über solche Sachen auf der Terrasse unterhielten, direkt neben Linas geöffnetem Fenster.

»Ich jedenfalls«, hatte Linas Mutter weiter gesagt, »würde wie eine Löwin um Lina kämpfen, wenn wir uns trennen.«

Da hatte Linas Vater etwas gequält gelacht und gefragt: »Warum sagst du das jetzt?«

»Nur so«, hatte Linas Mutter geantwortet und danach war es still geworden auf der Terrasse.

Plötzlich erinnerte sich Lina an dieses Gespräch. Im letzten Sommer war das gewesen und damals hatte es ihr einen kleinen Kloß im Hals gemacht, winzig klein und so schnell vergessen, als hätte er sich einfach in Luft aufgelöst.

Aber vielleicht hatte er das gar nicht getan? Jetzt jedenfalls meldete er sich schon wieder, ausgerechnet heute, nach diesem schönen Vormittag.

»Wie alt warst du eigentlich, als deine Eltern sich getrennt haben?«, fragte sie unvermittelt.

Isabel wandte den Blick nicht vom Fenster. »Sechs.«
»Und hast du da vorher irgendwas gemerkt?«, fragte Lina.
Isabel drehte sich heftig um und sah sie böse an. »Nee! Was denn wohl?«
»Na ja, ich meine ja nur, so … so ein komisches Gefühl, dass irgendwas nicht stimmt.«
Jetzt sah Isabel sie richtig wütend an. »Wie denn? Erwachsene sind Weltmeister im Lügen! Abends hat meine Mutter mir noch ganz normal Gute Nacht gesagt und am nächsten Morgen war sie weg!« Sie bückte sich nach ihrem Rucksack und stieß Lina unsanft an. »Los, komm, wir sind da!«
Als der Bus hielt, sprang sie als Erste hinaus, mitten in eine Pfütze. »Mist, verfluchter!«
Lina kletterte vorsichtig hinterher. »Sehen wir uns heute Nachmittag?«, fragte sie.
»Nee! Kann nicht!« Isabel sah sie nicht einmal an. Sie pflügte, ohne die Füße zu heben, durch die graue Pfütze und dann lief sie, ohne sich umzuschauen, auf ihr Mausoleum zu.
Lina blickte ihr traurig nach. Und dann trottete sie nach Hause. Tante Agnes öffnete ihr. »Wo ist denn Mama?«, fragte Lina überrascht. Heute war Mittwoch, kein Tante-Agnes-Tag.
»Beim Mittagessen in der Stadt. Sie trifft sich mit ihrer Freundin. Aber nun komm erst mal herein, du bist ja ganz nass. Wie war's in der Schule?«
»Gut!« Plötzlich war Lina wieder etwas fröhlicher zumute. Sie hatte so viele Neuigkeiten, die sie loswerden musste, sofort.

8. Kapitel

Diesmal war es wirklich mitten in der Nacht, als Lina aufwachte, das spürte sie sofort. Es war stockfinster und die Stille fühlte sich geradezu unheimlich an. Lina tastete nach Kleckschen, aber die war nicht da. Lina war ganz allein. Nur die Angst war bei ihr, diese wirre Angst, die sich wie eine riesige Hand um ihren Brustkorb gelegt hatte und ihn zusammenzudrücken schien, sodass Lina meinte, kaum noch atmen zu können.
Immer häufiger kam diese Angst jetzt des Nachts angekrochen, doch sonst war Lina nur kurz aus ihren Träumen geschreckt, und wenn sie dann ihr Gesicht in Kleckschens warmes Fell gedrückt und das gleichmäßige, beruhigende Schnurren gehört hatte, war sie sofort wieder eingeschlafen und die Angst hatte sich verzogen.
Aber heute war es anders. Heute wachte Lina richtig auf und merkte, wie die Angsthand größer und größer wurde und ihr Griff enger und enger, bis Lina sich nicht mehr rühren konnte.
Doch! Mit einem Ruck schnellte sie hoch, warf die Decke zurück und floh aus dem Bett. Keinen Moment lang dachte sie

darüber nach, ob sie fünf oder zehn oder zwanzig war, sie wollte nur zu ihrer Mutter. Nicht eine Minute länger würde sie die Angst ertragen und niemand anders als Mama konnte sie verscheuchen. Lina stieß die Schlafzimmertür auf. »Mama?«
Die war sofort wach, knipste das Licht an und blinzelte. »Lina, was ist denn? Komm her!«
Lina schlüpfte unter die warme Decke und erst als sie in Mamas Arm lag, merkte sie, dass sie am ganzen Körper zitterte.
»Hast du schlecht geträumt?«, fragte ihre Mutter.
Lina nickte. Dabei konnte sie sich gar nicht erinnern, etwas geträumt zu haben. Sie war einfach aufgewacht und die Angst war da gewesen.
»Was war es denn? Willst du es mir erzählen?«
»Was ist denn los?« Linas Vater warf sich unwillig auf die Seite. »Mach doch das Licht aus!«
»Lina hatte einen schlimmen Traum«, sagte ihre Mutter laut. »Aber schlaf du nur weiter.« Sie ließ die Nachttischlampe brennen und sah Lina besorgt an. »Möchtest du vielleicht eine warme Milch?«
»Nein.« Lina umklammerte sie ganz fest. »Ich will nur hierbleiben. Dann ist's schon gut.«
Ihre Mutter drückte sie an sich. »Na, dann komm, Seitenwechsel. So kann ich nicht einschlafen.«
Lina krabbelte über sie hinweg, kuschelte sich ein und ihre Mutter stopfte die Decke fest um sie herum. Nun war alles gut, genau wie früher, als Lina noch viel öfter im Bett ihrer Eltern eingeschlafen war, sie in der Mitte und Mama und Papa rechts und links von ihr. Und typisch, kaum hatte Mama das

Licht ausgemacht, da fand sich auch Kleckschen ein. Eigentlich war das Elternschlafzimmer für sie tabu, aber da Lina die Tür offen gelassen hatte, nutzte sie die Gelegenheit und sprang aufs Bett. Sie rollte sich zwischen Mama und Lina ein und schnurrte wie eine kleine Nähmaschine. Linas Mutter streckte eine Hand nach ihr aus. Und dann seufzte sie wohlig und schlief wieder ein.

Lina lauschte ihren gleichmäßigen Atemzügen und Kleckschens Schnurren. Ganz leicht war ihr wieder und gleichzeitig spürte sie, wie sie schwerer und schwerer wurde, als der Schlaf kam.

Doch plötzlich schreckte sie auf. ... war gerade eingeschlafen! Meine Güte, Lina ist zehn und dann noch so ein Theater! Wie soll das nur werden, wenn ... mag gar nicht dran denken! Oje, ihr Vater schien ziemlich wütend zu sein, seine Gedanken hatten einen lauten, bösen Hall. ... muss ich von Anfang an klarstellen, dass ich nachts nicht aufstehe, bin schließlich keine dreißig mehr ... soll Verena doch, die steckt das leichter weg ... muss unbedingt den Fall Schmitz kriegen ... dieser Kinderwagen, den Verena da angeschleppt hat ... ein Vermögen ... Schmitz ... das wäre ein saftiges Honorar ... muss es endlich Chris sagen ... da kommen locker zwanzigtausend bei rum ... ist auch bitter nötig ... wenn Chris keine Zicken macht, kriegen wir die Scheidung ...

Jetzt war Lina hellwach. Und wie immer, wenn sie hellwach war, hörte sie nichts mehr. Jedenfalls nichts von dem, was andere dachten. Aber das wollte sie nun auch gar nicht mehr. Sie hatte viel zu viel gehört und nun waren es ihre eigenen Gedanken, die laut und krachend durch ihren Kopf polterten und die sie erst einmal sortieren musste.

Aber ganz schnell merkte sie, dass es gar nicht mehr viel zu sortieren gab. Im Gegenteil, es krachte und polterte so laut, weil Lina mit einem Mal verstanden hatte.
Sie lag ganz still, mit offenen Augen. Wenn da nicht Mamas Arm um ihre Schulter gewesen wäre und ihre Wärme und der feste Wulst der Bettdecke in ihrem Rücken und Kleckschens Schnurren, dann hätte sie es vielleicht nicht ausgehalten. Dann hätte sie vielleicht ganz laut geschrien.

»Lina, Mäuschen, du musst aufstehen, es ist gleich halb sieben!«
Lina zerrte die Decke über den Kopf, aber ihre Mutter zog sie gleich wieder zurück. »Nun komm schon, Schätzchen, ich hab keine Zeit, dich ewig zu wecken.«
»Dann lass mich doch schlafen!« Lina kroch tiefer unter die Decke.
Ihre Mutter riss sie weg. »Lina, bitte! Ich bin spät dran. Komm, sei ein Schatz und steh auf, ja? Du kannst auch sofort ins Bad, Papa ist längst fertig.«
Papa! Lina war schlagartig wach. Und alles, alles fiel ihr wieder ein. Mit einem Satz war sie aus dem Bett und flitzte ins Bad. Zähne putzen und Katzenwäsche mussten reichen, sie hatte keine Lust, sich jetzt erst lange unter die Dusche zu stellen. In Windeseile schlüpfte sie in Jeans und Pulli, suchte nach frischen Socken, fand nur zwei verschiedene, einen roten und einen geringelten, aber warum nicht? Es gab Tage, an denen passte sowieso nichts, und heute war so ein Tag. Wenn nicht ein schlimmerer.

Ihr Vater saß schon am Frühstückstisch, wie aus dem Ei gepellt in seinem dunklen Anzug. Gähnend las er die Zeitung und trank dazu seinen Orangensaft, den Linas Mutter jeden Morgen für ihn auspresste. Jeden Morgen! Und er? Was tat er für sie?
Lina trat gegen einen Stuhl. Aber das brachte natürlich nichts, ihr Vater sah nicht einmal auf, sondern gab nur ein Grunzen von sich, das so etwas wie »Guten Morgen« bedeuten sollte. Morgens war er nie sehr gesprächig, sondern fast noch im Halbschlaf, und er nahm kaum wahr, was um ihn herum passierte. Das änderte sich meistens erst nach der dritten Tasse Kaffee und wenn er nicht nur den Lokalteil, sondern auch die Sportseiten in der Zeitung zu Ende gelesen hatte. So lange konnte Lina unmöglich warten. Aber das musste sie auch nicht. Immerhin wusste sie genau, wie sie ihn auf hundertachtzig bringen konnte, in nur drei Minuten, wetten? Warum sollte es ihm besser gehen als ihr? Sie war auf zweihundertfünfzig!
Sie schenkte sich Apfeltee ein und suchte nach einem Strohhalm. Wahrscheinlich waren sie in der Schublade unter dem Kühlschrank, aber vorsichtshalber guckte Lina erst einmal in jeden Schrank. Die Türen konnte man so schön knallen. Bei der vierten zuckte ihr Vater zusammen. »Muss das sein?«, brummte er.
Lina würdigte ihn keiner Antwort, sondern knallte weiter, bis sie die Strohhalme fand. Sie lagen tatsächlich in der Schublade unter dem Kühlschrank. Lina zog einen aus der Packung und setzte sich an den Tisch, um ihren Tee zu trinken. Er war noch

ein bisschen heiß, also blies sie erst einmal in den Strohhalm hinein, sodass große, blubbernde Blasen entstanden. Das konnte ihr Vater nicht ausstehen.
Leider kam in diesem Moment ihre Mutter herein. »Lina, bitte!«
»Entschuldigung, ist noch so heiß«, murmelte Lina. Mama wollte sie ganz gewiss nicht ärgern.
»Seit wann trinkst du deinen Tee überhaupt mit dem Strohhalm?«, fragte ihr Vater griesgrämig.
Lina blickte ihn herausfordernd an. »Seit ich Lust dazu habe«, sagte sie pampig. Und dann trank sie schnell den ganzen Becher aus, bis sie auf den Grund kam, wo man mit dem Strohhalm ein schönes, lautes Zutscheln hinkriegte, streng verboten.
»Lina, jetzt ist aber Schluss!«, rief ihr Vater ärgerlich. »Du weißt, wie ich das hasse!«
»Na und?« Lina tauchte ihr Messer in das Honigglas und leckte es ab.
Ihr Vater stellte klirrend seine Kaffeetasse ab. »Lina, jetzt benimm dich gefälligst! Solche schlechten Manieren dulde ich nicht!«
»Pah!« Lina stieß wütend die Luft aus. »Du kannst deinem neuen Kind ja bessere beibringen!« Sie pfefferte das honigverschmierte Messer auf die Tischplatte und sprang auf. »Außerdem kann's dir doch scheißegal sein, wie ich mich benehme, du musst es ja nicht mehr lange ertragen!« Sie schnappte sich ihre Schultasche und stürmte aus dem Zimmer. Die Tür ließ sie ordentlich knallen.

Im Flur riss sie die Winterjacke von der Garderobe und rammte die Füße in die Stiefel.
Gerade als sie gehen wollte, öffnete sich die Tür zum großen Zimmer und ihre Mutter stand im Türrahmen, das Gesicht bleich, die Augen schwarz.
»Nun guck mich nicht so an!«, schrie Lina. »Papa ist doch das Schwein! So schlecht wie der kann ich mich gar nicht benehmen – und wenn ich *tausend* Messer ablecke!« Und damit stürzte sie aus der Tür und rannte und rannte.
Natürlich war sie viel zu früh an der Bushaltestelle, aber das störte sie nicht. Es war viel besser, hier in der Dunkelheit zu stehen, wo niemand ihre Tränen sah und sie sich etwas beruhigen konnte. Es dauerte nicht lange, bis die anderen kamen, und dann bog auch schon der Bus um die Ecke, wie immer zeitgleich mit Isabel, die jeden Morgen die letzten fünfzig Meter mit ihm um die Wette rennen musste.
Atemlos ließ sie sich auf den Platz neben Lina fallen. »Hast du die Physikaufgaben?«
Lina sah sie verwirrt an. »Was?«
»Na, Mensch, die Fragen! Seite 63 oder so.«
»Hatten wir die auf?« Physik hatten sie nur einmal in der Woche, wenn man da die Hausaufgaben nicht gleich machte, ging das irgendwie unter.
»Die Maibach will uns heute abfragen, hast du das auch vergessen?« Isabel hatte schon das Physikbuch aus ihrem Rucksack gezogen.
»Ach du Schreck, ehrlich?« Lina warf einen Blick in Isabels Buch, als die endlich die richtige Seite gefunden hatte. »Ach,

das! Klar hab ich das. Warte.« Sie suchte nach ihrem Physikheft.
»Kannst du mir die Antworten diktieren?«, bat Isabel. »Geht schneller. Aber ein bisschen anders, als du es hast, sonst merkt die das gleich wieder.«
Sie schafften es gerade so. »Danke«, sagte Isabel erleichtert, als sie ihr Heft wieder in den Rucksack stopfte. »Dafür spendiere ich dir auch ein Brötchen in der Pause.«
»Musst du nicht«, sagte Lina. Obwohl sie nicht gefrühstückt hatte, verspürte sie nicht den geringsten Hunger.
Vor der Schule wartete Tante Agnes in ihrem kleinen, roten Auto.
»Geh schon mal vor«, sagte Lina zu Isabel. »Ich komme gleich.«
Isabel sah sie erschrocken an. »Was will sie denn hier? Vielleicht ist was passiert!«
»Ich erzähl's dir nachher!« Lina lief auf das Auto zu und Tante Agnes öffnete die Beifahrertür. Lina blieb davor stehen.
»Komm, steig ein«, sagte Tante Agnes. »Deine Mutter hat mich angerufen und mir erzählt, was los war. Du musst jetzt nicht in die Schule gehen, du kannst mit zu mir kommen. Oder, wenn du willst, bringe ich dich auch nach Hause.«
»Ich will aber in die Schule«, sagte Lina. »Da ist wenigstens alles normal.« Wieder spürte sie den Kloß im Hals und merkte, wie ihr die Tränen hochstiegen. Wenn sie sich jetzt zu Tante Agnes ins Auto setzte, würde sie weinen. Und wie. »Ehrlich«, sagte sie tapfer. »Schule ist besser.«
Tante Agnes sah sie forschend an. »Bist du sicher?«

»Ganz sicher«, sagte Lina. »Aber danke, dass du gekommen bist.« Und dann drehte sie sich schnell um und lief auf das Schulgebäude zu, bevor sie es sich anders überlegen konnte.

Der Vormittag in der Schule tat ihr wirklich gut. In den ersten beiden Stunden hatten sie Sport und als sie Völkerball spielten, schleuderte Lina die Bälle mit solcher Wucht, dass ihre Gegner keine Chance hatten.
»Du warst klasse heute«, sagte Isabel, als sie sich in der Pause durch die Traube vor dem Schulkiosk drängelten. Lina hatte nun doch Hunger und da sie ihr Pausenbrot in der ganzen Aufregung heute Morgen nicht eingesteckt hatte, nahm sie Isabels Angebot jetzt an.
»Was wollte deine Tante Agnes denn nun? Das hast du mir immer noch nicht erzählt.« Isabel reichte Lina ein dickes Körnerbrötchen mit Käse und Schinken. Sie war geschickt in eine Lücke zwischen zwei Neuntklässlern geschlüpft und der Hausmeister, der ein Herz für die jüngeren Schüler hatte, hatte sie sofort bedient.
»Ach, gar nichts.« Lina winkte ab. »Sie ist nur zufällig hier vorbeigekommen, weil sie … weil sie noch in die Reinigung musste, und da hat sie gedacht, sie sagt mir mal eben Guten Morgen.« Sie konnte Isabel nicht die Wahrheit sagen, nicht jetzt. Und hier, mitten in diesem Gewühl, schon gar nicht. »Wo ist eigentlich Ruth?«
Suchend sahen sie sich um, bis sie ihre Freundin entdeckten, die abseits des Getümmels in einer Ecke saß und die Nase in ihr Physikbuch steckte.

»Die Maibach fragt uns gleich ab«, sagte sie, als Lina und Isabel sich zu ihr gesellten. »Habt ihr daran gedacht?«

Isabel zog die Nase kraus. »*Gedacht* schon, aber ...«

Ruth drückte ihr das Buch in die Hand. »Los, frag mich mal ab. Dabei lernst du's auch gleich.«

Sie schnitten alle drei recht gut ab. Lina half es, dass sie Isabel die Antworten diktiert hatte, Isabel profitierte davon, dass sie Ruth abgefragt hatte, und Ruth hatte richtig gelernt. »Wahrscheinlich bist du die Einzige, die das alles auch noch weiß, wenn wir nächste Woche die Arbeit schreiben«, stellte Isabel fest. »Ich glaube, wir sollten auch mal richtig lernen, Lina.«

»Hm«, machte Lina. Sie hatte wirklich andere Sorgen als so eine läppische Physikarbeit.

Doch bevor sie dazu kam, darüber nachzudenken, hatte Womo eine wunderbare Überraschung für sie. »Packt euren Kram zusammen«, sagte er. »Wir gehen ins Museum! Da zeige ich euch viel schönere Landkarten, als ihr sie in eurem Atlas findet.«

Er hatte nicht zu viel versprochen. In dem Museum gab es nicht nur alte, von Hand gemalte Landkarten, auf denen das Rote Meer tatsächlich rot war, sondern auch einen alten Globus, auf dem es in den Meeren nur so von Seeungeheuern wimmelte. Und in Afrika sah man Affen und Elefanten, in Alaska Eisbären und in Russland Wölfe.

Nachdem sie so lange geschubst und gedrängelt hatten, dass jeder genug gesehen hatte, setzte Womo den Unterricht in der Cafeteria des Museums fort. Er spendierte jedem ein Glas

Apfelsaft und erklärte ihnen ihre nächste Aufgabe: Sie sollten sich jeder ein Land aussuchen und es so ähnlich darstellen wie auf dem alten Globus, mit den Tieren, die dort lebten.
»Ich nehme Madagaskar«, rief Tobias, »und male ganz viel Meer mit Ungeheuern.«
Womo lachte. »Natürlich könnt ihr euch einen Küstenstaat aussuchen. Aber mehr als ein Siebtel Meer auf eurem Blatt ist nicht erlaubt. Schließlich sollt ihr *Land*karten zeichnen. Also, überlegt euch, was ihr malen wollt, morgen bekommt ihr die Blätter. DIN A3.«
Einige murrten. »So groß?«
Aber Ruth freute sich. »Ich nehme irgendein Land in Südamerika. Da gibt es ganz bunte Schmetterlinge. Und Kolibris, die sind hübsch!«
Isabel entschied sich sofort für die Antarktis. Sie liebte Pinguine.
»Und du?«, fragte Ruth.
»Ich weiß noch nicht«, sagte Lina. »Vielleicht Russland.« Irgendwie hatte sie Lust, lauter grimmige Wölfe zu malen. »Oder Kenia.« Hyänen waren auch gut. Vielleicht noch besser.

9. Kapitel

Als Lina an diesem Mittag nach Hause kam, war es nicht Tante Agnes, die ihr die Tür öffnete, sondern ihre Mutter. Obwohl Donnerstag war.
»Wieso bist du nicht bei der Arbeit?«, fragte Lina überrascht.
»Ich habe mir heute freigenommen«, sagte ihre Mutter. »Ich denke, wir müssen miteinander reden.«
Lina knallte ihre Tasche in die Ecke. »Etwa über Papa? Über den rede ich nicht mehr! Wenn der sich von uns scheiden lässt, kann er von mir aus gleich tot sein! Ist doch dasselbe!« Sie riss ihre Jacke runter und kämpfte mit ihren Stiefeln.
Ihre Mutter machte keine Anstalten, ihr zu helfen. Gut so! Schließlich war Lina kein Kleinkind mehr, sie kam allein zurecht!
»Hast du Hunger?«, fragte ihre Mutter, als Lina endlich die Hausschuhe überstreifte.
»Nee.«
»Durst?«
»Hm.«
»Na gut, dann geh dir mal die Hände waschen, ich mache uns inzwischen eine heiße Schokolade, einverstanden?«

»Hm.«

Sie setzten sich ins Wohnzimmer, Linas Mutter in eines der Sofas, Lina in den Sessel, der am weitesten davon entfernt stand.

»Lina, auch wenn es wehtut, wir müssen darüber sprechen«, sagte ihre Mutter behutsam.

»Warum denn? Ist doch alles klar!«, entgegnete Lina trotzig. »Papa will eine neue Familie, weil wir ihm nicht mehr gut genug sind. Also soll er sich doch zu seiner Verena und dem neuen Baby verpissen! Was gibt's denn da noch zu reden? Ich hab das schon kapiert!«

Ihre Mutter sah sie ratlos an. »Woher weißt du das eigentlich alles?«

Lina schlug die Augen nieder. Dass sie Gedanken hören konnte, würde sie ihrer Mutter auf keinen Fall erzählen. Wie hatte Isabel neulich gesagt? *Erwachsene sind Weltmeister im Lügen.* Wenn Linas Mutter wüsste, dass Lina – wenigstens manchmal – ihre Gedanken hören konnte, würde sie vielleicht sogar aufhören, ehrlich zu *denken*, nur damit Lina sich keine Sorgen machte oder nicht die ganze Wahrheit erfuhr. »Ich … ich hab gehört, wie Papa sich am Telefon unterhalten hat, neulich im Badeland«, sagte sie. »Da hat er überhaupt nur die ganze Zeit an seinem Handy gehangen, wir haben ihn gar nicht interessiert. Und außerdem muss man ja nur mal eins und eins zusammenzählen: Papa kommt nur noch zum Schlafen nach Hause, du triffst dich dauernd mit deiner Freundin … So war das doch sonst nicht. Dass da was nicht stimmt, kann sich ja wohl das blödeste Kind an fünf Fingern abzählen!«

»Nun ja«, sagte Linas Mutter unbehaglich und spielte mit ihrem Teelöffel, »es stimmt schon, wir haben seit Längerem Probleme und ...«

Lina unterbrach sie: »Und wann wolltet ihr mir das sagen? Wenn Papa ausgezogen ist?«

Ihre Mutter sah sie betreten an. »Hattest du deswegen die Angstzustände nachts? Weil du das alles gespürt hast?«

Lina senkte die Nase in ihren Kakaobecher. »Weiß nicht.«

»Du bist sehr wütend auf uns, nicht war?«, fragte ihre Mutter sanft.

Lina funkelte sie an. »Soll ich mich freuen, oder was?«

»Nein«, sagte ihre Mutter und stand auf. »Aber du sollst dies alles so gut wie möglich verstehen. Das geht aber nicht, solange du so wütend bist. Da brauchen wir uns gar nicht zu unterhalten. Also, komm, steh auf und pack deine Badesachen. In zehn Minuten starten wir!«

Lina blickte ungläubig zu ihr auf. »Ins Badeland? Jetzt?«

»Ins Badeland! Jetzt!«, bestätigte ihre Mutter energisch.

Lina fasste es nicht. Da steckten sie mitten in einer megaschweren Krise und ihre Mutter wollte mit ihr ins Badeland fahren? An einem stinknormalen Donnerstagnachmittag? War sie verrückt geworden? Also, so richtig verrückt, so wie ... geistesgestört? Vielleicht hatte der Schock sie krank gemacht.

Für einen Moment bekam Lina große Angst. Wenn ihre Mutter das nun alles nicht verkraftete und durchdrehte?

»Lina, Schätzchen, schau mich nicht so an! Ich meine es ganz ernst. Es wird uns beiden guttun, hier rauszukommen und uns zu bewegen. Also fahren wir ins Badeland. Und danach su-

chen wir uns irgendwo ein nettes Plätzchen, essen etwas und du hörst mir zu, okay?«
Lina war beruhigt. Das klang ziemlich überlegt, richtig normal erwachsen. »Okay«, sagte sie.

Lina war noch nie an einem Wochentag außerhalb der Ferien im Badeland gewesen, deshalb hatte sie gar nicht gewusst, wie schön das war, wenn es nicht so voll war. Sie konnten die große Rutsche hinabrutschen, wann immer sie wollten, und im Wasser hatten sie jede Menge Platz. Ihre Mutter hatte einen Gummiring mitgebracht, mit dem spielten sie Fangen – im Tiefen.
»Das ist aber anstrengend!«, japste Lina.
Ihre Mutter lachte nur. »Lass uns mal ruhig ein bisschen strampeln!«
Später trieb ein herrenloser Wasserball durch das Becken, genau vor Linas Nase. Sie boxte ihn weg, ihre Mutter boxte ihn zurück. Immer wieder flog er zwischen ihnen hin und her, bis Lina ihm plötzlich einen kräftigen Schwung zur Seite gab, mit großer Wucht. »Das ist Papa!«, schrie sie. »Weg mit ihm!«
Ihre Mutter sah sie groß an. Und dann grinste sie. »Das ist Papa? Na, dann pass mal auf!« Sie tauchte ab, setzte dem Ball nach, holte aus und katapultierte ihn aus dem Becken, dem Bademeister genau vor die Füße. Der warf ihn freundlich zurück. Linas Mutter richtete sich auf, fing ihn und schleuderte ihn wieder auf den Bademeister zu. »Danke! Aber der gehört uns nicht! Und wir brauchen ihn auch nicht!« Dann

schwamm sie zu Lina zurück, fischte den Gummiring von der Wasseroberfläche und warf ihn übermütig in die Luft. »Los, fang!«
Lina erwischte ihn und warf ihn noch höher. »Nun du!«, rief sie und musste so sehr lachen, dass sie Wasser schluckte.

Nach drei Stunden waren sie ziemlich müde. »Ich komme nicht einmal mehr die Rutsche hoch«, sagte Lina.
»Ach, klar, ein Mal noch!«, trieb ihre Mutter sie an.
Sie landeten mit einer Riesenfontäne im Wasser und schwammen zum Beckenrand.
»Jetzt reicht's aber wirklich!« Lina hatte ein Gefühl, als wären ihre Arme und Beine aus Gummi. »Ich kann nicht mehr! Und Hunger hab ich! Gehen wir ins Palmenrestaurant?«
Ihre Mutter rümpfte die Nase. »Ich hatte eigentlich an ein *richtiges* Restaurant gedacht. Dieses Palmenrestaurant kommt mir, ehrlich gesagt, vor wie ein riesiger Plastikpalast. Total ungemütlich. Lass uns lieber zum Italiener in der Parkstraße fahren. Oder zum Chinesen.«
Lina war sofort einverstanden. Bei ihrem Lieblingsitaliener gab es die beste Spaghettisoße der Welt. Nicht einmal Tante Agnes kriegte die so hin. Und gemütlich war es da, viel schöner als im Palmenrestaurant, das musste Lina zugeben. Nicht so hell und nicht so laut. Da würden sie ganz in Ruhe reden können und plötzlich wollte Lina das unbedingt. Richtig, ohne Gezicke.

Doch erst einmal war an Reden gar nicht zu denken. Lina war viel zu müde und hungrig. »Können wir erst essen und dann reden?«, bat sie.
Ihre Mutter sah sie liebevoll an. »Aber natürlich. Ich muss mich auch erst stärken.« Sie bestellte für sie beide und während sie auf das Essen warteten, erzählte Lina von dem Museumsbesuch mit Womo. »Ich weiß gar nicht, welches Land ich nehmen soll.«
»Warum nimmst du nicht einfach Deutschland?«, schlug ihre Mutter vor. »Das macht bestimmt keiner, dabei gibt es hier auch interessante Tiere, Hirsche und Wildschweine, und denk an das Rotkehlchen in unserem Garten oder den Eichelhäher, den wir neulich im Wald gesehen haben.«
»Aber ich kann die gar nicht malen. Ich kriege ja nicht mal Kleckschen hin. Wenn ich versuche, einen Hirsch zu zeichnen, sieht der bestimmt aus wie ein Rüsselschwein«, wandte Lina ein.
Ihre Mutter lachte. »Weißt du was? Morgen gehen wir mal in eine Buchhandlung und kaufen dir auch so ein Buch, wie Ruth es hat. Dann lernst du das bestimmt ganz schnell.«
Lina hatte ihrer Mutter nicht nur Ruths Buch gezeigt, sondern auch die süße Katze, die Ruth auf ihr Bild gezaubert hatte. »Können wir dann nicht auch gleich ein Geschenk für Ruth kaufen?«, fragte sie. »Allerdings weiß ich nicht, was. Sie hat gesagt, seit ihre Eltern tot sind, mag sie keine Bücher mehr lesen.«
»Wie wäre es dann mit einer Anleitung zum Porträtmalen?«, überlegte ihre Mutter. »Und vielleicht Pastellmalstifte dazu.

Dann könnte sie üben, ihre Eltern von den Fotos abzumalen, das würde ihr vielleicht Spaß machen.«
Lina sah ihre Mutter überrascht an. »Das ist eine Superidee! Das wird ihr bestimmt gefallen.«
»Und Isabel könnte ihr einen Skizzenblock schenken«, sagte ihre Mutter. »Das alles zusammen wäre doch eine runde Sache.«
»Ja, klasse.« Lina fand die Idee wirklich schön. Sie konnte sich richtig gut vorstellen, wie Ruth in ihrem Zimmer saß, ein Foto ihrer Eltern vor sich, und ganz konzentriert ihre Gesichter abzeichnete, mit kleinen Strichen. Das wäre wie Streicheln, fand Lina.
»Das müssen wir aber unbedingt alles morgen kaufen«, sagte sie. »Schließlich wollen wir am Samstag ihren Geburtstag nachfeiern.«
Ihre Mutter sah sie nachdenklich an. »Etwa im Palmenrestaurant?«
»Ja«, sagte Lina, obwohl sie sich auf einmal gar nicht mehr so sicher war, ob das wirklich eine gute Idee war. Irgendwie hatte Mama ihr das Palmenrestaurant ein bisschen madig gemacht.
Da kam das Essen. Fisch für ihre Mutter und die köstlichsten Spaghetti der Welt für sie. Lina stürzte sich darauf, so ausgehungert war sie. Sie aßen schweigend und Lina dachte an gar nichts, während sie mechanisch die Nudeln um die Gabel wickelte.
Da hörte sie es: ... so leicht wie seit Jahren nicht mehr, als sei heute ein Knoten geplatzt. Wenn Lina heute Morgen nicht ... Dieser Ausbruch von ihr war genau das, was Gert brauchte, sonst wäre er nie mit der

Sprache herausgerückt. Ein Baby! **Lina hörte ein Lachen, es klang fern und hohl und nicht sehr heiter.** Irgendwie gönne ich es ihm ja! Das war's dann wohl mit der romantischen zweiten Liebe. Aber … ein bisschen tut er mir auch leid … Ach was, jetzt denke ich nur noch an mich. Und an Lina. Sie ist so tapfer. Und so lieb. Dass er ihr wehtut, ist schlimmer als alles andere. Dabei kann sie doch gar nichts dafür, aber das glaubt sie bestimmt … alle Kinder glauben das …

Plötzlich rasten die Gedanken in Linas Kopf. Und wie immer hörte sie dann nichts mehr. Was meinte Mama damit, dass sie, Lina, glauben würde, es wäre ihre Schuld, dass Papa sie verlassen wollte? Sie hatte doch gar nichts gemacht, sie war so wie immer gewesen! Und warum tat er Mama leid? Er war doch einfach nur gemein, er ließ sie im Stich, einfach so, aus heiterem Himmel!

Lina ließ ihr Besteck sinken. »Warum will er uns nicht mehr?«

Ihre Mutter schob bedächtig das letzte Stück Fisch auf ihre Gabel, schichtete mit dem Messer die Reste des Blattspinats darauf, schob sich das Ganze in den Mund und kaute langsam, sehr langsam. Anscheinend wollte sie Zeit gewinnen.

Du hast doch gesagt, wir müssen reden, dann tu's also auch!, wollte Lina rufen, aber da fing ihre Mutter auch schon an: »Lina, er will nicht *uns* verlassen, sondern mich. Ich werde versuchen, dir die Gründe dafür zu erklären, aber eines sollte für dich erst einmal klar sein: *Dich* hat Papa sehr, sehr lieb, dich möchte er nicht verlassen. Du kannst, wenn du das möchtest, auch bei ihm leben, darüber wäre er bestimmt sehr glücklich.«

Lina sah ihre Mutter entsetzt an. »Aber das will ich nicht! Ich will bei dir bleiben!«
Ihre Mutter lächelte, mit ganz hellen Augen, und sie fasste nach Linas Hand. »Das macht *mich* sehr glücklich. Aber du musst das gar nicht jetzt entscheiden. Wenn du eines Tages feststellst, dass du mit Papa zusammenleben möchtest, kannst du das auch tun. Ohne schlechtes Gewissen.«
Lina tippte sich an die Stirn. »Er kümmert sich doch gar nicht richtig um mich! *Du* machst doch alles und *du* bist immer da. Papa arbeitet doch nur. Und diese Verena, die kenne ich doch gar nicht. Ich will nicht zu denen!«
»Das brauchst du ja auch nicht«, sagte ihre Mutter. »Ich wollte es dir nur als eine Möglichkeit zeigen. Natürlich freue ich mich, wenn du bei mir bleibst, das ist doch klar.«
»Na also!« Lina blickte sie böse an. »Warum sagst du dann so was?«
»Weil ich möchte, dass dir klar ist, dass du immer noch zwei Eltern hast, auch wenn Papa und ich uns trennen.«
»Aber du bist mehr Eltern«, sagte Lina.
Ihre Mutter lächelte. »Ja, natürlich. Aber dieses Gefühl hast du nur, weil ich mehr Zeit für dich habe. Papa hat dich genauso lieb wie ich.«
Lina verschränkte die Arme vor der Brust. »Glaub ich nicht«, sagte sie finster. »Und wenn schon – was hat man denn von Liebe, die man nicht merkt? Das ist doch alles mal wieder typisch: *Du* bist heute extra wegen mir nicht zur Arbeit gegangen und *du* redest mit mir über alles. Dabei müsste er das doch tun.«

»Das wird er auch noch«, sagte ihre Mutter. »Aber heute hatte er wirklich keine Zeit. Er hatte einen Gerichtstermin, den konnte er nicht einfach absagen.«
»Ach, ist ja auch egal«, sagte Lina. »Ich will gar nicht mit ihm reden. Du sollst mir das alles erklären.«
»Ja.« Ihre Mutter seufzte. »Ich werde es versuchen, so gut ich kann. Aber dazu hätte ich gern einen Kaffee. Und was ist mit dir? Magst du ein Eis?«
Klar, Eis mochte Lina immer. Und wenn es schön süß und sahnig war, dann half es vielleicht, dass das, was ihre Mutter ihr sagen wollte, leichter hinunterrutschte.
»Weißt du«, begann die, nachdem ihre Teller abgeräumt worden waren, »Papa und ich haben uns schon seit ein paar Jahren nicht mehr so gut verstanden. Wir waren noch sehr jung, als wir uns kennenlernten und damals waren wir verliebt und haben gedacht, dass wir prima zusammenpassen. Aber die Menschen verändern sich und viele Interessen entdecken sie erst später, wenn sie älter werden. Und manchmal begreift man auch erst später, was man tatsächlich will. Man denkt, man macht das Richtige und stellt dann plötzlich fest, dass es gar nicht das ist, was man sich wirklich wünscht.« Ihre Mutter sah sie unglücklich an. »Ich erkläre das zu kompliziert, stimmt's?«
Lina nickte. »Na ja«, sagte sie. »Wahrscheinlich ist Erwachsenenleben so kompliziert.«
»Ja, manchmal«, gab ihre Mutter zu. »Trotzdem, lass mich einfach mal weitererzählen, ich glaube, dann verstehst du, was ich meine. Als Papa und ich den Stall gekauft haben, um

ihn auszubauen, war das etwas, das Papa wollte. Ich wäre auch mit einer Wohnung in der Stadt zufrieden gewesen.«

»Und warum ging es nur nach Papas Nase?«

»Weil es sein ganz großer Traum war. Den wollte ich ihm nicht vermiesen. Schau mal, Papa ist in einer engen, langweiligen Dreizimmerwohnung im vierten Stock groß geworden und als kleiner Junge hat er immer davon geträumt, auf dem Land zu leben. Er wollte einen Hund haben und Kaninchen und einen Wald in der Nähe und einen See, in dem er angeln konnte. Danach hat er sich immer gesehnt.

Ich dagegen hatte es viel besser. Meine Eltern hatten ein großes Haus und einen wunderschönen Garten, aber das alles macht auch sehr viel Arbeit. Du weißt ja, dass Oma kaum je Zeit hat, weil sie da immer herumpusselt, und das war früher, als sie noch keine Hilfe für den Garten hatte, noch viel, viel schlimmer. Also dachte ich, dass ich das nicht will.

Aber als wir den Stall erst einmal hatten und anfingen, ihn umzubauen und allmählich ein richtig schönes Haus daraus wurde, gefiel mir das alles immer besser. Ich entdeckte, dass ich Lust bekam, den Garten zu gestalten und für das Haus hatte ich auch immer neue Ideen. Plötzlich machte mir die ganze Sache ungeheuren Spaß und ich war richtig froh, dass wir uns so entschieden hatten.«

»Ja, aber dann war da doch bestimmt alles ganz toll für euch«, sagte Lina und nahm ein Häppchen Schokoladeneis.

»Nein«, sagte ihre Mutter, »eben nicht. Erst habe ich das gar nicht so richtig gemerkt und Papa wohl auch nicht, aber er fand das alles längst nicht so schön, wie er es sich vorher ausgemalt hatte. Der Garten interessierte ihn nicht und für einen Hund und für Kaninchen und zum Angeln hatte er gar keine Zeit. Für ihn kam das alles zu spät, schließlich war er kein kleiner Junge mehr. Er hatte sich längst an das Leben in der Stadt gewöhnt und jetzt vermisste er es. Er wollte abends gern ins Kino gehen oder in ein Konzert oder einfach noch irgendwo ein Bier trinken und unter Menschen sein. Und ich wollte das alles nicht. Ich war völlig zufrieden, abends im Garten zu sitzen und zuzugucken, wie unsere Rosen blühten oder der kleine, grüne Frosch von einem Seerosenblatt zum anderen hüpft.«

Lina dachte nach. Die ganze Himbeereiskugel lang. »Also das hast du gemeint, als du gesagt hast, dass man erst später entdeckt, was man wirklich will. Und ihr wolltet eigentlich ganz unterschiedliche Sachen, du Ruhe und Papa Action.«

Ihre Mutter lachte. »Genau so! Und ich hatte das alles nun auch, aber Papa war doppelt unglücklich, denn er hatte sich das ja eigentlich so gewünscht, und nun musste er plötzlich feststellen, dass er sich furchtbar getäuscht hatte. Das hat ihn natürlich erst recht unzufrieden gemacht.«

»Hm«, machte Lina und nahm die Heidelbeereiskugel in Angriff. Fast tat ihr Papa plötzlich leid. Aber nur fast. »Und da hat er sich mit dieser Verena getröstet.«

»Nein«, sagte ihre Mutter, »das war noch eine andere Sache. Als er Verena kennengelernt hat, haben wir uns schon nicht mehr verstanden.«

Lina dachte wieder lange nach. Bis die Heidelbeereiskugel weg war. »Aber wer war denn nun schuld?«

Ihre Mutter rührte in ihrem Kaffee. »Ach, Lina«, sagte sie niedergeschlagen, »ich weiß nicht. Schuld? Erst wollte Papa etwas, das ich nicht wollte, dann wollte ich etwas, was er nicht wollte ... Wir haben uns einfach verändert, alle beide. Und irgendwann passte es nicht mehr.«

»Aber wenn Verena nicht dazwischengekommen wäre, hättet ihr es vielleicht hingekriegt«, sagte Lina aufgebracht. »Ihr hättet euch doch einigen können! Montags, mittwochs und freitags im Garten sitzen, dienstags, donnerstags und samstags Action in der Stadt.«

Ihre Mutter schüttelte belustigt den Kopf. »Das klingt zwar gut, aber ich fürchte, es hätte nicht funktioniert.«

Lina kratzte ihre Eisschale leer und knabberte dann an der Waffel. »Heißt das, du bist glücklicher ohne Papa? Weil du jetzt jeden Tag machen kannst, was du willst?«

Jetzt überlegte ihre Mutter lange. »Ich glaube, auf die Dauer werde ich glücklicher sein«, sagte sie schließlich. »Natürlich hätte ich mir gewünscht, das Leben, das mir gefällt, mit Papa leben zu können, aber da das halt nicht geht, möchte ich lieber so leben, wie es zu mir passt. Und ich möchte das auch genießen können. Wenn da aber immer jemand neben dir ist, der das alles doof findet, verdirbt es dir auch den Spaß, verstehst du? Aber ich gebe zu, im Moment macht es mich erst einmal traurig. Schließlich hatte ich mir das alles einmal ganz anders vorgestellt.«

»Hm«, machte Lina wieder. Und dann sagte sie gar nichts mehr. In ihrem Kopf polterten gerade mindestens hundertdreiundsiebzigtausend Fragen durcheinander.

10. Kapitel

Als sie nach Hause kamen, schlug Mama Lina vor, bei ihr zu schlafen. Linas Vater hatte sie ausquartiert. Sollte er doch im Hotel schlafen oder bei dieser Verena, hatte sie mit zusammengekniffenen Lippen gesagt.

Oder unter einer Brücke, hatte Lina gedacht und sich mit Kleckschen in das breite Bett gekuschelt. Eigentlich hatte sie vorgehabt, vor dem Einschlafen noch ganz viel nachzudenken, aber als sie am nächsten Morgen aufwachte, stellte sie fest, dass sie gar nicht mehr dazu gekommen war. Einmal war sie noch kurz wach geworden und hatte ihre Mutter am Telefon reden hören. Aber während sie noch überlegt hatte, ob sie aufstehen und ein bisschen lauschen sollte, war sie schon wieder eingeschlafen. Zu dumm! Denn nun hatte sie immer noch hundertdreiundsiebzigtausend Fragen im Kopf, keine einzige war beantwortet worden.

»Hey, du bist ja schon wach!« Ihre Mutter kam aus dem Bad. Sehr hübsch sah sie aus. Lina fiel auf, dass sie sich ein bisschen mehr geschminkt hatte als sonst. »Zieh dir etwas Nettes an«, sagte sie munter. »Ich hole dich heute von der Schule ab. Wir essen was und dann gehen wir in die Buchhandlung.«

Lina war mit einem Satz aus dem Bett, ohne auf Kleckschen zu achten, die jetzt unwillig maunzte, einen Buckel machte und dann unter die Decke kroch. »Können wir heute zum Chinesen gehen?«, bat Lina. »Ich möchte Schöpse mit einer Extraportion Glasnudeln.« Natürlich wusste sie längst, dass es Chopsuey hieß, aber vor vielen Jahren, als sie noch einstellig gewesen war, hatte sie gedacht, es hieße Schöpse, und irgendwie war der Name hängen geblieben.
Ihre Mutter lachte. »Erst einmal bekommst du Cornflakes mit einer Extraportion Obst!«
»Auch gut!« Lina flitzte ins Bad. Heute reichte eine Minikatzenwäsche, schließlich war sie noch blitzsauber von gestern. Dann zog sie den schönen grünen Pullover und die Glitzerjeans an. Und mopste einen Hauch von Mamas hellgrünem Lidschatten. Und zwei Tröpfchen von ihrem Edelparfüm.

»Los, gib mal deine Englischhausaufgaben!« Wie immer war Isabel in letzter Sekunde atemlos in den Bus gesprungen. »Ich glaube, ich hab alles falsch.« Sie kramte ihr Heft aus ihrem Rucksack. »Wo warst du gestern eigentlich? Ich habe tausendmal versucht, dich anzurufen.«
»Meine Eltern lassen sich scheiden«, platzte Lina heraus.
»Echt?« Isabel starrte sie mit offenem Mund an und ließ ihr Englischheft sinken. »Wieso das denn?«
Lina hätte sich ohrfeigen können. War ja klar, dass die Frage kommen musste. Aber eigentlich wollte sie das alles gar nicht erzählen. Nicht jetzt. Und schon gar nicht hier im Bus, wo man nie wusste, wer noch so alles zuhörte.

»Es ist sehr kompliziert«, sagte sie. »Ich erkläre es dir wann-anders.«
»Und bleibst du dann hier wohnen?«
Das war eine der hundertdreiundsiebzigtausend Fragen, auf die Lina nur zu gern eine Antwort gewusst hätte. Als Paulas Eltern sich hatten scheiden lassen, hatten sie ihr neu gebautes Haus verkaufen müssen und Paula war mit ihrer Mutter in eine Wohnung in der Stadt gezogen. Da hatte sich dann auch noch der neue Freund ihrer Mutter einquartiert und eine riesige Sammlung von Opern-CDs mitgebracht. Paula sagte, eines Tages würde sie Schreikrämpfe kriegen, wenn sie noch einmal die Arie der Königin der Nacht hören musste.
»Ich glaube schon«, sagte Lina. Das hätte ihre Mutter ihr doch bestimmt gesagt, wenn sie umziehen müssten, oder?
Oder?
Ein Unglück kommt selten allein, sagte Tante Agnes immer sehr düster, wenn etwas schiefging. Plötzlich hatte Lina ein ganz klammes Gefühl im Bauch. Wie ein schwerer Klumpen fühlte sich das an und ihr wurde ein bisschen kalt. Sie zog ihre Jacke enger um sich und sagte: »Komm, zeig mal dein Englisch.«
Isabel schaute sie merkwürdig an, aber dann schlug sie ihr Heft auf.
Lina sah sich die Sätze an. »Da hast du aber totalen Bockmist gebaut«, sagte sie und der Klumpen in ihrem Bauch wurde etwas leichter. Hiermit kannte sie sich wenigstens aus. »Du musst doch überall ein ›s‹ an die Verben hängen. Sally ist doch eine *she*! Und *we* kriegt kein ›s‹. Mensch, Isabel, das ist doch ganz einfach. Gib mal einen Tintenkiller!«

Im Nu hatte sie Isabels Englischsätze in Ordnung gebracht und dann erzählte sie ihr, was für ein schönes Geschenk ihrer Mutter für Ruth eingefallen war.
»Und ihr besorgt meins gleich mit?«, fragte Isabel, der der Vorschlag auch sehr gut gefiel. Dann sah sie Lina wieder misstrauisch an. »Sag mal, stimmt das, was du da vorhin gesagt hast – das mit deinen Eltern?«
»Ja, denkst du, ich mache über so etwas Witze?«, fragte Lina empört zurück. »Natürlich stimmt das.«
»Na ja, ich meine ja bloß«, sagte Isabel. »Weil deine Mutter sich um Ruth Gedanken macht und mit dir einkaufen geht und so. Das ist alles so normal. Bei uns ging es damals monatelang drunter und drüber, als meine Mutter abgehauen ist. Mein Vater hat gar nichts mehr auf die Reihe gekriegt. Ich glaube, wir wären verhungert, wenn meine Tante nicht gewesen wäre! Und wahrscheinlich müsste ich heute noch in den Klamotten rumlaufen, die meine Mutter mir zur Einschulung gekauft hat.«
Lina grinste. »Na und? Dann hättest du wirklich deinen eigenen Stil. Das willst du doch immer.« Isabel kleidete sich gern etwas eigenwillig. Jetzt im Winter trug sie am liebsten wollene Faltenröcke und dicke, bunte Strumpfhosen dazu, bei deren bloßem Anblick es Lina schon an den Beinen juckte.
Isabel zog nur eine Grimasse und ging nicht weiter darauf ein. »Erzählst du uns morgen, was los ist?«, fragte sie.
Lina nickte. Bis morgen, das hatte sie ganz fest vor, würde sie Antworten auf ihre drängendsten Fragen haben, und dann konnte sie hoffentlich auch leichter über alles sprechen. Außerdem – wenn Ruth dabei war, half ihr das bestimmt auch.

Den Schulvormittag überstand Lina besser, als sie befürchtet hatte. Blöd war nur, dass sie sich nicht überlegt hatte, welches Land sie auf ihrer Karte für das neue Projekt darstellen wollte. Als Womo sie fragte, sagte sie, sie würde Deutschland nehmen, wie ihre Mutter es ihr vorgeschlagen hatte. Womo nickte anerkennend, aber Lina verfluchte sich, als sie mit dem Zeichnen begannen. Deutschland hatte ziemlich kruckelige Grenzen und sie wünschte sich, sie hätte sich für Ägypten entschieden. Dessen Grenzen konnte man mit dem Lineal ziehen.

Lina war froh, als es nach der letzten Stunde endlich läutete. In Windeseile packte sie ihre Sachen zusammen, rief Ruth und Isabel noch ein hastiges »Bis morgen!« zu und stürmte aus der Klasse, die Treppe hinab und aus der Schultür hinaus.

Ihre Mutter hatte den besten Parkplatz erwischt, den vor der Bushaltestelle. Lina warf ihre Schultasche auf den Rücksitz und kletterte hinterher. »Zum *Goldenen Drachen* bitte«, sagte sie munterer, als ihr zumute war.

»Sehr wohl, Mylady!« Ihre Mutter legte den Gang ein. »Darf ich fragen, wie es Ihnen heute in der Schule ergangen ist?«

»Sie dürfen«, erwiderte Lina kichernd. »Es ist mir gut ergangen. Allerdings war es auch etwas ermüdend und ich verspüre nun einen guten Appetit.«

»Wie erfreulich«, gab ihre Mutter todernst zurück. »Ein junger Mensch in Ihrem Alter sollte, wenn ich mir die Bemerkung erlauben darf, über einen guten Appetit verfügen. Er ist ein Zeichen einer gesunden Entwicklung.«

»Ja«, sagte Lina lahm. Mehr fiel ihr nicht ein. Und was ihre gesunde Entwicklung anging, war sie sich überhaupt nicht sicher. Dafür musste sie erst einmal wissen, wie nun alles weiterging.

Aber da bog ihre Mutter schon auf den Parkplatz hinter dem Restaurant ein und sie konnte wieder nichts fragen. Damit musste sie sich gedulden, bis sie ihr Essen bestellt hatten. Das ging schnell, denn sie wusste sowieso, was sie wollte, und ihre Mutter eigentlich auch. Sie aß immer die Acht Köstlichkeiten, aber trotzdem ließ sie sich jedes Mal erst die Speisekarte bringen und blätterte sie durch. Wenn sie damit fertig war und die Karte zuklappte, verkündete sie ihre Wahl, als handele es sich um eine große Überraschung: »Heute nehme ich die Acht Köstlichkeiten!«

Und wenn Lina dann sagte, »Die nimmst du doch immer«, sagte sie: »Aber *eigentlich* wollte ich dieses Mal etwas anderes essen.«

Auch heute spulten sie diesen Dialog ab – er war fast schon so etwas wie eine Vorspeise, denn er gehörte einfach dazu – und dann kam auch schon der Kellner und sie konnten endlich bestellen.

»Und wie geht es nun weiter?«, fragte Lina unvermittelt.

Ihre Mutter sah sie einen Moment lang verständnislos an, aber dann begriff sie. Und sie lächelte, mit ganz hellen Augen.

Lina entspannte sich etwas.

»Ich bin froh, dass du mich das erst heute fragst«, sagte ihre Mutter. »Gestern hätte ich dir diese Frage beim besten Willen noch nicht beantworten können, aber inzwischen sehe ich wesentlich klarer.«

Wie schön für dich, hätte Lina am liebsten gesagt, aber verrätst du es mir dann vielleicht auch mal endlich? Doch sie nahm sich zusammen. Für ihre Mutter war dies alles bestimmt auch nicht leicht, aber wenigstens ließ sie sich nicht so hängen, wie Isabels Vater es anscheinend getan hatte. Dafür verdiente sie wirklich ein bisschen Geduld, auch wenn es schwerfiel. Lina wartete sogar noch ganz geduldig ab, bis der Kellner ihren Apfelsaft und den grünen Tee für ihre Mutter serviert hatte. Aber als ihre Mutter den Tee umständlich einschenkte, riss ihr doch der Geduldsfaden: »Und? Mensch, Mama, nun sag doch schon!«

Ihre Mutter zuckte zusammen. »Entschuldige, ich war ganz in Gedanken.«

»Ich bin auch in Gedanken«, erwiderte Lina vorwurfsvoll. »Müssen wir jetzt in eine Miniwohnung in der Stadt ziehen?«

Ihre Mutter schüttelte den Kopf, dass die Haare flogen. »Zum Glück nicht! Das war meine größte Angst, aber wir werden genauso weiterleben wie bisher. Nur halt ohne Papa.«

»Aber wir bleiben in dem Haus?«, fragte Lina.

»Ja!« Die Augen ihrer Mutter blitzten, hell wie der Sommerhimmel.

Und Lina fühlte sich plötzlich ganz leicht, als sich der große Klumpen in ihrem Inneren löste wie nichts. »Ehrlich?« Wenn sich gar nichts veränderte, außer dass ihr Vater nicht mehr nach Hause kam, dann war alles gar nicht so schlimm. Den wollte sie sowieso nicht mehr sehen, der sollte ruhig bei seinem neuen Baby bleiben.

»Ehrlich«, sagte ihre Mutter. Und endlich wurde sie richtig munter. Sie stützte die Ellenbogen auf den Tisch und sah Lina aus ihren sommerhimmelblauen Augen an. »Ich war heute Vormittag bei Oma und habe ihr alles erzählt. Sie hilft uns. Sie gibt mir einen Teil des Geldes, das ich später sowieso erben würde, und damit kann ich Papa fast seine Hälfte des Hauses bezahlen, denn das gehört uns ja beiden zusammen.«

Lina dachte nach. Sehr gut in Mathe war sie ja nicht, aber dass *fast* die Hälfte nicht die Hälfte war, das wusste sie auch. »Und der Rest?«, fragte sie. »Oder ist Papa mit *fast* der Hälfte zufrieden?«

»Nein, auf Dauer natürlich nicht. Aber lass uns mal sehen«, sagte ihre Mutter. »Irgendwie kriege ich das schon hin.« Sie lächelte Lina an. »Ganz bestimmt.«

In diesem Moment wurden die Schöpse mit Glasnudeln serviert und Lina machte sich heißhungrig darüber her. Nachdem der dicke Klumpen weg war, hatte sie sehr viel Platz im Bauch.

»Und was ist nun mit Papa?«, fragte sie, nachdem sie ihren ersten Hunger gestillt hatte. »Kommt der überhaupt noch mal wieder?«

Ihre Mutter ließ die Gabel, auf die sie gerade die sechste oder siebte Köstlichkeit gehäuft hatte, sinken und sah Lina an. Aus herbstgrauen Augen. »Was würdest du davon halten, wenn wir morgen mit Isabel und Ruth an die Nordsee fahren statt ins Badeland? Wenn wir früh starten, könnten wir vor dem Mittagessen da sein, und ich weiß ein Hotel, das gleich neben einem Wellenbad liegt. Da hättet ihr bestimmt ebenso viel Spaß wie im Badeland. Und am Sonntagmorgen machen wir eine Wattwanderung – mit Führer natürlich.«

Lina war ein bisschen verwirrt. Das war toll, das war sogar supertoll, aber wie kam ihre Mutter jetzt darauf? Doch dann dämmerte es ihr: »Und in der Zeit packt Papa seine Sachen und zieht aus?«
Ihre Mutter nickte. Die sechste oder siebte Köstlichkeit wurde kalt.
»Und was machst *du*, wenn wir schwimmen gehen?«, fragte Lina. Natürlich konnte ihre Mutter auch mitkommen, aber das war natürlich nicht dasselbe, als wenn sie mit Ruth und Isabel alleine wäre.
»Britta wird uns begleiten«, sagte ihre Mutter. Britta war ihre beste Freundin, die, mit der sie sich mittags immer zum Essen in der Stadt getroffen hatte. Die wusste bestimmt schon lange über alles Bescheid, länger als Lina. Aber das war, überlegte Lina, irgendwie auch okay. Es war gut, dass ihre Mutter in dieser schweren Zeit eine beste Freundin hatte.
»Meinst du, Isabels Vater und Ruths Oma erlauben das?«, fragte Lina aufgeregt. Das war ja viel besser als Badeland und Palmenrestaurant! Und wenn Britta mitkam, brauchte sie sich um ihre Mutter gar keine Sorgen zu machen, dann konnte sie ganz ungestört mit ihren Freundinnen zusammen sein.
»Sollen wir das gleich mal rauskriegen?« Ihre Mutter ließ die achte Köstlichkeiten liegen und zog ihr Handy aus der Tasche.
Lina zappelte vor Ungeduld. Dass sie diesen schönen Ausflug nur deshalb machten, um ihrem Vater freie Bahn zu verschaffen, damit er sie in aller Ruhe mit Sack und Pack verlassen konnte, hatte sie fast schon vergessen.

11. Kapitel

Gegen ein Wellenbad war ihr Badeland zu Hause ziemlich piefig, fanden Isabel, Ruth und Lina, als sie – total erschöpft und wie lahme Enten – in einem der Whirlpools hingen und sich von der warmen Strömung tragen ließen. Das Wasser war warm und blubberte nur ein bisschen und sie waren ganz für sich in dem kleinen Becken, umgeben von riesigen Grünpflanzen, die sie von den anderen Badegästen abschirmten.
»So stelle ich mir den Brunnen vor, in dem der Froschkönig lebte«, sagte Ruth.
»Nee«, sagte Isabel, »der muss schwarz und kalt gewesen sein. Wenn der so gewesen wäre wie das hier, warum hätte der Froschkönig dann in das Bett der Prinzessin kriechen wollen? Hier ist es doch viel besser als in einem Bett!«
»Aber auf die Dauer?«, wandte Lina ein. »Da weicht man doch auf. Guck dir mal meine Zehen an! Die sind schon ganz schrumpelig. Und meine Hände auch.«
»Du bist ja auch kein Frosch«, sagte Isabel.
»Nein«, sagte Ruth, »du bist bestimmt kein Frosch. Du bist richtig tapfer, finde ich.«
»Ich? Wieso?« Lina sah sie überrascht an.

»Na ja, wenn man bedenkt, dass dein Vater euch gerade verlässt«, sagte Ruth. »Und eure ganze Familie kaputt macht.«
Linas Augen waren schmal geworden. »Er macht nicht unsere ganze Familie kaputt. Meine Mutter und ich haben uns ja noch. Und meine Oma und Tante Agnes gehören auch zu unserer Familie, also sind wir immer noch ziemlich viele. Meinen blöden Vater brauchen wir gar nicht.«
»Genau!«, sagte Isabel. »So wie wir meine blöde Mutter nicht brauchen. Trotzdem sind wir eine richtige Familie, mein Vater und ich. Und eine Tante habe ich auch noch, das reicht.«
Ruth streckte die Zehen aus dem Wasser und betrachtete sie nachdenklich. »Irgendwie hast du recht, so habe ich mir das noch nie überlegt. Ich habe immer gedacht, ich hätte jetzt gar keine Familie mehr. Aber ich habe meine Oma und meinen Opa und wenn sie sich nicht gerade streiten, ist es mit ihnen auch ganz schön. Und eine Tante habe ich auch, die ist richtig klasse.«
»Deine Tante Hanni?«, fragte Lina.
Ruths Zehen verschwanden mit einem Platscher im Wasser und sie starrte Lina verblüfft an. »Woher weißt du von ihr?«
Lina erschrak gewaltig. Da hatte sie sich aber verplappert! Ruth hatte noch nie von ihrer Tante erzählt, sie wusste nur von ihr, weil sie gehört hatte, wie Ruth an sie *gedacht* hatte. Wie peinlich! Aber sie versuchte es einfach: »Du hast sie mal erwähnt, glaube ich.«
»Ich habe sie nie erwähnt«, sagte Ruth sehr sicher. »Das weiß ich ganz genau, weil ich nämlich sehr lange überlegt habe,

ob ich euch von ihr erzählen soll. Und genau für heute hatte ich es mir vorgenommen, weil ich einfach nicht weiß, was ich machen soll.«

»Warte!«, rief Isabel. »Ich muss noch aufs Klo! Und dann erzählst du uns alles!« Sie kletterte aus dem Becken und flitzte eilig davon. Probleme anderer Leute hatte sie richtig gern.

»Dann hat deine Oma bestimmt mal von deiner Tante Hanni gesprochen, als sie mit meiner Mutter telefoniert hat«, sagte Lina. Es war ihr schrecklich unangenehm, dass ihr der Name herausgerutscht war, und sie wollte unbedingt, dass Ruth glaubte, dass alles mit rechten Dingen zugegangen war.

Oder sollte sie ihr von dem Gedankenhören erzählen? Schließlich tat sie ja nichts Unrechtes, es passierte einfach. Trotzdem – ein wenig schämte sie sich dafür. Auf eine gewisse Weise war es sogar noch schlimmer, als an Türen zu lauschen. Schließlich hörte sie manchmal Dinge, die jemand *nie* laut sagen würde.

»Kann sein«, sagte Ruth. »Meine Oma erzählt immer viel am Telefon. Wahrscheinlich kennt deine Mutter schon ihre ganze Lebensgeschichte.«

Lina lachte erleichtert. »Keine Ahnung. Mir hat sie sie jedenfalls nicht erzählt.«

»So!« Isabel sprang mit einem Satz ins Wasser und sah Ruth erwartungsvoll an. »Was hast du für ein Problem?«

Lina spritzte ihr Wasser ins Gesicht. »Tu bloß nicht so, als wärst du eine Kummerkastentante, die jedes Problem in null Komma nichts löst!«

Ruth sah Lina streng an. »Also wollt ihr mir jetzt zuhören oder nicht?«

»Doch, klar.« Lina stemmte sich aus dem Becken und setzte sich an den Rand. »Bevor ich total aufweiche«, erklärte sie.
»Also, das ist so«, begann Ruth. »Meine Tante Hanni ist die Schwester meiner Mutter. Sie ist eine ganze Ecke jünger als sie, erst achtundzwanzig. Und sie will mich jetzt adoptieren. Erst dachte sie, das ginge nicht, weil sie nicht verheiratet ist, aber sie hat so einen Test gemacht, beim Jugendamt oder so, und jetzt geht es doch.«
»Aber das ist doch toll«, sagte Isabel. »Wo ist das Problem?«
»Das Problem ist, dass meine Oma das nicht möchte«, sagte Ruth. »Sie sagt, dass Tante Hanni viel zu jung ist für so viel Verantwortung, und sie findet auch es auch nicht richtig, weil Tante Hanni keinen Mann hat und so viel arbeitet. Sie hat Angst, dass ich ein verwahrlostes Schlüsselkind werde, weil Tante Hanni nicht genug Zeit für mich hat.«
»Wo arbeitet sie denn?«, fragte Lina.
»Sie ist Einkäuferin bei Krause & Steffens, diesem Haushaltsgeschäft an der ...«
Lina winkte ab. »Kenne ich. Da kauft meine Mutter immer ein.«
»Und es stimmt schon«, fuhr Ruth fort, »meine Tante arbeitet wirklich ziemlich viel. Und dann fährt sie manchmal zu Messen, da ist sie dann ein paar Tage lang weg.«
»Aber du willst trotzdem, dass sie dich adoptiert, stimmt's?«, sagte Lina.
Ruth guckte ihren Zehen zu, die wieder über der Wasseroberfläche wackelten. »Ja«, sagte sie zögernd. »Sie ... sie ist so

jung und lustig und ... ich weiß nicht, irgendwie ist mit ihr immer alles schön, so ... so ein bisschen so wie mit meiner Mutter früher. Ich kann mit ihr auch besser reden als mit meiner Oma.«

»Ja, und worüber denkst du dann noch nach?«, fragte Isabel. »Ist doch klar, was du machst! Du ziehst zu deiner Tante, und wenn sie gerade auf Achse ist, gehst du zu deiner Oma.«

Lina funkelte Isabel an. »Toll! Da wird Ruths Oma aber glücklich sein! Erst sagt Ruth ihr, dass sie viel lieber bei ihrer Tante Hanni leben will als bei ihr, und dann soll sie aber für Ruth da sein, wenn ihre Tante nicht kann. Das wäre genau so, als wenn ich dir erzählen würde, dass ich viel lieber mit Ruth zusammen bin als mit dir, aber trotzdem noch was mit dir machen würde, wenn Ruth gerade keine Zeit hat. Wie würdest du das denn finden?«

»Voll mies«, gab Isabel zu. »Ich würde dir sagen, du kannst mich mal, ich bin doch nicht dein Hampelmann!«

»Siehst du! Und genau so wäre es für Ruths Oma.«

Isabel nickte zerknirscht. »Stimmt. Das ist ja echt ein Problem.«

»Ja, und außerdem«, sagte Ruth, »ist es nicht das einzige. Jetzt ist meine Tante ja noch allein, aber stellt euch mal vor, sie lernt einen Mann kennen und ich mag den nicht ...«

»Glaubst du das?«, fragte Lina.

»Na, aber garantiert«, sagte Ruth. »Meine Tante ist total hübsch, bestimmt kommt da mal einer. Sie hatte ja auch schon jahrelang einen Freund, aber mit dem hat sie Schluss gemacht.

Weil er zu oberflächlich war, hat sie gesagt, aber ich weiß nicht genau, was sie damit meinte.«
»Na, ein Dünnbrettbohrer«, sagte Isabel.
Ruth sah sie nachsichtig an. »Das weiß ich auch. Ich meine, ich weiß nicht, warum sie ihn oberflächlich fand.«
»Das ist doch auch egal, wenn er jetzt sowieso weg ist«, sagte Lina. »Wichtig ist doch nur, dass sie sich beim nächsten Mal einen Besseren aussucht. Und das tut sie bestimmt. Das habe ich nämlich gemeint, als ich gefragt habe, ob du glaubst, dass sie sich für einen entscheidet, den du nicht magst. Wenn sie so nett ist, wie du sagst, dann sucht sie sich bestimmt auch einen netten Mann.«
»Wie deine Mutter?«, fragte Isabel. »Die ist doch auch nett, und dein Vater ist ein Mistkerl, der einfach abhaut.«
»Mein Vater ist kein Mistkerl!«, sagte Lina aufgebracht. Natürlich war er das, aber Isabel konnte das ja wohl überhaupt nicht beurteilen. »Meine Eltern haben sich einfach nur auseinanderentwickelt, darum trennen sie sich.«
»Jetzt streitet euch doch nicht«, sagte Ruth und kletterte aus dem Wasser. »*Wir* müssen uns doch nicht in die Wolle kriegen, nur weil die *Erwachsenen* alle so kompliziert sind. Außerdem habe ich jetzt erst mal Hunger.«
Lina spähte durch die Blätter eines riesigen Gummibaums zu der großen Uhr auf der Marmorwand. »Mann, es ist gleich halb sieben! Um sieben sollen wir im Hotel sein!« Ihre Mutter hatte zwei Tische in einem griechischen Restaurant am Hafen gebucht, einen für Britta und sich, einen für die drei Mädchen.

»Ihr wollt ja wohl gern unter euch sein«, hatte sie gesagt.
»Und ihr ja wohl auch!«, hatte Lina geantwortet.
Ihre Mutter hatte sie in die Seite geknufft. »Ist doch prima so, oder?«

Ganz prima, fand Lina. Ruth, Isabel und sie hatten einen schönen Fensterplatz mit Blick auf den Hafen, in dem, von Strahlern beleuchtet, die Fischerboote lagen. Zwei Tische weiter saßen ihre Mutter und Britta. Sehr voll war das Restaurant nicht, zu dieser Jahreszeit kamen nur wenige Touristen an die See.
Neben der Kerze, die sowieso auf dem Tisch stand, brannten zehn Teelichte. Linas Mutter hatte sie mitgebracht. »Herzlichen Glückwunsch zum Geburtstag«, sagte sie und gab Ruth einen Kuss. »Wie alt wirst du heute eigentlich genau?«
Ruth kicherte. »Ich hab's extra nachgerechnet! Zehn Jahre und fünf Monate und neun Tage.«
»Na, wer weiß, wo wir in noch mal zehn Jahren, fünf Monaten und neun Tagen sind. Vielleicht bist du dann schon eine berühmte Malerin.« Lina zog eine Stofftasche hervor, die Britta getragen hatte, damit Ruth nichts auffiel, und legte sie auf den Tisch. Ihre Mutter hatte die Geschenke in blaues Papier gewickelt, mit breitem, rotem Band. Isabels Skizzenblock war weiß eingepackt, mit einer blauen Schleife.
Ruth wickelte das Buch aus, *Porträtieren lernen*. »Mann, das ist ja …« Ihre Augen glänzten, und als sie die Stifte und den dicken Skizzenblock auspackte, strahlte sie über das ganze Gesicht. »… genial«, hauchte sie. Sie blätterte in dem Buch und

dann sah sie auf. Ihr Blick wanderte von Lina zu Isabel und wieder zurück. Mit einem Satz sprang sie auf und drückte erst Lina und dann Isabel ganz fest. »Mensch, danke!«
So glücklich hatte Lina sie noch nie gesehen. »Ich glaube, du wirst wirklich eine Malerin«, sagte sie.
Ruth strich andächtig über die Stifte, deren zarte Farben im Kerzenlicht schimmerten. »Als Erstes male ich meine Eltern«, sagte sie. »Ich werde üben und üben, bis sie richtig echt aussehen.«
Lina freute sich. Genau so hatte sie sich das vorgestellt. Und sie war sicher, lange würde Ruth nicht üben müssen. Sie war einfach begnadet gut.

Die Portionen hier waren überdimensional. Isabel machte nach der Hälfte schlapp. Ruth und Lina schafften ein bisschen mehr, aber dann gaben sie auch auf, schoben die Teller von sich und ließen sich erschöpft zurücksinken.
»Ich habe über dein Problem nachgedacht«, sagte Lina zu Ruth. »Irgendwie finde ich, das geht nicht, dass du auf ein schönes Leben verzichtest, nur weil du deiner Oma nicht wehtun willst.«
»Na ja, so schlecht ist es bei meinen Großeltern ja auch nicht«, sagte Ruth. »Und ich muss ihnen doch auch dankbar sein, weil sie mich aufgenommen haben, als ... als das passierte.«
»Ja, schon«, gab Lina zu, »aber vor lauter Dankbarkeit immer unglücklich zu sein ... das ist auch nicht richtig.«
Ruth spielte gedankenverloren mit dem roten Schleifenband.

»Aber wenn meine Oma traurig ist und sich ständig Sorgen macht, kann ich das Leben mit meiner Tante vielleicht gar nicht so richtig genießen, weil ich dann immer ein schlechtes Gewissen habe.«

»Hm«, machte Lina, wie immer, wenn ihr nichts Gutes einfiel. Aber dann hatte sie doch eine Idee: »Weißt du was? Ich finde, du solltest mal mit meiner Mutter darüber reden. Vielleicht kann sie dir einen Rat geben. Oder sie könnte mit deiner Oma sprechen und dann findet ihr vielleicht eine Lösung.«

Ruth hatte das Schleifenband zu einem Knäuel verknotet, ganz wirr. »Ich kann doch deine Mutter nicht damit behelligen, die hat im Moment ja wohl genug eigene Probleme.«

Lina drehte sich um und blickte zu dem Tisch hinüber, an dem ihre Mutter und Britta saßen. Sie lachten über irgendetwas so sehr, dass ihre Mutter sich die Tränen aus den Augen wischen musste. Und dann prusteten sie von Neuem los. »Ich glaube, die hat ihre Probleme ganz gut im Griff«, sagte Lina. »Seit gestern ist sie so fröhlich, wie ich sie seit Ewigkeiten nicht mehr erlebt habe. Wahrscheinlich, weil sie nun weiß, dass wir in dem Haus bleiben können. Bestimmt kannst du mit ihr reden, am besten gleich morgen, wenn wir zu dem alten Leuchtturm wandern.« Mit einer Wattwanderung würde es leider nichts werden, es wurde nur ein Termin am Nachmittag angeboten, und da mussten sie schon zurückfahren. Aber Linas Mutter hatte versprochen, dass sie im Sommer wiederkommen würden, dann machte es sowieso mehr Spaß. »Isabel und ich gehen dann ein bisschen mit Britta vor«, schloss Lina und sah Isabel fragend an.

Die nickte träge. »Seid ihr gar nicht müde? Ich könnte auf der Stelle einschlafen«, sagte sie und gähnte. »Das liegt an der Seeluft, meint meine Tante. Als ich letztes Jahr mit ihr hier war, habe ich *nur* geschlafen!«
Lina lachte. »Stimmt ja gar nicht! Oder hast du das mit der Heulerstation, die ihr besichtigt habt, nur geträumt? Und deine Reitstunden auch?«
Nun musste Isabel doch grinsen. »Na, ein paarmal war ich wohl doch wach. Wenn ich die Reitstunden nur geträumt hätte, wäre ich da viel besser gewesen. Jedenfalls wäre ich im Traum bestimmt nicht vom Pferd gefallen.«
»Aber vielleicht bist du ja runtergefallen, weil du da oben eingeschlafen bist«, sagte Ruth verschmitzt.
Isabel war jetzt wieder etwas wacher. »Auf so einem blöden Gaul kann man gar nicht einschlafen! Das wackelt da oben nämlich ganz gehörig. Also, für mich ist das jedenfalls nichts und ich verstehe auch gar nicht, was alle an den blöden Viechern finden.«
»Ich schon«, sagte Ruth. »Pferde sind keine blöden Viecher. Ich würde für mein Leben gern Reiten lernen, aber meine Oma findet das zu gefährlich.«
»Und deine Tante Hanni?«, fragte Lina.
»Die möchte es auch gern lernen.« Ruths Augen blitzten vor Aufregung. »Sie hat vorgeschlagen, dass wir im Sommer zusammen Reitferien machen, aber davon weiß meine Oma noch nichts.«
»Du musst morgen unbedingt mit meiner Mutter sprechen«, sagte Lina. »Ich wette, ihr fällt etwas ein, wie sie dir

helfen kann. Sie versteht nämlich ziemlich viel vom Leben.«
»Meinst du wirklich?« Ruth sah sie hoffnungsvoll an.
»Ich frage sie, okay?«
»Aber morgen«, sagte Isabel und gähnte schon wieder. »Jetzt lasst uns erst mal schlafen gehen.«
Linas Mutter und Britta sahen überrascht auf, als die drei Mädchen an ihrem Tisch standen, um Gute Nacht zu sagen.
»Ihr geht *freiwillig*?«, fragte Britta.
Ruth nickte. Auch sie hatte plötzlich ganz kleine Augen und Isabel wankte vor Müdigkeit. »Die Seeluft«, murmelte sie.
»Und ich kann mich darauf verlassen, dass ihr leise seid im Hotel?«, fragte Linas Mutter. »Keine Kissenschlacht!«
»Bestimmt nicht«, sagte Lina. »Ich glaube, dann bringt Isabel uns um.«
Es waren nur ein paar Schritte bis zu dem Hotel. Sie ließen sich ihren Zimmerschlüssel geben und nahmen den Fahrstuhl. Obwohl sie nur in den ersten Stock mussten.
»Und wer schläft nun auf der Liege?«, fragte Ruth.
»Von mir aus ich«, sagte Isabel. »Ich würde auch im Waschbecken schlafen, das ist mir jetzt echt egal.« Sie schaffte es gerade noch, sich auszuziehen, aber aufs Zähneputzen verzichtete sie großzügig und kroch in der Unterwäsche auf die schmale Liege, die an der Wand stand, zog die Decke über den Kopf und war sofort eingeschlafen.
Ruth und Lina ließen sich etwas mehr Zeit, und als sie schließlich in dem breiten Doppelbett lagen, guckten sie sich noch zusammen Ruths neues Buch an.

»Das ist wirklich toll«, flüsterte sie. »Ich kann es gar nicht abwarten anzufangen.«

»Wenn du etwas gemalt hast, mit dem du zufrieden bist, zeigst du es mir dann mal?«, fragte Lina.

»Klar.« Ruth drängte sich ein wenig näher an sie. »Heute war ein richtig schöner Tag. Ich bin sehr froh, dass wir Freundinnen geworden sind.«

Lina gab ihr einen Kuss. »Ich auch«, sagte sie. »Und wie.«

Sie schoben ihre Kopfkissen aneinander und knipsten das Licht aus.

»Schlaf gut«, flüsterte Ruth.

Lina tastete nach ihrer Hand. »Du auch.« Und dann schlief sie so schnell ein, dass sie keinen einzigen Gedanken von Ruth mehr hören konnte. Aber das machte nichts, sie wusste auch so, dass es ihnen heute gelungen war, Ruth ein ganz klein wenig glücklich zu machen.

12. Kapitel

»Was ist denn hier los?« Lina stand wie angewurzelt im Wohnzimmer. »Ziehen wir etwa doch um?«
»Quatsch! Wir *räumen* um!« Ihre Mutter wischte sich mit dem Arm über die Stirn und Tante Agnes richtete sich steif auf, einen Staubwedel voller Spinnweben in der Hand.
»Und machen gleich den Frühjahrsputz«, ergänzte sie. »Auf der Anrichte steht eine Fertiglasagne, die kannst du dir in der Mikrowelle heiß machen. Etwas Anständiges gibt es heute nicht zu essen, ich hatte keine Zeit.«
Lina fand eine Lasagne aus der Mikrowelle zur Abwechslung einmal sehr anständig und das, was ihre Mutter und Tante Agnes mit dem Wohnzimmer machten, gefiel ihr auch sehr gut. Die schöne alte Kommode, die bis jetzt im Elternschlafzimmer ihren Platz gehabt hatte, stand nun an der Wand, wo das Sofa gewesen war. Die Sitzgruppe hatten sie auf die andere Seite geschoben, sodass man einen viel schöneren Blick in den Garten hatte.
»Das sieht jetzt alles viel größer aus«, stellte Lina fest. »Aber wo ist denn der Fernseher geblieben? Hat Papa den etwa mitgenommen?« Sie waren gestern Abend doch viel später zu-

rückgekommen, als sie eigentlich vorgehabt hatten, und Lina war nur noch ins Bett getaumelt, ohne rechts oder links zu gucken, so müde war sie gewesen. Und so erfüllt von der ersten warmen Märzsonne und dem schönen Tag, dass sie kaum noch daran gedacht hatte, dass ihr Vater inzwischen ausgezogen war. Sollte er doch! Das Leben war auch ohne ihn gut! Sie waren am Meer entlanggewandert, hatten über die lustigen Strandläufer gelacht und waren mit den Ausläufern der Wellen um die Wette gelaufen. Mittags hatten sie den besten Fisch ihres Lebens gegessen und sich danach in einer Dünenkuhle in den Sand gelegt. Britta und ihre Mutter hatten Geschichten aus ihrer Schulzeit erzählt und Ruth und Isabel und Lina hatten sich gekugelt vor Lachen. Später waren sie Eis essen gegangen und irgendwann hatte ihre Mutter auf die Uhr geschaut und ganz entsetzt gerufen: »Wir wollten zum Abendessen zu Hause sein! Das schaffen wir nie!«

Isabel, Ruth und Lina hatten das überhaupt nicht schlimm gefunden, sie waren sich einig gewesen, dass sie zu Hause niemals so etwas Gutes bekommen hätten wie die Spaghetti an der Autobahnraststätte.

»Komm mal mit«, sagte Linas Mutter jetzt und lächelte.

Lina folgte ihr in das Arbeitszimmer ihres Vaters. Die Regale waren verschwunden, der große Schreibtisch auch, ebenso der klotzige braune Aktenschrank. Bis auf den Rolltisch mit dem Fernseher, der mitten im Raum stand, war das Zimmer leer und die weißen Wände sahen schmuddelig aus. Auch der Teppichboden war gar nicht schön, bemerkte Lina, grau und ein bisschen fleckig.

»Hier streiche ich ganz zart gelb«, sagte ihre Mutter, »und ein neuer Teppich muss auch rein, ich hab an einen hellgrünen gedacht. Wir kaufen uns einen kleinen runden Tisch und ein paar hübsche Korbsessel, und dann wird dies unser Frühstücks- und Fernsehzimmer. Morgens scheint die Sonne herein und abends, wenn wir fernsehen wollen, blendet es nicht so wie im Wohnzimmer. Wie findest du das?«
»Toll!« Lina nickte begeistert. »Dann nervt es dich auch endlich nicht mehr, wenn ich meine *blöden* Serien gucken will.«
»Das heißt aber nicht, dass du von nun an nonstop Serien gucken kannst«, sagte ihre Mutter lachend. Aber dann zog sie Lina weiter. »Guck mal, was ich im Schlafzimmer vorhabe! Das Doppelbett kommt raus, ich kaufe ein schönes, breites französisches Bett und da drüben, wo die Kommode stand, stelle ich den kleinen Sekretär hin, der bei Oma auf dem Dachboden steht. Das wird sehr hübsch!«
»Und wann willst du das alles machen?«, fragte Lina. »Das ist doch eine Menge Arbeit.« Sie fand, dass es im Moment nicht sehr gemütlich aussah, und der Gedanke, lange in so einem Umbruchhaus zu leben, gefiel ihr gar nicht.
»Sofort!«, sagte ihre Mutter. Sie bebte geradezu vor Tatendrang. »Ich habe mir Urlaub genommen, zwei Wochen! In der Zeit schaffe ich das. Und dein Zimmer nehmen wir auch noch in Angriff. Diese Kindermöbel passen ja gar nicht mehr zu dir. Überleg dir mal, was du möchtest.«
»Aber können wir uns das denn alles leisten? Ich meine, jetzt, wo du Papa das halbe Haus bezahlen musst?«
»Das leisten wir uns«, erwiderte ihre Mutter entschlossen.

»Papa muss nicht das ganze Geld auf einmal kriegen, das erwartet er auch gar nicht, und jetzt, Süße, sind *wir* erst einmal dran! Ein neues Leben braucht einen neuen Rahmen. Außerdem – so teuer muss das alles gar nicht werden. Wenn wir Möbel kaufen, die wir selbst zusammenbauen, kostet das nicht die Welt.«

Linas Mutter macht sich sofort an die Arbeit. Als Lina am Mittwochmittag aus der Schule kam, hatte sie bereits das neue Frühstücks- und Fernsehzimmer fertig gestrichen und war gerade dabei, den alten grauen Teppichboden herauszureißen, der nun mit fröhlichen, gelben Farbsprenkeln übersät war.
»Im Kühlschrank steht noch ein Rest Heidelbeerquark. Iss den und mach schnell deine Schularbeiten. Wenn ich hier fertig bin, fahren wir ins Möbelhaus.«
Lina machte auf dem Absatz kehrt und verschwand, mit Umweg über die Küche, in ihrem Zimmer. Leider kleckste ein bisschen Heidelbeerquark auf das letzte Ergebnis ihrer Mathehausaufgaben, aber damit würde Maxi eben leben müssen. Es gab wichtigere Dinge im Leben als Bruchrechnen, zum Beispiel die Frage, ob sie ihr Zimmer weiß oder pink einrichten sollte.
»Weder noch«, sagte ihre Mutter, als sie in dem Möbelhauskatalog blätterten. »Entscheide dich lieber zwischen hellem oder dunklem Holz. Den Rest machen wir mit Stoffen – weiße Vorhänge, Kissen und Bettwäsche, wenn du es edel haben willst, bunt, wenn du es lebhaft haben möchtest. Oder nur rot oder nur gelb oder …«

»Dunkles Holz und ganz viel Rot«, sagte Lina prompt. »Das stelle ich mir schön vor.«
Ihre Mutter nickte zustimmend. »Ich mir auch. Das wird sehr warm aussehen. Und es stimmt gar nicht, was die Leute immer sagen, dass verschiedene Rottöne sich beißen. Im Gegenteil, das kann sehr interessant aussehen. Du kannst es sogar mit ein wenig Pink mischen, das ist auch hübsch.«
Sie verbrachten viel Zeit in der Stoffabteilung. »Und wer soll das alles nähen?«, fragte Lina. »Du etwa?« Ihre Mutter hasste alles, was mit Nadel und Faden zu tun hatte, manchmal dauerte es ewig, bis sie nur einen fehlenden Knopf annähte.
»Tante Agnes hat eine Freundin, die ist Schneiderin«, erklärte ihre Mutter. »Ich habe schon mit ihr gesprochen, sie macht das bestimmt großartig.«
Lina staunte. Ihre Mutter organisierte wirklich alles in einem Wahnsinnstempo. Anscheinend konnte sie es gar nicht abwarten, einen komplett neuen Rahmen für ihr neues Leben zu bekommen.
»Hast du auch schon über Ruths Problem nachgedacht?«, fragte Lina auf der Rückfahrt. Das Auto war voll bepackt und sie hatten die Kofferraumklappe nicht mehr schließen können, sondern mit einer Kordel sichern müssen, weil die Verpackung des runden Frühstückstischs ziemlich sperrig war. Außerdem hatte Linas Mutter unbedingt noch einen großen Wandspiegel kaufen müssen, weil er einen so hübschen Rahmen hatte. Sie wollte ihn im Wohnzimmer aufhängen, sodass sich der Garten darin spiegelte. »Das ist besser als jedes Bild«, hatte sie gesagt.

Jetzt sagte sie, während sie langsam auf der rechten Spur der Stadtautobahn hinter einem Lastwagen hertuckerten: »Es ist schwer, über ein Problem nachzudenken, wenn man nur die eine Seite kennt. Aber übermorgen besuche ich Ruths Großeltern. Da hat ihre Oma frei und sie hat mich zum Frühstück eingeladen, damit wir uns in Ruhe unterhalten können. Und weißt du, was ich hinterher mache?« Sie löste die Augen kurz von der Fahrbahn und lachte Lina an. »Ich hole mit Ruths Großvater den Rest der Möbel ab, die wir uns ausgesucht haben. Er hat einen Bekannten, der einen Lieferwagen besitzt, da kriegen wir alles auf einmal rein.«
Nun staunte Lina erst recht. »Wie hast du das denn herausgefunden? Du kennst Ruths Großvater doch gar nicht!«
»Och«, sagte ihre Mutter und wagte es nun doch, den Lastwagen zu überholen, »wenn man sich die Zeit nimmt, mit Leuten zu reden und selber auch ein bisschen erzählt, ergeben sich manchmal Dinge, mit denen man gar nicht gerechnet hat.«
Das leuchtete Lina ein. Trotzdem fand sie bemerkenswert, was ihre Mutter in wenigen Tagen alles auf die Beine stellte. Sogar einen Teppichboden für das neue Zimmer hatte sie schon ausgesucht, einen Rest, ganz günstig und genau in der Farbe, die sie sich vorgestellt hatte. »Du bist echt klasse, Mami«, sagte Lina.
Ihre Mutter machte einen kleinen Schlenker, als sie vor dem Laster wieder auf die rechte Fahrbahn einscherte. »Findest du?«
»Und wie! Ich finde, du kriegst das alles prima hin. Eigentlich fehlt uns Papi doch gar nicht, oder?«

Ihre Mutter warf ihr einen lauernden Blick zu. »Fehlt er dir wirklich nicht?«
»Nein«, sagte Lina fest. »Wann denn? Er war doch sowieso nie da.« Und nach einer Pause fügte sie hinzu: »Außerdem will ich ihn gar nicht mehr sehen. Er ist ein Mistkerl.«
»Das ist er nicht«, sagte ihre Mutter genauso fest. »Lina, die Tatsache, dass er und ich uns nicht mehr lieb haben, ändert nichts daran, dass er dein Papa ist. Und *dich* hat er immer noch lieb. Das wird sich nicht ändern.«
»Phh!«, machte Lina. »Und was habe ich davon? Er meldet sich ja nicht mal mehr! Dagegen hat Ruth es ja fast noch gut, ihre Eltern sind wenigstens richtig tot! Aber einer, der lebt und nicht mal anruft, das ist doch nun wirklich mistig.«
Ihre Mutter sagte nichts. Sie konzentrierte sich nur auf die Straße und kniff die Lippen zusammen. Erst als sie die Autobahn verlassen hatten und etwas gemütlicher über die inzwischen dämmerige Landstraße fuhren, entspannte sie sich etwas. »Ich glaube, er traut sich nicht so recht. Wahrscheinlich hat er ein bisschen Angst davor, mit dir zu sprechen.«
»Also ist er nicht nur ein Mistkerl, sondern auch noch ein Schisser«, sagte Lina böse.
Ihre Mutter legte die Hand auf Linas Knie. »Lass ihm noch ein wenig Zeit«, bat sie. »Für ihn ist das alles auch nicht leicht. Bestimmt hat er ein furchtbar schlechtes Gewissen.«
»Das geschieht ihm auch recht!« Lina war wirklich sehr wütend. Und Verständnis war das Letzte, was sie für ihren Vater empfand. »Wieso redest du eigentlich so nett über ihn? Zu dir war er doch auch total mies!«

Ihre Mutter seufzte. »Jedes Problem hat zwei Seiten«, sagte sie. »Ich fürchte, das musst du lernen, auch wenn es manchmal sehr unbequem ist.«
»Will ich aber nicht!«, sagte Lina patzig. »Kann ich auch gar nicht! Schließlich stehe ich auf *einer* Seite! Oder soll ich mich zweiteilen?«
»Natürlich nicht«, erwiderte ihre Mutter und Lina konnte an ihrer Stimme hören, dass sie lächelte. Sehen konnte sie es nicht, denn inzwischen war es dunkel geworden. So dunkel, dass auch ihr Katzenauge ihr nichts mehr nützte.
»Du sollst dich nicht zweiteilen«, sagte ihre Mutter, »doch es wird dir nicht erspart bleiben, etwas älter und reifer zu werden, und das kann manchmal ebenso wehtun.«
»Hm«, machte Lina. Und dann sagte sie gar nichts mehr.

Zum Glück wurde es gleich am nächsten Tag so turbulent, dass Lina nicht weiter nachzudenken brauchte. Sie kam einfach nicht dazu.
Onkel Kurt war mit seinem Freund angerückt und als Lina aus der Schule kam, bauten sie schon die Möbel in Linas Zimmer auseinander: den kleinen Kinderschreibtisch, das Bett, den niedrigen Kleiderschrank. Sie waren gerade fertig, als auch schon eine junge Kollegin von Linas Mutter mit ihrem Mann vorgefahren kam, um alles abzuholen. Die beiden hatten einen sechsjährigen Sohn, für den sie die Möbel gut gebrauchen konnten. Mit Onkel Kurts Hilfe war alles im Handumdrehen in ihrem Van verstaut, so schnell, dass Lina gar keine Zeit hatte, traurig zu werden, als die schönen Möbel, mit de-

nen sie so lange gelebt hatte, auf Nimmerwiedersehen verschwanden.
Aber als sie dann wieder in ihr Zimmer kam, wurde ihr doch ein wenig klamm ums Herz. Bis auf ein paar große Kartons, die in einer Ecke standen und in denen Tante Agnes und Linas Mutter die Sachen aus den Schränken und Regalen gelagert hatten, war es leer. In einer Ecke, dort, wo das Bett gestanden hatte, lag ein verstaubtes Püppchen auf dem Boden, das einst zu Linas Puppenstube gehört hatte. Und von der Decke baumelte eine nackte Glühbirne, denn der Lampenschirm mit den hellblauen Wölkchen war auch verschwunden. Das grelle Licht beleuchtete kalt die grauen Ränder auf der Tapete, die sich dort gebildet hatten, wo die Möbel gestanden und Bilder gehangen hatten. Das Zimmer sah nun ebenso schäbig aus wie Papas Arbeitszimmer an dem Tag, nachdem er ausgezogen war.
Lina schluckte. Auf einmal freute sie sich gar nicht mehr. Vielleicht war es doch ein bisschen viel neues Leben, das da so plötzlich auf sie zukam?
Ein klägliches Mauzen schreckte sie aus ihren Gedanken. Kleckschen kam hinter einem der Kartons hervor und schaute sie verstört an.
Lina setzte sich auf den Teppich und Kleckschen flüchtete sich auf ihren Schoß, vergrub ihren Kopf in Linas Armbeuge und schnurrte. Lina drückte sie fest an sich und diesmal ließ sie es sich gefallen.
»Na, na, na! Sehe ich hier etwa Tränen?« Tante Agnes stand wie aus dem Nichts gewachsen neben ihnen, schnalzte miss-

billigend mit der Zunge und dann seufzte sie tief. »Ach ja, Undank ist der Welt Lohn! Da bekommst du ein schönes neues Zimmer, von dem andere Mädchen in deinem Alter nur träumen können, und du weinst?« Sie beugte sich herab und streichelte Linas Wange. »Nun kommt erst mal mit, ihr zwei! Mir scheint, ihr habt beide eine kleine Stärkung nötig.«

Die kleine Stärkung entpuppte sich – welche Überraschung – als Heidelbeerquark für Lina und eine Handvoll Leckerli für Kleckschen. Als Tante Agnes Linas Schälchen zum zweiten Mal füllte, kam Onkel Kurt ins Zimmer. »Linas Zimmer streiche ich morgen früh noch schnell, bevor die neuen Möbel kommen. Das hat es auch nötig.« Er ließ sich am Esstisch nieder und sah Lina freundlich an. »Wie soll's denn werden? Rosa?«

»Weiß!«, sagte Linas Mutter, die eben hereinkam. Ihre Hände steckten in roten Gummihandschuhen, ihre Nase war ebenso rot und sie roch streng nach Möbelpolitur und Essig. Auf dem Dachboden ihrer Mutter hatte sie neben dem Sekretär noch einen schönen, gläsernen Vitrinenschrank entdeckt, den sie auch haben durfte, und sie hatte den ganzen Nachmittag in der kalten Garage verbracht, um die Möbel zu säubern und zu polieren.

Jetzt streifte sie die Handschuhe von den steifen Händen. »Ich brauche erst einmal einen Tee«, erklärte sie und ließ Wasser in den Kessel laufen. »Mögt ihr auch welchen?«

Es wurde eine gemütliche Teepause. Tante Agnes tischte Kekse auf, Linas Mutter zündete die Kerzen auf dem silbernen Tablett an und das warm erleuchtete Zimmer spiegelte sich in den dunklen Fensterscheiben. Lina fühlte sich wie auf einer Insel, auf der alles sauber und aufgeräumt und richtig hübsch war. Und wohin sie auch schaute, ob in den Raum, zum Fenster oder in den neuen Spiegel – immer waren sie alle da, Mama, Tante Agnes, Onkel Kurt und Kleckschen. Und sie selbst. Ein bisschen zerzaust, aber schon wieder viel fröhlicher.

In dieser Nacht schlief sie wieder in Mamas Bett – wo auch sonst? Sie hatte ja keins.
Als ihre Mutter – Stunden nach ihr – ins Bett kam, wachte sie auf. »Was hast du noch so lange gemacht?«, fragte sie schlaftrunken.
»Pläne!«, sagte ihre Mutter munter. »Jede Menge Pläne!« Sie klang überhaupt nicht müde und zog mit großem Schwung die Decke über sich. »Aber schlaf du nur weiter. Ich erzähle es dir morgen.«
Lina schloss die Augen. Und dann hörte sie es, laut und aufgeregt: *… und in den kleinen Durchgang setze ich eine Rosenpergola. Kitschig? Pah! Endlich kann ich tun und lassen, was ich will! Und wenn Gerstberger* – das war Mamas Chef – *mich wirklich in die Geschäftsleitung nimmt, dann brauche ich mir überhaupt keine Sorgen mehr zu machen. Blöd, dass er sich mit seiner Entscheidung so viel Zeit lässt, ich kann es kaum noch abwarten. Aber wenn nicht … Dann suche ich mir eben etwas anderes. Ich bin gut! Ich finde etwas! – Aber morgen muss ich mich als Erstes um diese Sache mit Ruth kümmern. Ihre Tante scheint ja wirklich sehr jung zu sein, ob das das Richtige ist? Und Lina, die macht mir auch Sorgen. Ich muss Gert anrufen, er soll sich, verdammt noch mal, endlich rühren!*

Lina drehte sich herum und legte die Arme um Mamas Hals. »Ich brauche Papa nicht, ehrlich«, murmelte sie. »Ich hab doch dich.«
Ihre Mutter streichelte ihr Haar. »Meine Kleine«, sagte sie. Und dachte: *Komisch, dass sie das gerade jetzt sagt. Aber es zeigt doch, dass sie ständig an ihn denkt. Und er? Er ist wirklich ein Mistkerl!*
»Sag ich doch«, flüsterte Lina. Oder vielleicht dachte sie es auch nur, denn im selben Moment war sie auch schon wieder eingeschlafen. Geteilte Wut war manchmal nur halbe Wut.

13. Kapitel

Am nächsten Tag konnte Lina es gar nicht erwarten, nach Hause zu kommen. Ob Mama schon mit den Möbeln zurück war? Vielleicht würde sie ja auch Ruths Großvater kennenlernen? Was wohl bei dem Gespräch am Morgen herausgekommen war? Durfte Ruth jetzt bei ihrer Tante leben?

So viele Fragen! Lina sprang als Erste aus dem Bus, rief Isabel noch einen Gruß zu und rannte nach Hause. Tante Agnes sah sie vom Küchenfenster aus und hatte die Haustür schon geöffnet, bevor Lina sie erreichte. Aber nur einen Spalt. Mehr ging nicht, denn der Flur war vollgestellt mit flachen, braunen Kartons.

Erste Frage beantwortet. Mama war mit den Möbeln zurück. Lina streifte Schultasche und Jacke ab, zerrte sich die Stiefel von den Füßen und stürzte ins Wohnzimmer. »Ist Ruths Großvater noch hier?«, erkundigte sie sich atemlos.

Ihre Mutter deckte den Mittagstisch. »Du hast ihn gerade verpasst, vor zehn Minuten ist er gefahren. Er musste den Lieferwagen zurückbringen.«

Schade. Aber zweite Frage beantwortet. Nun kam die wichtigste: »Darf Ruth jetzt zu ihrer Tante Hanni?«

Ihre Mutter lächelte. »Lina, Schätzchen, das ist keine Entscheidung, die man mal eben so beim Frühstück trifft. So etwas braucht Zeit.«
»Warum?« Lina öffnete den Kühlschrank, um sich eine Flasche Apfelsaft herauszuholen. »Dass Papa zu seiner Verena darf, habt ihr doch auch mal eben so beim Frühstück entschieden, oder etwa nicht?«
Ihre Mutter verteilte die Bestecke. »Das ist etwas ganz anderes. Papa ist ein erwachsener Mann. Falls er irgendwann feststellt, dass er nicht das Richtige getan hat, kann er damit fertig werden. Und es war keine Schnellschussentscheidung, Lina. Ich wusste schon lange, dass ich nicht mehr mit ihm leben möchte, wenn er eine andere Frau lieber hat als mich.«
»Recht so!« Tante Agnes knallte wütend die Pfanne auf den Herd. »Reisende soll man nicht aufhalten!«
»Was Ruth betrifft, muss man gut nachdenken«, sagte Linas Mutter. »Ihre Tante ist wirklich noch sehr jung und sie ist allein. Aber irgendwann wird sie einen Mann kennenlernen und dann möchte sie vielleicht doch lieber mit ihm allein sein und keine Teenagertochter an der Hacke haben. Das ist …«
»Wie du das sagst!« Lina gab der Kühlschranktür einen wütenden Stoß. »Vielleicht lernst du ja auch mal einen neuen Mann kennen. Willst du mich dann auch nicht mehr *an der Hacke* haben?« Sie funkelte ihre Mutter böse an.
Die kam sofort auf sie zu, nahm ihr die Flasche aus der Hand, stellte sie beiseite und zog Lina in ihren Arm. »Aber nein, so habe ich das doch nicht gemeint! Das kannst du auch gar nicht vergleichen. Schließlich bist du meine eigene Tochter

und das Liebste, was ich habe. Außerdem bin ich acht Jahre älter als Ruths Tante, das macht einen großen Unterschied. Und noch etwas«, sie zwinkerte Lina vergnügt zu, »ich will so schnell gar keinen neuen Mann! Fürs Erste finde ich es sehr schön, einmal tun und lassen zu können, was ich will, ohne ständig faule Kompromisse machen zu müssen.«

Das verstand Lina. Ihre Mutter wollte endlich eine Rosenpergola. »Aber für Ruth ist doch das Leben mit ihren Großeltern ein fauler Kompromiss«, wandte sie ein. »Sie *will* doch zu ihrer Tante Hanni. Und die will sie auch.«

»Ja, jetzt«, sagte Linas Mutter. »Aber wer weiß schon, wie ernst ihr das ist. Schau mal, sie hat sich erst vor Kurzem von ihrem Freund getrennt und vielleicht möchte sie Ruth nur zu sich nehmen, weil sie sich gerade sehr allein fühlt. Und das wäre auf keinen Fall der richtige Grund.«

»Hm«, machte Lina.

»Und Ruths Großeltern sind sehr lieb«, fuhr ihre Mutter fort. »Sie hat es gut bei ihnen, ganz bestimmt.«

»Hm«, machte Lina wieder. Möglicherweise hatte ihre Mutter ja recht, aber ... »Aber du hast doch selbst gesagt, dass jedes Problem zwei Seiten hat. Und die zweite Seite, also Tante Hanni, kennst du ja gar nicht.«

»Nein«, gab ihre Mutter zu. »Darum bin ich mir auch nicht sehr sicher in dem, was ich sage. Aber vielleicht lerne ich sie ja einmal kennen. Das würde mich sehr interessieren.«

»Warum laden wir Ruth und sie nicht einfach ein?«, schlug Lina vor. »Sie könnten doch am Sonntagnachmittag kommen, dann sind wir hier mit allem fertig.«

Während sie das sagte, war Onkel Kurt ins Zimmer gekommen. Er steckte in einem Blaumann, der, genau wie sein kariertes Hemd und sogar seine Haare, mit weißen Farbklecksen übersät war. »Am Sonntagnachmittag?« Er lachte. »Komm mal mit, min Deern!« Er winkte Lina zu sich heran und sie folgte ihm.

»In zwei Minuten können wir essen!«, rief Tante Agnes hinter ihnen her.

»Wir können froh sein, wenn am Sonntagabend alle Möbel stehen«, sagte Onkel Kurt und deutete auf die Unmengen von Kartons im Flur. »Aber glaub mal nicht, dass meine Agnes und deine Mutter dann schon Besuch einladen! Das machen die erst, wenn alle Vorhänge und Bilder hängen und Blumen in den Vasen stehen und all der Kram. Du kennst sie doch! Jetzt guck dir aber erst mal dein Zimmer an!«

Lina riss die Augen auf. Blitzweiß waren die Wände wieder und – der Teppich auch. Fast jedenfalls. Onkel Kurt hatte schrecklich gekleckert.

»Na, der kommt raus«, sagte er grinsend. »Deine Mutter hat schon was Neues angeschleppt. Tüchtiges Mädchen!«

Lina stürzte zurück ins Wohnzimmer. »Was? Einen neuen Teppich kriege ich auch?«

Ihre Mutter schmunzelte. »Der alte war doch wirklich ein Kinderteppich. Diese bunten Quadrate, wie Bauklötzchen! Komm, ich zeige dir den neuen. Das war auch ein Rest, aber er ist sehr hübsch.«

»Die Kalbsschnitzel werden zäh!«, protestierte Tante Agnes.

»Tu nur schon auf«, sagte Linas Mutter. »In einer Minute sind

wir wieder da.« Sie nahm Lina bei der Hand und führte sie in das neue Frühstücks- und Fernsehzimmer. Dort lagen zwei Teppichrollen auf dem Boden, die helle grüne und – Lina hielt die Luft an, so schön war die Farbe – eine sanftgelbe. Warm sah das aus und fröhlich.
»Mama!« Lina strich über den dicken Flor. Das Gelb schimmerte silbrig. »Ist der schön!«
Ihre Mutter strahlte. »Die dunklen Möbel werden toll dazu aussehen. Und dazu die Vorhänge und Kissen ... Du wirst dich fühlen wie auf einer Sommerwiese.«
»Jetzt kommt!« Tante Agnes klang sehr energisch und sie eilten zurück. Tante Agnes hatte es nicht gern, wenn ihr Essen kalt wurde.
Beim Abendessen besprachen sie, was noch alles zu tun war. Linas neue Möbel waren ja nicht das Einzige, was noch aufgebaut werden musste. »Hast du auch ein neues Bett für dich gekauft?«, fragte sie.
Linas Mutter nickte. »Ein ganz tolles! Superbequem!«
»Ein Monstrum!«, stöhnte Onkel Kurt. »Ruths Großvater und ich hätten uns an der Matratze fast das Kreuz verrenkt!« Er sah Linas Mutter vorwurfsvoll an. »Latex! Hättest du nicht eine ganz normale Federkernmatratze nehmen können?«
»Nein!« Linas Mutter blitzte ihn an. »Jetzt schlafe ich endlich so, wie *ich* das will.«
»Und was passiert mit dem alten Bett?«, fragte Lina.
»Sperrmüll. Damit kann man wirklich niemanden mehr glücklich machen.«
Nein, überlegte Lina, wahrscheinlich nicht. Es war richtig oll

gewesen, ganz abgestoßen an den Kanten, und die Matratzen hatten tiefe Kuhlen gehabt. Allerdings – *sie* hatte sich in dem Bett immer sehr wohlgefühlt.

Nach dem Essen half Lina Tante Agnes, die Küche aufzuräumen, während ihre Mutter und Onkel Kurt den alten Teppichboden aus ihrem Zimmer herausrissen und die neuen Teppiche verlegten. Das dauerte sehr lange und langsam begriff Lina, dass es so schnell nichts werden würde mit einem rundum gemütlichen Zuhause. Die Möbelpakete standen noch immer unberührt im Flur.

»Kann ich ein bisschen zu Isabel gehen?«, fragte sie. Irgendwie hielt sie die ganze Unordnung nicht mehr aus.

»Aber um halb sieben bist du wieder zu Hause!«, rief Tante Agnes hinter ihr her. »Heute Abend gibt's Nudelsalat!«

Lina verdrehte die Augen. Dachte Tante Agnes denn nur ans Essen?

Isabel freute sich sehr, dass sie kam. »Ich habe mich so gelangweilt«, sagte sie. »Im Fernsehen läuft nur Mist und zu lesen hab ich auch nichts Gutes. Wollen wir Backgammon spielen?«

Heute aber spielte sie nicht sehr aufmerksam. »Weißt du, was ich mir überlegt habe?«, fragte sie, nachdem Lina sie das zweite Mal besiegt hatte. »Jetzt, wo deine Mutter allein ist ... Also, ich meine, mein Papa hat ja auch niemanden, da könnten die beiden doch heiraten!« Sie sah Lina aus leuchtenden Augen an. »Dann würden wir Schwestern!«

Lina trennte mit großer Konzentration die schwarzen von den weißen Spielsteinen und schichtete sie in säuberliche Stapel.

»Aber sie lieben sich doch gar nicht«, erwiderte sie schließlich. Irgendetwas musste sie ja sagen und dass ihre Mutter Isabels Vater für einen Langweiler hielt und gut verstehen konnte, dass seine Frau ihn verlassen hatte, konnte sie Isabel auf keinen Fall erzählen.

»Ja, jetzt noch nicht«, sagte Isabel. »Aber das kann ja noch kommen. Wenn wir ein bisschen nachhelfen ...«

Lina sah sie verwundert an. »Wie willst du denn da nachhelfen?«

»Ich hab mir schon was überlegt!« Isabel war Feuer und Flamme. »In ein paar Wochen ist doch Ostern! Da könnten wir ihnen Theaterkarten schenken. Also, ich meine das so: Du schenkst deiner Mutter eine und ich meinem Vater auch. Und dann sitzen sie plötzlich nebeneinander. Überleg mal, das ist doch megaromantisch!«

Lina runzelte die Stirn. »Ich glaube, meine Mutter würde sich viel mehr über neue Gartenhandschuhe freuen als über eine Theaterkarte. Sie ist froh, dass sie da nicht mehr hin muss, das wollte mein Papa nämlich immer.«

»Dann schenken wir ihnen eben Eintrittskarten zu dieser Gartenausstellung im Schloss«, schlug Isabel vor. »Das ist doch auch bald.«

Lina nickte ratlos. Die Gartenausstellung fand immer im Mai statt und ihre Mutter ließ sie sich nie entgehen. Sie kaufte jedes Mal viele neue Pflanzen und im letzten Jahr hatte sie eine steinerne Amphore entdeckt, die jetzt mitten auf dem Rasen stand und sehr hübsch aussah. Sie war mächtig schwer und Linas Mutter hatte noch gerätselt, wie sie sie in den Kofferraum hieven sollten, als ihnen Isabels Vater über den Weg gelaufen war und geholfen hatte. Danach hatte er sie zum Kaffee eingeladen und Lina hatte sich schrecklich gelangweilt und Isabel beneidet, die an dem Tag mit ihrer Tante in der Stadt war, um neue Turnschuhe zu kaufen. Linas Mutter hatte es mit Isabels Vater auch nicht besonders interessant gefunden, sondern ziemlich schnell ihren Kaffee ausgetrunken und dann behauptet, sie müssten aufbrechen, sie wären noch verabredet. Was gar nicht stimmte. Und abends hatte sie zu Linas Vater gesagt: »Gegen diesen Bennecke ist selbst ein Faultier noch spritzig!« Eine Bemerkung, die natürlich auch nicht für Linas Ohren bestimmt gewesen war, aber dann sollten sie gefälligst die Badezimmertür hinter sich zumachen, wenn sie sich unterhielten!

»Und wenn dein Vater dann am Samstag hingeht und meine Mutter erst am Sonntag?«, sagte Lina jetzt. »Die Karten gelten doch für beide Tage.« Das wusste sie genau, denn im letzten Jahr war ihre Mutter am Sonntag noch einmal dorthin gefahren, weil sie wegen Isabels Vater gar nicht alles gesehen hatte.

»Das können wir doch deichseln«, behauptete Isabel. »Das kriegen wir schon hin. Und außerdem werde ich meinen Vater überreden, euch zu einem Osterfrühstück einzuladen, da können sie sich auch schon mal näherkommen.« Sie war nicht zu bremsen.

Lina baute inzwischen einen Turm aus den Spielsteinen, immer schön abwechselnd, schwarz und weiß, bis er umkippte. Isabels Idee war wirklich bescheuert.

Aus mindestens drei Gründen.
Erstens: Wenn Isabels Vater und ihre Mutter tatsächlich heirateten, wo sollten sie dann wohnen? Etwa in diesem ungemütlichen Herrenhaus? Lina hatte ja jetzt schon kalte Füße, dabei war sie noch nicht einmal eine Stunde hier. Und außerdem, jetzt, wo sie es sich zu Hause gerade alles so schön machten?
Zweitens: Lina wollte Isabels Vater nicht als neuen Papa. Er war wirklich ein Langweiler. Lina konnte sich nicht daran erinnern, dass er sie jemals zum Lachen gebracht hatte und immerhin das hatte ihr richtiger Papa gekonnt. Früher jedenfalls. Als er noch öfter zu Hause gewesen war. Außerdem war Isabels Vater auch ständig unterwegs und ließ Isabel allein. Was also sollte da wohl die Verbesserung sein?
Und drittens – genau! Das war's! »Meine Mutter will gar keinen neuen Mann«, sagte Lina. »Das hat sie gerade vorhin gesagt. Nie wieder! Nicht einmal den König von Spanien würde sie nehmen, glaube ich. Sie hat die Nase so richtig voll. Von *allen* Männern!« Ein bisschen Übertreibung durfte sein, fand Lina. Dann klang es wenigstens nicht so, als hätte Mama etwas gegen Isabels Vater persönlich.
»Der König von Spanien ist ja auch schon verheiratet«, sagte Isabel säuerlich und sah Lina enttäuscht an. »Sag mal, willst du nicht meine Schwester werden?«
»Doch, klar«, sagte Lina schnell und bückte sich unter den Tisch, um die heruntergefallenen Spielsteine aufzusammeln. Mit hochrotem Gesicht tauchte sie wieder auf. »Aber ich glaube, das wird nichts. Meine Mutter *hasst* Männer. Sie ist zu-

tiefst verletzt, verstehst du?« Das klang betrübt und tragisch zugleich und, fand Lina, sehr endgültig.
»Aber vielleicht kann mein Papa sie ja davon überzeugen, dass nicht alle so mies sind wie dein Vater«, überlegte Isabel.
Lina schüttelte den Kopf. »Ich glaube nicht. Wenn meine Mutter erst einmal einen Entschluss gefasst hat ...«
»Und wenn er richtig um sie wirbt? Jahrelang?«, fragte Isabel eifrig.
»Na ja ...« Lina hob die Schultern bis an die Ohren. »Vielleicht so in zehn Jahren ...«
»Dann sind wir ja zwanzig!«, rief Isabel. »Dann nützt uns das auch nichts mehr!«
»Eben«, sagte Lina erleichtert. »Also, vergiss es. Wollen wir noch eine Runde spielen?« Sie griff nach den Spielsteinen.
»Nö, keine Lust.« Isabel stand auf. »Außerdem gibt's jetzt gleich die Kummerkasten-Sendung. Wollen wir die nicht gucken?«
Lina sah auf ihre Armbanduhr. »Was, so spät ist es schon? Ich muss nach Hause!« Sie hob bedauernd die Hände. »Helfen«, erklärte sie. »Wir haben schrecklich viel zu tun.«

Sie hatte ein sehr schlechtes Gewissen, als sie sich auf den Heimweg machte. Sie hatte Isabel mindestens dreimal belogen, richtig doll. Erst, als sie ihr gesagt hatte, dass ihre Mutter alle Männer so hasste, dass sie nicht einmal den König von Spanien heiraten würde. Und zuletzt, als sie behauptet hatte, dass sie nach Hause müsste. Und dazwischen, als sie gesagt hatte, dass sie gern Isabels Schwester wäre.

Im Moment war sie ja nicht einmal gern Isabels Freundin. Weil sie nicht wirklich ehrlich zu ihr sein konnte. Denn wenn sie Isabel gesagt hätte, dass ihre Mutter Isabels Vater langweiliger fand als ein Faultier und dass sie selbst lieber tot wäre als in seinem hässlichen, kalten Haus zu leben und ihn als Vater zu haben, dann wäre Isabel furchtbar beleidigt gewesen. So etwas tat weh, das konnte man nicht einmal der besten Freundin sagen. Aber ... War sie noch die beste Freundin, wenn man ihr nicht alles sagen konnte?
Lina ging nicht ins Haus. Sie umrundete die Garage und stieß das kleine Gartentor auf. Hinter den Rhododendronbüschen, die das ganze Jahr über dicht und grün blieben, stand ihre Schaukel. Die war ein prima Platz zum Nachdenken und niemand konnte Lina hier sehen und fragen, warum sie schon wieder zurück war.
Außerdem war es richtig schön hier. In diesem Jahr, stellte Lina überrascht fest, war der Frühling ganz heimlich gekommen, sie hatte ihn nicht bemerkt. Sie war so sehr mit dem beschäftigt, was *im* Haus passierte, dass sie gar nicht gespürt hatte, wie mild die Luft geworden war, wie grün das Gras, wie hell die Vogelstimmen.
Lina stieß sich ab und flog hin und her, immer wieder. Hinauf und hinunter, und jedes Mal, wenn sie ganz oben war, gab es diesen winzig kurzen Moment, in dem sie leichter war als ein Vogel in der Luft. Diesen Moment puren Glücks, in dem alles, was sie beschwerte, in den Himmel flog, weit, weit weg.
Lina schaukelte und schaukelte. Als ginge es um ihr Leben. Und vielleicht war es auch so.

»Kindchen, du bist ja ganz durchgeschwitzt!« Tante Agnes half ihr aus der dicken Winterjacke. »Die ist ja auch viel zu warm inzwischen! Nun komm erst mal mit in die Küche, du hast bestimmt Durst.«

Lina zog auch noch den Pulli aus. »Es ist Frühling geworden! Hast du das bemerkt?«

Tante Agnes schenkte Apfelsaft ein, legte den Finger auf die Lippen und zwinkerte Lina zu. »Ich schon. Aber sag's deiner Mutter nicht! Sie muss erst hier drinnen fertig werden. Wenn sie merkt, was draußen los ist, wird sie sich sofort auf den Garten stürzen wollen. Aber auf zwei Hochzeiten kann man nicht tanzen.«

Doch darum brauchten sie sich vorerst keine Sorgen zu machen. Linas Mutter warf keinen Blick aus dem Fenster, sondern kroch auf allen vieren über den Fußboden in ihrem Schlafzimmer und schraubte, gemeinsam mit Onkel Kurt, ihr neues Bett zusammen. »Der Akku macht schon wieder schlapp«, schimpfte sie und legte entnervt den Akkuschraubendreher beiseite.

»Lass mich mal!« Onkel Kurt schaffte es auch mit einem ganz normalen Schraubenzieher und großer Manneskraft. »Nun komm, jetzt können wir es umdrehen. Wo ist der Lattenrost?«

»Noch verpackt«, sagte Linas Mutter erschöpft und strich sich die verschwitzten Haare aus der Stirn.

»Du trinkst jetzt erst einmal eine Tasse Tee«, entschied Tante Agnes. »Mein Kurti schafft das auch ohne dich.«

»Ich helfe ihm!«, rief Lina.

Eine große Hilfe war sie wohl nicht, denn Onkel Kurt schnaufte heftig, als er den Lattenrost in das Bettgestell wuchtete. »Bei der Matratze müsst ihr alle mit anfassen«, erklärte er, fuhr sich mit einem Taschentuch über das Gesicht und öffnete eine Flasche Bier. »Aber erst brauche ich eine Pause.«

Tante Agnes tat Lina ein bisschen leid. Niemand würdigte ihren Nudelsalat. Mama und Onkel Kurt aßen ihn nebenbei, während sie die Bauanleitung für Linas Schreibtisch studierten, und sie selbst hatte auch nur wenig Appetit und fand es viel spannender, die vielen Schrauben zu sortieren, die zu dem Schreibtisch gehörten.

»Passt!«, rief sie schließlich. »Alle da!«

»Na dann!« Onkel Kurt straffte die Hosenträger über den Schultern, warf einen letzten Blick in die Aufbauanleitung und befahl: »Gib mal das Teil da drüben! Und das daneben auch gleich.«

Es war elf, als Tante Agnes Lina ins Bett schickte. »Du kannst ja kaum noch die Augen offen halten. Und wir fahren jetzt auch. Morgen früh um neun geht's weiter. Wir bringen Brötchen mit.«

Linas Mutter umarmte sie. »Ihr seid einfach großartig! Was würde ich nur ohne euch tun?«

Tante Agnes tätschelte ihre Schulter. »Ist schon gut, Kindchen. Eine Hand wäscht die andere. Ich weiß nicht, was wir damals ohne dich getan hätten, als mein Kurti arbeitslos wurde.«

»Genau.« Onkel Kurt nahm Linas Mutter etwas unbeholfen in den Arm. »Das vergessen wir dir nie.«

»Was hast du denn für sie getan, als Onkel Kurt arbeitslos wurde?«, fragte Lina, als sie zusammen in Mamas neuem Bett lagen. Tante Agnes hatte es frisch bezogen, die Bettwäsche duftete und Kleckschen rekelte sich neben Linas Kopfkissen.
»Ach«, sagte ihre Mutter, »ich kannte zufällig jemanden, der einen fähigen Kfz-Meister suchte. Eigentlich habe ich nichts weiter getan, als die beiden zusammenzubringen.«
»Ist das der, bei dem Onkel Kurt immer noch arbeitet?«, fragte Lina.
»Ja, seit sechs Jahren nun. Aber jetzt schlaf, Mäuschen, es ist wirklich spät.« Ihre Mutter gähnte und machte das Licht aus. Es dauerte keine zwei Minuten, bis Lina ihre tiefen Atemzüge hörte. Keine Gedanken. Dazu war ihre Mutter wohl einfach zu müde.

14. Kapitel

»Magst du mit mir zum Markt fahren?«, fragte Tante Agnes, nachdem sie den Frühstückstisch abgedeckt und das Wohnzimmer gesaugt hatte.
Lina kniete auf ihrem schönen, neuen Teppich und sortierte wieder einmal Schrauben, diesmal die für das Bett.
»Kann ich?«, fragte sie ihre Mutter und Onkel Kurt, die gerade den neuen Kleiderschrank zusammenbauten.
»Aber ja, min Deern, lauf nur«, sagte Onkel Kurt. »Wir kommen auch ohne dich zurecht.« Das klang fast ein wenig erleichtert, sodass Lina den Verdacht bekam, er hätte beinahe gesagt, dass sie *besser* ohne sie zurechtkämen.
Tante Agnes wühlte in einem der Kartons, die in der Ecke standen, und zog Linas dünne, rote Steppjacke hervor. Sie war zwar etwas zerknittert, aber immer noch schön. Vor allem passte sie noch besser als vor einem Jahr, da hatte Lina immer die Ärmel umkrempeln müssen.
Ihre Mutter schaute kurz auf. »Hey, du siehst ja schon fast sommerlich aus! Ist etwa der Frühling ausgebrochen?«
Lina warf Tante Agnes einen unsicheren Blick zu. »Fast«, sagte sie dann. Hoffentlich stürzte Mama jetzt nicht in den Garten,

bevor sie hier fertig war! Lina wollte unbedingt erst ein richtiges Zimmer haben.
Aber ihre Mutter zuckte nur mit den Schultern und griff wieder zum Akkuschrauber. »Dann bringt neue Kartoffeln mit, wenn es schon welche gibt. Und Quark und Frühlingszwiebeln.«
»Was meinst du, was auf meinem Einkaufszettel steht?«, brummte Tante Agnes. Sie mochte es gar nicht, wenn Mama ihr Kochvorschriften machen wollte. So lieb sie war, in der Küche hatte sie gern den Oberbefehl.

Auf dem Markt herrschte großes Gedränge. Die warme Märzsonne hatte, so schien es, alle Leute aus ihren Häusern gelockt. Viele trugen helle, bunte Frühlingsmäntel und die wenigen, die noch in ihren dunklen Wintersachen steckten, lächelten wenigstens wie der Frühling.
Tante Agnes kaufte Kartoffeln und jungen grünen Salat, Lauchzwiebeln und Schlangengurken, Radieschen und Tomaten, Möhren und Paprika, Schnittlauch, Petersilie und Basilikum. »Das wird eine richtige Frühlingsschlemmerei«, sagte sie zufrieden, als sie dem Käsestand zustrebte.
Lina, die inzwischen auch zwei Einkaufstüten schleppte, blieb stehen. »Guck mal, Erdbeeren!«
»Die taugen noch nichts.« Tante Agnes zog sie weiter. »Um diese Jahreszeit schmecken sie nur nach Wasser. Alles zu seiner Zeit. Du weißt doch, gut Ding will Weile haben.«
Auf dem Weg zum Auto trafen sie Ruth und ... Das konnte nur Tante Hanni sein! Sie war Ruths Mutter, die Lina ja von

den vielen Fotos kannte, wie aus dem Gesicht geschnitten, aber sie sah tatsächlich viel jünger aus, so als könnte sie Ruths große Schwester sein.

Ruth strahlte über das ganze Gesicht, als sie Lina entdeckte, und zog ihre Tante stürmisch hinter sich her. »Hanni, das ist Lina! Und ihre Tante Agnes, von der ich dir erzählt habe.«

Ruths Tante lächelte. »Die mit den legendären Kartoffelpuffern!« Sie streckte Tante Agnes die Hand entgegen. »Hanni Berndes. Guten Tag! Ich freue mich, Sie kennenzulernen!«

»Agnes Hofstätter«, sagte Tante Agnes. »Aber sagen Sie einfach Tante Agnes zu mir, das tun alle!«

Lina grinste. Mit Formalitäten hielt Tante Agnes sich nie lange auf.

»Wir wollen auch auf den Markt«, sagte Ruth, »und hinterher das erste Eis der Saison essen!«

»Warum machen wir es nicht umgekehrt?«, schlug Tante Hanni vor. »Kommen Sie, ich lade Sie ein, als kleines Dankeschön für die vielen Mittagessen, die Sie für Ruth gekocht haben. Sie schwärmt ja geradezu davon!« Sie nahm Tante Agnes den schweren Einkaufskorb ab und deutete auf das Eiscafé am Markt. »Wollen wir versuchen, da einen Platz zu bekommen?«

Tante Agnes griff nach den beiden Tüten, die Lina trug. »Lauft ihr zwei mal vor, vielleicht erwischt ihr ja einen freien Tisch.«

Ruth fasste nach Linas Hand und sie stürmten davon. »Super, dass wir euch getroffen haben!«, sagte sie. »Und? Wie findest du Hanni?«

»Klasse!« Lina konnte sofort verstehen, dass Ruth gern bei ihrer Tante leben wollte, ihr gefiel sie auch auf den ersten Blick.
Sie hatten Glück. Gerade als sie das Eiscafé erreichten, stand ein älteres Ehepaar auf und noch bevor die beiden ihre Einkaufstüten zusammengerafft hatten, saßen Lina und Ruth schon auf den freien Plätzen.
»Tolle Jacke hast du an«, sagte Lina etwas atemlos. »Ist die neu?« Es war auch eine Steppjacke, aber mit großen, bunten Blüten bedruckt, gelb, rosa und hellgrün. Zu Ruths dunklen Haaren sah das echt schick aus.
Ruth blickte stolz an sich herab. »Hat Hanni mir vorhin gekauft. Aber deine ist auch schön. Auch neu?«
»Nee, vom letzten Jahr«, sagte Lina. »Aber ich hatte sie so lange nicht an, dass sie mir wie neu vorkommt.« Zum zweiten Mal fiel ihr auf, dass Ruth nicht mehr *Tante* Hanni sagte. Das fand sie auch viel besser. *Tante* klang einfach zu alt. Das passte besser zu Tante Agnes. Da gehörte es sogar richtig hin, fand Lina.
»Das habt ihr ja prima hingekriegt«, lobte Hanni, als die beiden ankamen. »Sogar einen Sonnentisch!« Sie stellte Tante Agnes' Einkaufskorb in den Schatten neben ihrem Stuhl und schlug die Karte auf. »Also, was wollt ihr? Den *Junge-Liebe-Becher* für zwei?« Sie zeigte auf das Foto eines gigantischen Eisbechers.
Lina kicherte. »Den kriegen wir nie auf!«
»Zur Not helfe ich euch«, versprach Hanni. »Wenn nach dem Erdbeerbecher noch was reinpasst.«

»Um diese Zeit schmecken die Erdbeeren nur nach Wasser. Nimm lieber etwas anderes«, sagte Lina. Sie schlug erschrocken die Hand vor den Mund. »Entschuldigung! Nehmen *Sie* lieber etwas anderes.«

Hanni lachte. »Sag ruhig Du zu mir, das finde ich sehr nett. Außerdem duzt Ruth deine Tante ja auch.«

»Am besten sagen wir alle Du«, sagte Tante Agnes. »Alles andere ist doch albern.«

Es wurde das schönste Eisessen, an das Lina sich erinnern konnte. Die Sonne wärmte schon so sehr, dass sie die Jacken ausziehen mussten, und sie hatten alle Zeit der Welt. Hanni erzählte Tante Agnes von wunderbaren Küchengeräten, die sie gerade auf einer Messe gesehen hatte, und Tante Agnes verriet ihr das Geheimnis ihres Heidelbeerquarks: »Puderzucker! Und gehackte Mandeln.«

Ruth berichtete von ihren ersten Porträtmalversuchen: »So schwierig hatte ich mir das nicht vorgestellt. Aber das Buch ist toll! Da stehen ganz viele Tricks drin. Nächste Woche zeige ich dir mein erstes Bild«, versprach sie Lina.

Die beschrieb ihr neues Zimmer. »Ich glaube, es wird sehr schön«, schloss sie. »Obwohl … das alte war auch schön. An das neue muss ich mich erst gewöhnen, das kommt mir noch ein bisschen fremd vor.«

Hanni sah sie nachdenklich an. Plötzlich sah sie sehr ernst aus und gar nicht mehr so jung. »Ihr müsst schneller groß werden, als es normal wäre, ihr zwei. Das ist schwer.«

»Die beiden schaffen das schon«, sagte Tante Agnes und zwinkerte Hanni zu. »Sie haben ja uns.«

»Ja«, sagte Hanni, aber sie klang viel weniger munter. »Allerdings müsst ihr mit uns auch über eure Probleme sprechen. Oder miteinander. Oder du mit deiner Mutter, Lina. Ihr dürft euch nicht vergraben, versteht ihr?«
Das Eisessen, das so fröhlich begonnen hatte, endete sehr still. Trotzdem war es das schönste Eisessen, an das Lina sich erinnern konnte. Hanni und Tante Agnes, Ruth und sie, das war wie … wie *richtige* Freundinnen, mit denen man über *alles* reden konnte.

Auf dem Rückweg fuhren sie bei Tante Agnes' Freundin, der Schneiderin, vorbei und holten die neuen Kissenbezüge und Vorhänge ab. Allein die Vorhänge füllten zwei große Wäschekörbe und das kleine rote Auto wurde so voll, dass Lina den Einkaufskorb auf den Schoß nehmen musste.
»Was? Alles fertig?«, rief ihre Mutter beglückt und untersuchte die akkuraten, sauberen Nähte. »Das hat sie aber schön gemacht!«
Onkel Kurt sah weniger glücklich aus, als er auf die Leiter stieg und Linas Mutter ihm die schweren Vorhänge anreichte. »Wozu braucht ihr die überhaupt?«, murrte er. »Hier kann doch sowieso niemand reingucken. Und ihr zieht sie ja auch nie zu.«
»Aber es ist gemütlicher, wenn sie da sind«, sagte Linas Mutter.
Onkel Kurt schüttelte den Kopf und brummte etwas vor sich hin, das verdächtig nach »Weiber!« klang.
Lina verdrückte sich in ihr Zimmer und sah sich um. Ihre

Mutter und Onkel Kurt hatten die Möbel fertig aufgebaut, den Schreibtisch vor die Fensterfront geschoben und das Bett dorthin gestellt, wo früher der alte Schrank gestanden hatte. Der neue war neben der Tür fast versteckt, man sah ihn nicht gleich, wenn man hereinkam, und die Bücherregale hatten sie neben dem Schreibtisch aufgebaut. Davor stand der flache, runde Tisch, den Linas Mutter einmal auf dem Flohmarkt gekauft und mit kleinen bunten Mosaiksteinchen beklebt hatte. Bislang hatte er als Blumenbank gedient, aber erst jetzt sah Lina, wie hübsch er war. Mit den neuen Sitzkissen drum herum würde das eine sehr kuschelige Ecke werden.
Lina begann, die Kartons auszuräumen. Die Schulbücher stellte sie in die Regalfächer direkt neben dem Schreibtisch, die schönen Bücher in das Regal neben der Sitzecke. Plötzlich hatte sie so viel Platz! Sogar ihre Spiele konnte sie nun endlich einmal ordentlich unterbringen.
In die mittleren Regalbretter sortierte sie ihre Kuscheltiere. Alle bis auf Karlchen, den weißen Seehund. Den würde sie am Abend mit ins Bett nehmen. Sehr weiß sah er nicht mehr aus und sein Kopf war über den großen, schwarzen Glasaugen ziemlich kahl, aber früher hatte er immer in Linas Bett geschlafen, und sie verstand auf einmal gar nicht mehr, warum sie ihn in der letzten Zeit so achtlos mit den anderen Tieren in der roten Plastikkiste hatte liegen lassen.
Zum Schluss räumte sie den Schreibtisch ein. Das machte am meisten Spaß. Er hatte so viele Schubladen, eine für ihre Schulhefte, eine andere für neue, unbenutzte Hefte und Schreibblöcke, eine dritte für die Malsachen und noch eine ganz ge-

niale mit vielen Unterteilungen für den blöden Krimskrams, von dem man nie wusste, wo man ihn eigentlich lassen sollte – Gummibänder und Klebstoff und Radiergummis und Glitzeraufkleber und verirrte Murmeln und Tintenpatronen und die kleinen farbigen Herz- und Sternblöcke mit selbstklebenden Zetteln. Schön! Oben auf den Schreibtisch kamen nur die Lampe, die dicke rote Kerze, die Glasdose mit den Gummibärchen und …

Lina flitzte in die Küche. »Wo ist eigentlich mein Blumenglas?«

Tante Agnes, die gerade Petersilie hackte, legte das Wiegemesser beiseite und sah sie überrascht an. »Nanu? Das fandst du doch immer doof.«

Das stimmte. Als ihre Großmutter es ihr vor zwei Jahren zum Geburtstag geschenkt hatte, hatte sie es sogar saudoof gefunden, und auch Omas Beteuerungen, dass es sich um ein sehr wertvolles Stück handelte – handbemalt! – hatte Lina nicht über die Enttäuschung, keine Arzt-Barbie bekommen zu haben, hinwegtrösten können. »Damals war ich ja noch klein«, sagte sie. »Also, wo ist es?«

Tante Agnes wischte sich die Hände an der Schürze ab und öffnete eine Schranktür. »Keine Ahnung. Vielleicht bei den Vasen?« Schließlich fanden sie es hinter den Cognacschwenkern, die auch nie benutzt wurden. Es war wirklich ein schönes Glas, leicht geschwungen und mit einem filigranen Blumenmuster bemalt, rot, blau, grün und wenigen goldenen Tupfen.

Tante Agnes spülte und trocknete es vorsichtig ab. »Was hast du denn damit vor?«

»Da stelle ich meine Stifte rein«, sagte Lina. »Und weißt du was? Mein neuer Schreibtisch ist so groß, da kann ich den Kasten mit den Buntstiften, den du mir geschenkt hast, immer stehen lassen. Er ist nämlich viel zu schön, um ihn im Regal zu verstecken.«
Tante Agnes reichte ihr das Glas. »Also gefällt dir dein neues Zimmer?«
»Ja«, sagte Lina. Und dann fügte sie etwas ehrlicher hinzu: »Aber es ist noch ein bisschen kahl.«
»Warte noch ein bisschen, wenn erst mal die Vorhänge hängen und Bilder, dann wird das schon. Und dein Bett beziehe ich auch gleich. Sowie Kleckschen sich erst darauf breitgemacht hat, wirst du dich wieder ganz zu Hause fühlen.«

In Linas Zimmer kletterte ihre Mutter auf die Leiter, um die Vorhänge aufzuhängen. Dann bezog Tante Agnes Linas Bett und Lina räumte mit ihrer Mutter den Kleiderschrank ein.
Aus dem neuen Zimmer hörten sie Onkel Kurt fluchen. Er war dabei, den Fernseher anzuschließen. »Ich will wenigstens die Sportschau sehen, das muss drin sein«, hatte er gesagt, sein großes Taschentuch gezückt und sich den Schweiß von der Stirn getupft. »Danach könnt ihr mich weiter herumkommandieren.«
Linas Mutter hatte ihm einen Kuss auf die Wange gedrückt. »Wenn du den Fernseher noch anschließt, bin ich wunschlos glücklich. Den Rest schaffen wir alleine!«
Und wirklich, nachdem Tante Agnes und sie sich um Linas Zimmer gekümmert hatten, sah es schon viel wohnlicher aus.

Um den kleinen Tisch lagen die dicken Sitzkissen, ein karminrotes, ein magentarotes, ein bordeauxrotes und ein gold-rot gestreiftes. Daneben stand, sattgrün und üppig, ein Benjamin-Bäumchen, und das Bett hatte Tante Agnes goldgelb bezogen.
»Nun fehlen nur noch Bilder«, sagte Linas Mutter zufrieden. »Deine Poster hängst du morgen auf, okay?«

15. Kapitel

Lina hatte ein ganz schlechtes Gewissen, weil sie froh war, als Tante Agnes und Onkel Kurt endlich fuhren. Sie wollte einfach nur mit ihrer Mutter und dem neuen Leben allein sein. Und sie war müde. Es war ein ereignisreicher Tag gewesen.
Träge streckte sie sich auf dem Sofa aus. »Was machen wir morgen noch, außer Bilder aufzuhängen?«, fragte sie.
Ihre Mutter setzte sich auf das andere Sofa. »Papa hat heute Vormittag angerufen. Er holt dich um zehn ab und geht mit dir frühstücken.« Sie sagte das so, als würde sie Lina verkünden, dass morgen Weihnachten und Ostern auf einen Tag fielen. »Richtig schick! In einem feinen Restaurant, da gibt es ein tolles Frühstücksbufett. Du kannst essen, was und so viel du willst.«
Lina fuhr auf. »Was?« Sie schrie fast.
»Ja, ist das nicht schön?« Ihre Mutter schien es wunderschön zu finden. »Papa freut sich schon sehr darauf, hat er mir gesagt.«
Lina schnaubte. »Aber ich mich nicht! Ich will nicht mit ihm frühstücken gehen! Ich will mit dir frühstücken! In unserem neuen Zimmer!«

»Aber, Schätzchen, das läuft uns doch nicht weg. Freust du dich denn gar nicht, Papa zu sehen?«
»Den? – Nee!« Lina warf sich zurück auf das Sofa. »Wieso hast du das eigentlich ausgemacht, ohne mich zu fragen? Und warum sagst du es mir erst jetzt, wenn er schon heute Morgen angerufen hat? Willst du mich los sein, oder was?«
Ihre Mutter sah sie entgeistert an. »Lina, um Himmels willen, nein! Ich dachte, du freust dich, und ich wollte es als schöne Abendüberraschung für dich aufheben. Außerdem war den ganzen Tag keine Zeit, es dir zu erzählen.«
»Nee, natürlich nicht!«, rief Lina wütend. »Weil du hier alles auf den Kopf stellst und dabei die totale Hektik machst! Sogar Onkel Kurt war ja voll fertig und der hat sonst die Ruhe weg! Du bestimmst über uns alle, alles muss nach deiner Nase gehen! Und immer schnell, schnell – viel schneller, als es normal wäre! Das ist so gemein!« Sie sprang auf und bevor ihre Mutter noch etwas sagen konnte, knallte sie die Wohnzimmertür hinter sich zu. Aber wie! Um sie gleich wieder aufzureißen: »Geh *du* doch mit Papa frühstücken, wenn du es toll findest, so viel zu essen, wie man nur will. *Ich* bin satt!« Dann knallte sie die Tür ein zweites Mal.
In ihrem Zimmer stieß sie sich das Knie an dem neuen Bett, das irgendwie an der falschen Stelle stand. Hastig zog sie sich aus, ließ ihre Sachen einfach auf den Teppich fallen und kroch unter die Bettdecke. Kalt fühlte die sich an und steif. Wo Kleckschen bloß steckte? Lina tastete nach Karlchen, dem Seehund, und drückte ihr Gesicht auf seinen kahlen Kopf. Wenigstens er war noch da, treu und vertraut.

Lina machte sich stocksteif, als sie Mamas Hand auf ihrer Schulter spürte. Die sollte sie in Ruhe lassen. Wenn sie jetzt wieder anfing, ihr zu erzählen, wie toll es doch wäre, morgen mit Papa frühstücken zu gehen, würde Lina schreien. So laut, dass sie nichts mehr hören musste.

Aber ihre Mutter sagte nichts. Sie streichelte nur Linas Rücken, zart und fest zugleich. Das tat gut. Lina spürte, wie Mama die Wut aus ihr herausstrich, mit jeder Bewegung ein bisschen. Sie wurde ganz weich und schläfrig. Und da hörte sie wieder diese ferne Stimme ihrer Mutter, nur dass sie diesmal wie ein Weinen klang. … wächst mir langsam alles über den Kopf … ich wollte doch nur … aber vielleicht war es wirklich zu überstürzt? Für Lina bestimmt, aber … ein Baby! Und mir hat er erzählt, er hätte mit Verena Schluss gemacht! Das war … ein Faustschlag in den Magen, da konnte ich doch nicht länger …

Himmel, das war ja fast so ein Durcheinander wie in Papas Gedanken! Aber mehr hörte Lina auch nicht. Wie immer, wenn sie selbst ganz viel nachdenken musste. Denn trotz des Durcheinanders hatte sie wieder etwas mehr verstanden.

So war das also gewesen. Papa hatte etwas mit Verena angefangen und Mama hatte es wohl irgendwann herausgefunden und war sauer gewesen. Da hatte Papa dann mit Verena Schluss gemacht und Mama und er hatten sich überlegt, zusammen wegzufahren und alles zwischen sich wieder in Ordnung zu bringen. Aber das hatte wohl nicht so gut geklappt, sonst hätte Mama den Urlaub bestimmt nicht furchtbar gefunden. Und als sie zurück waren, hatte Papa Verena doch wieder getroffen, und da hatte sie ihm gesagt, dass sie ein Kind kriegen

würde. Darüber war Papa gar nicht so richtig glücklich gewesen, das hatte Lina deutlich aus seinen Gedanken gehört.
Vielleicht ... wenn sie nicht gleich am nächsten Morgen damit herausgeplatzt wäre ... vielleicht hätte Papa dann sogar noch irgendetwas machen können, damit Verena das Baby doch nicht bekam. So etwas ging doch, Kathrins Mutter hatte das auch gemacht, als ihr Freund sie verlassen hatte und sie ein Kind erwartet hatte. Vielleicht also ... wenn Lina diese Neuigkeit nicht gleich herausposaunt hätte, hätte ihre Mutter nie von Verenas Baby erfahren und ihr Papa hätte das heimlich in Ordnung bringen können, und dann wäre doch noch alles gut geworden.
Dann war es also eigentlich Linas Schuld, dass ihre Eltern sich getrennt hatten, oder?

Irgendwann war sie wohl doch eingeschlafen, denn als sie die Augen wieder aufschlug, war es draußen hell und sie lag allein in ihrem Bett. Fast allein. Karlchen war natürlich noch da und Kleckschen hatte sich auch eingefunden. Wie ein kleiner Mehlsack lag sie auf Linas Beinen. Nur Mama war nicht mehr da, sie schlief natürlich in ihrem eigenen Bett.
Lina sah auf die Uhr. Es war halb acht, sehr früh für einen Sonntagmorgen. Sonst standen sie sonntags manchmal erst um neun auf.
Aber heute hielt Lina es nicht aus, länger liegen zu bleiben. Viel zu still war das. Also zog sie vorsichtig ihre Beine unter Kleckschen hervor und stand auf. Auch das Haus war still. Nicht einmal ein Holzbalken knarrte.

Lina tapste in die Küche und schenkte sich Saft ein. Mit dem Glas in der Hand ging sie in das neue Zimmer. Vielleicht konnte sie ja ein bisschen fernsehen.
Aber nein. Die Morgensonne schien mitten auf den Bildschirm, da würde sie gar nichts erkennen. Also setzte sie sich einfach in einen der Korbsessel und schaute sich um. Wie schön es hier war! Der ganze Raum war in Sonnenlicht getaucht und so warm, dass Lina kein bisschen fror in ihrem Schlafanzug. Es war wirklich das ideale Frühstückszimmer, im Sommer konnten sie die Glastür zum Garten öffnen, und dann würden sie den Duft der Rosen riechen und Mama würde bestimmt eines der Violinquintette, die sie so liebte, auflegen, und sie würden ein langes, gemütliches Schlafanzugfrühstück machen.
Je länger Lina sich das ausmalte, desto trauriger wurde sie. Sie wollte nicht bis zum Sommer warten. Sie wollte das *jetzt*.
Aber warum eigentlich nicht? Zumindest für ein *kleines* Frühstück reichte die Zeit doch noch. Beschwingt sprang sie auf. Kaffee zu kochen war kein Problem, ihre Mutter befüllte die Maschine immer schon abends, damit sie morgens nur noch auf das Knöpfchen drücken musste. Und im Gefrierschrank lagen bestimmt noch die kleinen Körnerbrötchen, die man ruck, zuck aufbacken konnte. Ein bisschen Quark war bestimmt auch noch da. Das alles war doch schon ein kleines Frühstück.
Also drückte Lina auf das Knöpfchen der Kaffeemaschine, taute die Brötchen auf und deckte den Tisch. In die Mitte stellte sie die Vase mit den Märzbechern, die Tante Agnes neu-

lich mitgebracht hatte. Und dazu das Tablett mit den weißen Kerzen. Sehr hübsch sah das aus.
Dann holte sie den CD-Player aus ihrem Zimmer und stellte ihn auf den Fußboden neben den Fernseher. Im Wohnzimmer suchte sie eine CD aus, Vivaldi, den hörte Mama gern, legte sie ein und drückte auf Start. Als die Musik leise einsetzte, hielt Lina einen Moment inne. Wie verzaubert war sie. Es war, als tanzte die Musik auf den Sonnenstrahlen.
Ihre Mutter schreckte auf, als Lina die Schlafzimmertür öffnete. »Was ist?«, fragte sie alarmiert.
»Kleines Frühstück«, sagte Lina. »Bitte! Du kannst ja nachher weiterschlafen, wenn ich weg bin.«
»Weg?«, fragte ihre Mutter verwirrt. Aber dann schien ihr alles wieder einzufallen und sie sah Lina unglücklich an.
»Steh erst mal auf«, sagte die schnell. »Der Kaffee ist fertig. Und unser neues Frühstückszimmer ist richtig schön. Wir müssen es unbedingt einweihen!«
Ihre Mutter folgte ihr schlaftrunken, aber auf der Schwelle zum Frühstückszimmer blieb sie stehen und sah mit einem Mal sehr wach aus. Und glücklich. »Mäuschen, das hast du aber schön gemacht!« Sie legte den Arm um Lina und drückte sie an sich. »Blumen und Kerzen und Musik! Das ist ja wie Muttertag!«
Lina machte sich los. Lob, fand sie, hatte sie nicht verdient. Sie hatte das alles ja vor allem für sich selbst gemacht, und außerdem ... Wenn Mama klar wäre, was sie angerichtet hatte, würde sie bestimmt finden, dass das mit ein paar Blumen und Kerzen und Musik nicht gutzumachen sei. Niemals im ganzen Leben.

»Warte«, sagte ihre Mutter, »ich gehe kurz ins Bad. Bist du so lieb und schenkst mir schon mal eine Tasse Kaffee ein? Der duftet ja köstlich.« Sie übertrieb. Er duftete wie jeden Morgen, kein bisschen anders. Sie wollte bloß nett sein, weil sie auch ein schlechtes Gewissen hatte.

Während Lina den Kaffee einschenkte, spazierte Kleckschen ins Zimmer. Sie beschnupperte neugierig die neuen Möbel, stellte fest, dass sie noch genau wie gestern rochen, ließ sich beruhigt auf dem Teppich nieder, mitten in einem Sonnenfleck, und begann ihre Morgentoilette.

Linas Mutter trank die erste Tasse Kaffee schweigend. Dann sah sie Lina aus dunklen Augen an. »Du musst dich nicht mit Papa treffen, wenn du nicht möchtest. Ich kann ihn anrufen.«

»Nein«, sagte Lina. »Ich mache das schon. Dann habe ich es hinter mir.«

Die Augen ihrer Mutter wurden noch dunkler. Wie die Nordsee im November. »Du sagst das, als müsstest du zum Zahnarzt. Lina, er ist immer noch dein Vater und ...«

Lina unterbrach sie. Sie hielt es einfach nicht mehr aus. »Wenn das mit dem Baby nicht gewesen wäre, hättet ihr euch dann auch getrennt?«

Ihre Mutter schenkte sich eine zweite Tasse Kaffee ein. Und gab Milch dazu. Und rührte um. Und trank einen Schluck. »Ja«, sagte sie schließlich. »Früher oder später schon, denke ich. Vielleicht später, weil ich damit eigentlich warten wollte, bis du etwas älter bist, aber ...« Sie sah Lina fest an. »Ja, wir hätten uns getrennt. Verenas Baby hat damit gar nichts zu tun.

Und Verena selbst auch nicht. Papa und ich waren unglücklich miteinander, wir sehnten uns beide nach einem anderen Leben. Weißt du, wenn man auf alles, was man gern tun möchte, verzichtet oder es nur mit sehr schlechtem Gewissen tut, weil man weiß, es passt dem anderen nicht, dann wird man auf die Dauer immer unzufriedener und irgendwie krank. Innerlich, verstehst du? Und man fängt an, den anderen zu hassen, weil er einen daran hindert, das Leben zu führen, das gut und gesund wäre.«

Lina schaute Kleckschen zu, die sich immer noch putzte. Wie ein kleiner Waschlappen fuhr ihre Pfote über ihr Ohr und wurde sauber geleckt, wieder und wieder. »Also war es nicht schlimm, dass ich das mit dem Baby verraten habe?«

Ihre Mutter lachte. Wenig glücklich. »Nein«, sagte sie dann. »Im Gegenteil, ich bin dir sogar dankbar dafür. Wenn du es nicht verraten hättest, hätte Papa mich vielleicht noch länger belogen, und das hätte sehr viel mehr wehgetan. Und du hättest dieses Geheimnis ja auch die ganze Zeit mit dir herumschleppen müssen, das wäre doch unerträglich für dich gewesen.« Sie hielt plötzlich inne. »Sag mal, denkst du etwa darüber nach, ob du schuld bist an unserer Trennung?«

Lina nickte kaum merklich. »Vielleicht«, sagte sie zögernd, »will Papa das Baby ja gar nicht. Und dann hätten sie es weggemacht wie Kathrins Mutter damals und alles hätte so bleiben können, wie es war.«

Ihre Mutter lachte wieder. Schrill diesmal. »Aber das hätte doch gar nichts geändert!«

»Nicht?« Lina sah sie unsicher an.

»Nein«, sagte ihre Mutter, »gar nichts. Papa und ich wären dadurch kein bisschen glücklicher geworden.«

»Ehrlich nicht?«

»Ehrlich nicht.« Jetzt lächelte ihre Mutter, ein echtes Lächeln. »Lina, wir haben es jahrelang versucht, aber es stimmte nicht mehr zwischen uns. Glaub mir, für *uns ist* es besser, wenn wir uns trennen, darüber mach dir bitte keine Gedanken. Was mich bedrückt, ist, dass es für *dich* nicht gut ist und dass es dir wehtut und dass du traurig bist.«

Kleckschen putzte sich immer noch. Jetzt war das andere Pfötchen dran und das andere Ohr. »Kann ich Papa eigentlich immer sehen, wenn ich will?«, fragte Lina.

Ihre Mutter stellte klirrend ihre Tasse ab. »Aber natürlich! Du kannst auch bei ihm wohnen, wenn du das möchtest, das habe ich dir doch neulich schon gesagt. Oder du kannst abwechseln, eine Woche hier, eine Woche bei ihm.«

»Nee, bloß nicht! Das will ich ja gar nicht! Ich will, dass alles so bleibt, wie es war, mit dir und Tante Agnes und ab und zu mal Papa, so war es früher ja auch.«

Die Augen ihrer Mutter waren wieder so blau wie der Märzhimmel. Und die Musik perlte auf den Sonnenstrahlen. Und Kleckschen schnaufte ein bisschen beim Putzen. Und Lina fühlte sich wie auf der Schaukel, ganz oben, schwerelos. Alle Sorgen waren in den Himmel geflogen. Na ja, fast alle.

16. Kapitel

Es war ein sonderbares Gefühl, mit Papa im Auto zu sitzen. Plötzlich erschien er Lina ganz fremd, wie jemand, der aus einer anderen Welt kam und gar nichts mit ihrem Leben zu tun hatte. Und doch war er auch vertraut.

»Wie geht es dir denn, mein Kätzchen?«, fragte er, drehte sich um und legte die Hand auf Linas Knie.

»Gut«, sagte Lina und zog ihr Bein weg.

»Und wie läuft's in der Schule? Arbeitet ihr wieder an einem Projekt?«

»Hm«, machte Lina.

»Na, sehr begeistert klingt das ja nicht. Was ist es denn diesmal?«

»Ach, so was mit Ländern und Tieren und Landkarten«, sagte Lina missmutig. Sie ärgerte sich schrecklich, dass sie sich für Deutschland entschieden hatte. Alle anderen hatten sich weit entfernte Länder ausgesucht und entdeckten exotische Tiere und spannende Geschichten. Ruth malte wunderschöne, bunte Vögel, wie sie nur in Südamerika vorkamen, und Isabel beschriftete ihre Russlandkarte mit kyrillischen Buchstaben wie mit einer Geheimschrift. Nur Lina fiel nichts ein, das die anderen vom Hocker riss. Und eigentlich war das Papas Schuld. Ohne das ganze Theater zu Hause hätte sie viel gründlicher nachdenken und sich etwas Besseres einfallen lassen können.

»Und wie geht es deiner kleinen Freundin?«, fragte Papa. »Dieser ... wie hieß sie noch gleich?«

»Esmeralda«, sagte Lina pampig.

Ihr Vater sah sie irritiert an. »Nein, sie hieß anders, irgendwas mit ›T‹ ... Thea?«

»Ruth«, sagte Lina. »Mensch, Papa, das interessiert dich doch gar nicht, du tust doch nur so! Du hast nie danach gefragt, wie es meinen Freundinnen geht oder was ich in der Schule so mache.«

»Ja«, sagte ihr Vater und setzte gerade an, noch mehr zu sagen, aber da nahm ihm ein blauer Lieferwagen die Vorfahrt. Er musste scharf bremsen und damit war das Gespräch zu Ende. Den Rest der Fahrt legten sie schweigend zurück. Zum Glück dauerte es nicht mehr lange, bis sie das Restaurant erreichten.

Linas Vater hatte extra einen Tisch reservieren lassen, direkt am Fenster, von dem aus man in einen kleinen Park blicken konnte

Kaum hatten sie sich gesetzt, als auch schon ein Kellner bei ihnen stand, sehr vornehm und sehr steif. »Was wünschen die Herrschaften zu trinken?«

»Für mich bitte Kaffee«, sagte Linas Vater. »Und was möchtest du? Kakao?«

»Malventee«, sagte Lina. Den gab es manchmal bei ihrer Oma und es war das Ungewöhnlichste, was Lina jetzt einfiel.

Sie hoffte, der Kellner würde sagen, den hätten sie nicht, dann würde Papa gleich merken, dass sein tolles Restaurant *so* toll gar nicht war.

Aber der Kellner verzog keine Miene. »Kaffee und Malventee, sehr wohl. Die Herrschaften bedienen sich am Bufett?«

Linas Vater nickte und als der Kellner verschwunden war, stand er auf. »Na komm, dann lass uns mal gucken, was wir Leckeres finden.«

Lina fielen fast die Augen aus dem Kopf, als sie das Bufett sah. Es war mindestens zehn Meter lang und es gab *alles*: weiche Eier, harte Eier, Spiegeleier, Rührei, kleine, gebratene Würstchen, Gurkenquark, Tomatenquark, Früchtequark, sechs Sorten Schinken, drei Sorten Salami, Leberpastete, Putenaufschnitt, Hähnchenaufschnitt, Roastbeef, Bratenaufschnitt … zehn verschiedene Käsesorten, von denen Lina höchstens zwei kannte, Tomaten, Paprika, Gurken, Radieschen, Mais, Salate über Salate, Aal, Makrelen und Matjesfilet, Honig, unzählige Sorten Marmelade und einen Obstkorb, wie nicht einmal Tante Agnes ihn sich in ihren kühnsten Träumen zusammenträumen würde. Und so viele Brot- und Brötchensorten, dass einem schwindelig werden konnte.

Lina nahm ein Mohnbrötchen, ein bisschen Butter, eine Scheibe Mortadella. Und ein Radieschen.

»Wie? Das ist alles?« Ihr Vater hatte sich vom Schinken, vom Käse und vom Fisch bedient. »Na ja, du kannst ja noch mal gehen.«

Aber Lina aß sogar nur das halbe Brötchen und dann knabberte sie an dem Radieschen. Sie hatte keinen Hunger. Zu

Hause, überlegte sie, wäre das ganz anders gewesen. Bei ihren Schlafanzugfrühstücken mit Mama aß sie immer so viel, dass sie das Mittagessen ausfallen lassen konnte. Anscheinend hatte gutes Essen nicht so viel damit zu tun, was man aß, sondern mit wem man es aß. Jedenfalls war das für sie so. Für ihren Vater anscheinend nicht. Er füllte sich seinen Teller noch zweimal nach.

Auch gut. Er war so mit dem Essen beschäftigt, dass sie sich wenigstens nicht zu unterhalten brauchten. Lina nippte an ihrem Malventee, der nicht halb so gut schmeckte wie der bei ihrer Oma, und blickte hinaus in den Park. Eine Amsel hüpfte über den Rasen und auf einer kleinen Steinputte ließ sich eine Taube nieder und ließ einen weißen Klecks fallen. Nicht den ersten, wie Lina bemerkte. Der Arm der Putte war weiß von Taubenkacke. Das machte Lina seltsam fröhlich.

»Und was machen wir nach dem Frühstück?«, fragte sie.

Ihr Vater wischte sich hastig den Mund ab. Er hatte gerade einen großen Happen Rührei hineingestopft. »Ich möchte gern, dass du Verena kennenlernst. Wenn du willst, fahren wir zu ihr.«

Lina verschluckte sich fast an ihrem Tee. Natürlich wollte sie nicht. Andererseits, wenn sie sich jetzt weigerte, würde ihr Vater es beim nächsten Treffen wieder vorschlagen. Da war es vielleicht besser, es gleich hinter sich zu bringen. Dann war das heute eben wie Zahnarzt und Ohrenarzt zusammen und danach war es erledigt. »Wohnst du da jetzt?«, fragte sie also nur.

Ihr Vater nickte. »Die Wohnung ist ziemlich klein, aber wir

ziehen demnächst um. Wir haben schon etwas gefunden, eine schöne, große Dachwohnung, da richten wir auch ein Zimmer für dich ein.«

Lina sah ihn groß an. »Wozu das denn? Ich habe doch ein Zimmer! Zu Hause. Mama und ich haben es ganz neu gemacht.«

»In Zukunft hast du eben zwei Zimmer, eins bei Mama und eins bei mir. Das ist doch ein toller Luxus, findest du nicht? Nicht jedes Mädchen in deinem Alter hat zwei Wohnsitze, einen in der Stadt und einen auf dem Land.« Ihr Vater legte seine Hand auf Linas. »Das ist doch wunderbar!«

Lina zog ihre Hand weg. »Ich brauche keinen *Wohnsitz* in der Stadt! Ich bin doch keine Prinzessin!«

»Für mich schon«, sagte ihr Vater. Irgendwie klang es lieb, wie er das sagte, und das passte Lina gar nicht. »Ich möchte, dass du dich bei mir – bei uns – ebenso zu Hause fühlst wie bei Mama. Sieh mal, so eine Trennung kann doch auch eine Bereicherung sein. Du kannst immer dort leben, wo du gerade möchtest.«

Lina spielte mit der Brötchenhälfte, die auf ihrem Teller liegen geblieben war, und brachte es nicht über sich, ihrem Vater zu sagen, dass sie ganz bestimmt nie bei Verena und ihm leben wollte.

Verena war sehr hübsch und sehr blond und sehr geschminkt. Ihre Augenlider schimmerten golden, ihre Wangen rosig und die Lippen glitzerten knallrot. Vorsichtshalber küsste sie Linas Vater auch nicht richtig, sondern hauchte nur ein Küsschen in die Luft neben seinem Gesicht.

Dann streckte sie Lina die Hand entgegen. »Du bist also Lina«, stellte sie fest.
Nee, King Kong, hätte Lina am liebsten gesagt. Aber sie nahm sich zusammen und nickte brav. »Und wer bist du?«
Verena lachte unsicher. »Wie? Hat dein Vater dir nicht von mir erzählt?«
»Nein«, sagte Lina. »Ich weiß nur, dass du ein Baby von ihm kriegst, sonst nichts.«
Ihr Vater zog sie in den Wohnungsflur und schloss die Tür. »Das müssen wir ja nicht unbedingt im Treppenhaus erörtern«, sagte er gereizt. »Nun komm erst mal herein.«
Lina folgte den beiden ins Wohnzimmer. Das war ziemlich schrill eingerichtet, vorwiegend in Pink, und plötzlich verstand Lina genau, warum ihre Mutter so strikt gegen rosa Wände gewesen war. Um einen kleinen Glastisch standen unförmige, rosa Sitzsäcke wie überdimensionale, verrutschte Zuckergusskleckse, vor dem Fenster klimperte ein Perlenvorhang aus gelben, türkisfarbenen und rosa Glasperlen, und an den Wänden hingen große Blumenfotos, auf Leinwand gedruckt. Tulpen, Rosen, Orchideen, alle … na, was wohl?
Linas Vater in seinem dunkelgrünen Pullover sah in diesem Zimmer aus wie eine Gurke, die mitten in eine Bonbonschachtel gefallen war.
»Möchtest du etwas trinken?«, fragte Verena.
Lina schüttelte den Kopf.
»Tja, dann …« Verena sah Linas Vater hilflos an.
»Soll ich dir mal Fotos von unserer neuen Wohnung zeigen?«, fragte der schnell.

Lina nickte. Das war immer noch besser, als so steif und tatenlos in diesem Bonbonzimmer herumzustehen.
Auch Verena schien erleichtert. »Ich koche mal Tee«, sagte sie und verschwand in der Küche.
Lina und ihr Vater ließen sich in die rosa Sitzsäcke plumpsen. Wenn man darin ein Weilchen herumruckelte, wurden sie sogar fast bequem.
Die neue Wohnung schien wirklich groß zu sein und hell und sonnig war sie auch. Und komplett weiß. »Wollt ihr da die Wände auch so streichen wie hier?«, fragte Lina.
»Ganz sicher nicht«, sagte ihr Vater. »Wir kaufen auch eine neue Einrichtung.«
»Dein Vater findet diese Wohnung total peinlich«, bemerkte Verena, die in diesem Moment, beladen mit einem Teetablett, wieder ins Zimmer kam. Während sie das sagte, zwinkerte sie Lina verschwörerisch zu.
Die verzog keine Miene, sondern schaute verwundert ihrem Vater zu, der sofort aufgesprungen war, um Verena das Tablett abzunehmen. Lina hatte ihn seit Ewigkeiten nicht dabei gesehen, wie er einen Tisch deckte und für alle Tee einschenkte.
»Dir gefällt das hier doch bestimmt«, meinte Verena und setzte sich nun auch. »Wenn du willst, kannst du ein paar Möbel haben oder den Vorhang da. Der ist doch mega, findest du nicht?«
Lina versteckte das Gesicht in ihrer Teetasse. *Mega* fand sie hier gar nichts. »Meine Mutter und ich haben mein Zimmer gerade neu eingerichtet«, sagte sie schließlich. »So was«, sie zog eine Grimasse, »passt da nicht.«

»Aha«, sagte Verena verstimmt. »Ich hatte gedacht, wir richten dein Zimmer bei uns mit diesen Sachen ein. Aber vielleicht ist das doch nicht das Richtige – für ein *Kinder*zimmer!«
Lina stand auf. »Ich muss jetzt los«, sagte sie. »Ich bin noch mit einer Freundin verabredet, sie wartet bestimmt schon.«
Auch ihr Vater war sofort auf den Beinen. »Ich fahre dich natürlich. Wo musst du denn hin?«
Lina winkte ab. »Nicht nötig. Es ist nicht weit.« Auf dem Weg zu Verenas Wohnung hatte sie bemerkt, dass Ruth gleich um die Ecke wohnte. Vielleicht war sie ja zu Hause.
»Und wie kommst du nachher nach Hause?«, fragte ihr Vater.
»Na, Mama holt mich ab. Was hast du denn gedacht?« Lina log, ohne mit der Wimper zu zucken. »Sie kümmert sich immer um mich, nicht nur zum Frühstück.«
Ihr Vater sah sie betreten an. »Kätzchen, ich …«
Lina unterbrach ihn. »Danke für den Tee«, sagte sie. Die Hand gab sie Verena nicht und als ihr Vater sie zum Abschied in den Arm nehmen wollte, drehte sie sich weg.

Sie schlug die Eingangstür von Verenas Haus hinter sich zu und rannte wie befreit. Bloß weg von hier!
Erst vor Ruths Haustür machte sie halt. Atemlos. Und ratlos. Acht Namen standen da, aber Lina konnte sich beim besten Willen nicht erinnern, wie Ruths Großeltern mit Nachnamen hießen. Nicht Talbach wie Ruth, das war ja logisch. Ruth trug den Namen ihres Vaters, aber die Großeltern waren die Eltern ihrer Mutter.

Und nun? Sollte sie einfach irgendwo klingeln und nach Ruth fragen? Oder doch lieber gehen und mit dem nächsten Bus nach Hause fahren?
Während sie noch grübelte, wurde die Haustür geöffnet und vor ihr standen – Hanni und Ruth! »Lina, was machst du denn hier?«, rief Ruth überrascht.
Lina fiel ihrer Freundin um den Hals. »Ich bin weggelaufen«, sagte sie. Es klang, als würde sie schluchzen, aber das war nur, weil sie so froh war, so unendlich froh.
»Von deiner Mutter?« Hanni sah sie erschrocken an. »Aber Lina, wir müssen sie sofort anrufen! Sie macht sich bestimmt furchtbare Sorgen um dich!«
»Nein«, sagte Lina. »Von meinem Vater. Und der macht sich garantiert keine Sorgen!«
Hanni blickte verwirrt. »Also, das musst du uns in Ruhe erklären. Komm, wir wollten gerade zu mir fahren. Du kommst erst mal mit und dann rufen wir von da aus deine Mutter an, einverstanden?«
Und wie! Besser hätte es gar nicht kommen können!

Hanni wohnte in einem kleinen Reihenhaus am Stadtrand. »Ich wollte unbedingt einen Garten haben«, erklärte sie Lina, als sie die Haustür aufschloss. »Er ist zwar winzig, aber besser als gar nichts.«
Es war ein schönes Haus. Heller Teppichboden in allen Räumen, moderne Möbel, viele Farben. Bunte Kissen und Vasen, leuchtende Bilder an den Wänden, eine große Bücherwand. Und – am allerbesten – kein Rosa!

Hanni holte Johannisbeersaft aus der Küche und sie ließen sich in der dunkelbraunen Ledergarnitur nieder, weich und bequem. Die Sonne schien durch die Fenster und der Saft in den Gläsern funkelte tiefrot.

»Und was willst du jetzt machen?«, fragte Ruth. »Deinen Vater nie wiedersehen?«

Lina hatte ihnen auf der Autofahrt genau erzählt, was sie erlebt hatte. »Ich weiß nicht«, sagte sie jetzt. »Erst mal nicht, glaube ich. Vor allem nicht, wenn Verena dabei ist. Die ist echt nicht mein Fall.«

»Kann ich verstehen«, meinte Ruth.

»Sag mir genau, was du an ihr nicht magst«, bat Hanni. »Ich meine, dass dir ihre Einrichtung nicht gefällt, kann ja nicht allein der Grund sein. Über Geschmack kann man immer streiten. Und dass sie ein bisschen beleidigt war, weil du ihr das anscheinend ziemlich deutlich gemacht hast, kann man ihr auch nicht so richtig übel nehmen. Da muss doch noch etwas anderes gewesen sein.«

»Sie ist affig«, sagte Lina prompt. »Irgendwie ist an der gar nichts Echtes. Nur Schminke und Lippenstift. Künstliche Fingernägel hat sie auch, so lang!« Lina zeigte mindestens fünf Zentimeter in der Luft. »Und als sie sich gesetzt hat, hat sie ganz bedeutungsvoll die Hand auf den Bauch gelegt, als müsste sie ihr blödes Baby vor mir beschützen! Dabei sieht man noch gar nichts.«

Hanni spielte mit ihrer Armbanduhr, drehte sie wieder und wieder um ihr Handgelenk. »Vielleicht war sie unsicher«, überlegte sie. »Wie alt ist sie eigentlich?«

»Dreiundzwanzig«, sagte Lina. »Aber sie sieht aus wie eine aufgebrezelte Schülerin. So was läuft an unserer Schule massenweise herum und die, die so aussehen, sind echt nicht die Nettesten.«

Hanni schmunzelte. Sie war, fiel Lina jetzt ein, nur wenige Jahre älter als Verena, aber sie wirkte ganz anders. Viel erwachsener. »Was meinst du, sollen wir nicht erst einmal deine Mutter anrufen? Sie muss doch wissen, wo du bist.«

»Hm«, machte Lina. Sehr wohl war ihr bei dem Gedanken nicht. Mama würde bestimmt nicht begeistert sein, wenn sie jetzt in die Stadt fahren musste, um Lina abzuholen. Wahrscheinlich kniete sie längst tief in ihrem Rosenbeet.

»Kannst du sie anrufen?«, fragte Lina kleinlaut. »Du kannst ihr das alles bestimmt viel besser erklären.«

Hanni lächelte und griff zum Telefon, das auf einem Tischchen neben dem Sofa lag. »Sag mir mal die Nummer.« Sie tippte sie ein und ging mit dem Apparat in die Küche.

»Scheidung ist auch scheiße«, meinte Ruth nachdenklich.

»Aber nicht so schlimm wie Tod«, sagte Lina. »Ich hab ja noch meine Mama.«

Ruth drehte ihr Saftglas in der Sonne. Lauter rote Sprenkel machte es. »Aber deinen Vater hast du verloren, *obwohl* er noch lebt. Das ist doch voll brutal.«

Lina schwieg lange. »Trotzdem glaube ich, dass das nicht so schlimm ist wie tot«, sagte sie dann. »Ich kann ihm wenigstens noch die Meinung sagen.«

»Aber das hast du ja gar nicht getan«, sagte Ruth.

»Nein«, gab Lina zu.

17. Kapitel

Ruth war von Linas neuem Zimmer begeistert. Besonders der Schreibtisch mit den vielen Schubladen hatte es ihr angetan. »So einen will ich auch haben, wenn ich zu Hanni ziehe«, sagte sie.
»Ziehst du denn zu ihr?«, fragte Lina. »Hat deine Großmutter doch Ja gesagt?«
»Noch nicht.« Ruth blätterte in Linas neuem Buch mit den Malanleitungen. »Das ist viel besser als meins. Hier sind ja sogar die verschiedenen Techniken erklärt.« Sie legte es wieder beiseite und sah Lina an. »Aber ich glaube, seit deine Mutter mit ihr geredet hat, denkt sie richtig darüber nach. Gestern hat sie mir zum ersten Mal erlaubt, bei Hanni zu übernachten, und ist abends mit meinem Opa zusammen zum Kegeln gegangen. Das haben sie früher anscheinend oft gemacht und nur darauf verzichtet, weil sie mich nicht allein lassen wollten. Und als wir heute bei ihnen waren, hatten sie richtig gute Laune.« Ruth lächelte verschmitzt. »Vielleicht findet sie ja wieder Geschmack an einem Leben ohne Kind!«
Lina hob die Fäuste. »Ich drücke dir ganz fest die Daumen. Alle, die ich habe!«

Ruth lachte und deutete in den Garten. »Guck mal!« Hanni und Linas Mutter hockten zusammen vor einem Beet, aus dem ein paar grüne Spitzen hervorlugten, und schienen in ein intensives Gespräch vertieft. Gartenfreundinnen hatten einander immer viel zu sagen, endlos.

»Wenn meine Mutter und Hanni sich mögen, hilft das bestimmt auch«, sagte Lina. »Vielleicht redet meine Mutter dann noch mal mit deiner Oma.«

Ruth seufzte. »Das wäre toll. Ich glaube, meine Oma hört auf sie.«

Das machte Lina ein bisschen stolz, aber sie sagte nichts dazu. »Wollen wir malen?«, fragte sie.

An dem neuen Schreibtisch hatten sie beide reichlich Platz. Lina holte einen zweiten Stuhl und sie setzten sich über Eck, mit dem Buntstiftkasten in der Mitte. Lina malte endlich einmal wieder an dem Bild für Tante Agnes weiter, das sie in der letzten Zeit ziemlich vernachlässigt hatte, und Ruth malte Lina beim Malen.

»Ich finde, du solltest deinem Vater noch eine Chance geben«, sagte sie plötzlich in die Stille hinein.

Linas Grünstift, mit dem sie gerade die Stängel der Märzbecher zeichnete, brach ab. »Wozu das denn?«

»Na ja«, Ruth hörte auf zu malen und sah auf, »irgendwie habt ihr das doch heute beide nicht so richtig gut gemacht. Er hat dich mit diesem Besuch bei Verena überrumpelt und du hast ihn die ganze Zeit angepampt. Da hatte doch keiner von euch eine Chance.«

»Hm«, machte Lina und spitzte ihren Grünstift an.

»Aber wenn du ihm sagst, dass du ihn allein sehen und richtig mit ihm reden willst, dann …« Ruth ließ den Satz in der Luft hängen.
»Was dann?«, fragte Lina.
»Tja, ich weiß ja auch nicht. Ich stelle mir nur vor, wie das gewesen wäre, wenn meine Eltern sich getrennt hätten. Dann hätte ich doch von *beiden* wissen wollen, warum. Und wie das nun mit uns allen weitergehen soll und so.«
»Hm«, machte Lina wieder und malte die Blumen fertig. Und die Blätter dazu. Und die Blüten. Wie das nun mit uns allen weitergehen soll, hatte Ruth gesagt und sich dabei sich selbst und ihre eigenen Eltern vorgestellt. Aber mit denen ging gar nichts weiter. Nie mehr. Lina fand es sehr tapfer von Ruth, dass sie trotzdem darüber nachdachte. Während sie selbst heute eigentlich ziemlich feige gewesen war.
»Ich rufe ihn demnächst mal an«, sagte sie schließlich.
»Schieb es nicht zu lange vor dir her«, riet Ruth. »Dann wird es immer schwieriger.«
Es war sowieso schwierig. Und plötzlich bekam Lina wieder eine große Wut. »Er kann ja auch anrufen«, sagte sie. »Und sich überlegen, dass er *mir* noch eine Chance geben will. Für einen Erwachsenen hat er sich heute ja wohl erst recht blöd benommen.«
»Stimmt«, sagte Ruth und riss ihr Malblatt vom Zeichenblock, zerknüllte es und beförderte es in den Papierkorb. »Das war nichts. Ich bin einfach noch nicht gut genug! Und du hast zu viel gewackelt! Außerdem siehst du langweilig aus, wenn du immer nur nach unten guckst, weil man dann

dein Katzenauge nicht sieht. Dabei macht dich das so besonders.«

Lina lächelte Ruth an. »Das ist doch was, wozu ich nichts kann. Ich möchte lieber anders besonders sein, so wie du.«

»Ich?«, fragte Ruth verblüfft.

»Ja. So klug. Und so begabt. Du kannst toll zeichnen und du hast ein Katzenherz.«

»Ein Katzenherz? Was soll das denn sein?«

»Das«, sagte Lina, »ist ein Herz, das alles ganz aus der Nähe fühlt. Es weiß immer, was mit anderen los ist.«

»Quatsch«, sagte Ruth verlegen, »so besonders bin ich nicht.«

»Doch!«, sagte Lina.

Sie sahen sich an. Und dann prusteten sie los. Und wie!

»Na, ihr scheint euch ja gut zu amüsieren«, sagte Linas Mutter mitten in ihr Gelächter hinein. »Habt ihr eigentlich gar keinen Hunger? Wenn ich das richtig sehe, habt ihr beide seit dem Frühstück nichts gegessen, oder? Was haltet ihr von Fleischrouladen mit Kartoffelbrei und grünen Bohnen?«

»Mann, ja, ich habe einen Riesenhunger!« Lina sprang auf. »Tante Agnes' Fleischrouladen?« Das waren die besten der Welt.

Ihre Mutter nickte. »Tante Agnes hat Vorräte für eine ganze Kompanie eingefroren, wir zwei allein könnten die sowieso nie aufessen.«

Linas Mutter und Hanni waren begeistert voneinander. Sie redeten und redeten. Über Gott und die Welt, über Rosenkrankheiten und Wohnungseinrichtungen, über Romane und Haus-

haltshilfen. Während des ganzen Essens kamen Ruth und Lina kaum zu Wort und sowie sie fertig waren, schlichen sie sich davon.
Wie gut, dass sie nun das Fernsehzimmer hatten! Die beiden Freundinnen machten es sich in den Sesseln bequem, Lina schaltete den Fernseher ein und zappte, bis sie auf eine Komödie stieß, in der eine Mutter wutentbrannt ihren Mann verließ, weil er lieblos, unordentlich und gleichgültig war. Die Kinder mussten sich ganz schön was einfallen lassen, um ihre Eltern wieder zusammenzubringen, aber am Ende ging natürlich alles gut aus.
»Möchtest du das, dass deine Eltern wieder zusammenkommen?«, fragte Ruth, als der Abspann über den Bildschirm lief.
»Das ist doch bloß ein Märchen«, sagte Lina. »Im richtigen Leben gibt es so etwas nicht. Wenn Eltern sich erst mal getrennt haben, dann bleiben sie auch dabei. Das machen die doch nicht aus einer Laune. Ich glaube, das haben sie sich schon genau überlegt. Also, meine Eltern bestimmt.«
»Irgendwie«, sagte Ruth nachdenklich, »finde ich es dann auch gut. Weil es ehrlich ist.«
Lina knabberte an ihrem kleinen Fingernagel. »Vielleicht«, sagte sie nachdenklich, »ist es sogar besser, als wenn man ohne Liebe zusammenlebt.«
»Und«, sagte Ruth, »dir geht's doch eigentlich gut. Alles, was wichtig war in deinem Leben, hast du doch noch. Deine Mama und deine Tante Agnes und … na ja«, sie machte eine weit ausholende Bewegung, die das ganze Haus umfasste, »das alles hier.«

»Stimmt!« Lina wurde plötzlich ganz fröhlich. Aber sofort auch wieder bedrückt. Weil Ruth das nicht hatte. Sie hatte gar nichts mehr von ihrem alten Leben.

»Freu dich doch einfach daran«, sagte Ruth. »Und hör auf, immerzu ein schlechtes Gewissen zu haben, weil meine Eltern tot sind!«

Lina starrte sie fassungslos an. Hatte Ruth etwa auch Katzenohren? Hatte sie Linas Gedanken gehört? »Woher ...?«

Ruth grinste. »Hanni hat mir das erklärt. Sie hat gesagt, dass alle anderen Kinder sich mir gegenüber mies fühlen, weil ich so ein schlimmes Schicksal habe und es euch im Vergleich dazu richtig gut geht. Jedenfalls denkt ihr das. Aber dabei stimmt das gar nicht immer. Hanni hat gesagt, dass es leichter ist, tote Eltern zu haben, die sich richtig lieb hatten, als lebendige Eltern, die sich nicht mögen.«

»Und? Glaubst du das?« Lina glaubte es nicht.

»Ich weiß nicht«, sagte Ruth. »Als sie mir das gesagt hat, habe ich es nicht geglaubt. Aber heute, als du das von deinem Vater erzählt hast, war ich richtig froh, dass ich meinen Papa einfach lieb haben kann, immer und immer.«

Lina schluckte. »Aber er fehlt dir doch. Und deine Mutter auch«, sagte sie.

»Ja«, sagte Ruth leise. »Und wie. Aber dein Vater fehlt dir doch auch, oder?«

Lina überlegte lange, bevor sie antwortete. »Ich glaube, er hat mir vorher schon gefehlt. Weil er so selten zu Hause war.« Sie knabberte schon wieder an ihrem kleinen Fingernagel. Und was sie dann sagte, überraschte sie selbst: »Eigentlich ist es jetzt besser. Weil ... ja! Es ist genau, wie du gesagt hast – ehrlicher. Meine Mutter ist wieder viel fröhlicher, fast, als wäre sie froh, dass mein Papa gegangen ist.«

»Vielleicht ist sie das auch ja wirklich«, meinte Ruth. »Weil ...«

Doch bevor sie dazu kam, ihren Satz zu beenden, standen Hanni und Linas Mutter im Zimmer.

»Ruth, wir müssen los!«, sagte Hanni. »Wisst ihr, wie spät es ist?«

Ruth stand sofort auf. »Von mir aus hätten wir längst fahren können. *Du* hast dich doch festgequatscht!«

Hanni lachte. »Stimmt! Und es war sehr schön!«

Sie umarmte Linas Mutter zum Abschied. »Wir telefonieren, okay?«

Lina und ihre Mutter winkten den beiden nach.

»Und?«, fragte Linas Mutter, als sie zurück ins Haus gingen. »Willst du mir erzählen, was heute Vormittag passiert ist?«

»Das weißt du doch bestimmt schon alles von Hanni«, sagte Lina. Sie hatte keine große Lust, das alles noch einmal zu erzählen. »Wir haben es beide vermasselt, Papa und ich. Aber vielleicht gebe ich ihm noch eine zweite Chance.«

»Das wäre sehr großzügig von dir«, meinte ihre Mutter lächelnd.

»Findest du Hanni immer noch zu jung für Ruth?«, fragte Lina, als sie endlich im Bett lag und ihre Mutter zum Gute-Nacht-Sagen kam.

»Nein«, sagte ihre Mutter. »Hanni ist eine bemerkenswerte

Frau. Ich glaube, es wäre ein großer Glücksfall für Ruth, wenn sie bei ihr leben könnte. Und …«, sie schmunzelte, »vielleicht auch für uns.«
Lina war plötzlich wieder hellwach. »Für uns? Was meinst du damit?«
Ihre Mutter legte den Finger auf die Lippen. »Noch gar nichts. Es ist nur eine ganz vage Idee. Jetzt schlaf erst mal, mein Mäuschen.« Sie drückte Lina einen Kuss auf die Wange. Heute Abend war bestimmt nichts mehr aus ihr herauszubekommen.
»Wo ist eigentlich Kleckschen?«, fragte sie. Karlchen war zwar auch sehr kuschelig, aber schnurren konnte er nicht. Und Schnurren war das beste Einschlafgeräusch der Welt.
»Oh Gott! Die habe ich ja ganz vergessen!« Linas Mutter sprang auf. »Ich glaube, ich habe sie ausgesperrt!« Sie stürzte ins Wohnzimmer und riss die Terrassentür auf.
Wie ein Blitz schoss Kleckschen in Linas Bett. Ganz kühl fühlte sie sich an und duftete nach Gartenluft. Und schnurrte, als sie sich in Linas Arm kuschelte!
»Gute Nacht«, murmelte Lina und ruckelte sich zwischen Kleckschen und Karlchen zurecht.

»Hat Hanni auch so komische Andeutungen gemacht?«, fragte Lina am nächsten Morgen in der großen Pause.
»Nee! Was denn?« Ruth sah sie neugierig an.
»Ach, irgend so was, dass es für uns, also meine Mutter und mich, auch gut wäre, wenn du zu ihr ziehst oder so. Ich kann mir gar nicht vorstellen, was sie damit meinte.«

Ruth schüttelte ratlos den Kopf. »Hanni hat nur gesagt, dass sie es supertoll findet, dass sie deine Mutter kennengelernt hat. Und als ich schon im Bett war, hat sie noch ganz lange mit meinen Großeltern geredet.«

»Und was ist dabei herausgekommen?«, fragte Lina.

»Keine Ahnung«, erwiderte Ruth.

»Wenn ich Bundeskanzlerin wäre«, sagte Lina, »würde ich ein Gesetz machen, dass die Erwachsenen Kindern immer sagen müssen, was sie vorhaben. Dann wäre die ganze Welt viel fairer.«

»Aber dann hätten dir deine Eltern schon vor einem Jahr oder so sagen müssen, dass sie vorhaben, sich zu trennen«, wandte Ruth ein. »Dann hättest du die ganze Zeit Sorgen gehabt, das wäre doch auch blöd gewesen.«

Das stimmte. Es wäre wirklich nicht sehr schön gewesen, wenn ihre Eltern ihr schon vor Monaten gesagt hätten, dass sie sich vielleicht trennen würden. Dann hätte sie über all das nachgrübeln müssen, was ihrer Mutter in dieser langen Zeit Sorgen gemacht hatte. Ob sie in dem Haus bleiben könnten. Ob das Geld reichen würde. Ob Lina mit der Trennung fertig werden würde. Da war es doch besser, vor vollendete Tatsachen gestellt zu werden und gleich ganz genau zu wissen, dass sie in dem Haus bleiben konnten und dass das Geld reichen würde. Und mit der Trennung war sie doch spielend fertig geworden, oder? »Na ja«, räumte sie ein, »vielleicht wäre das doch nicht so ein tolles Gesetz.«

»Trotzdem könnte die Bundeskanzlerin mal ein paar gute Gesetze für Kinder machen«, fand Ruth. »Dass die Schule erst

um neun anfangen darf zum Beispiel. Und dass Hausmeister keine Brötchen verkaufen dürfen, die nur halb belegt sind.« Sie warf den trockenen Rest ihres Brötchens angewidert in den Papierkorb. »Das ist doch Beschiss!«
»Wenn ich groß bin, wähle ich nur eine Bundeskanzlerin, die den Matheunterricht abschafft«, sagte Lina. »Oder hast du die Hausaufgaben etwa gekonnt?«
Ruth grinste. »Mein Opa hat sie gemacht. Der ist so trottelig! Ich habe so getan, als wären das Rätsel, die ich nur so zum Spaß mache. Auf Rätsel ist er nämlich ganz wild. Also hat er die Aufgaben in null Komma nichts gelöst, ich musste sie nur noch abschreiben.«
Lina lachte. »Genial! Aber so trottelig kann er nicht sein, wenn er mit den Aufgaben klargekommen ist.«
»Hey, wollt ihr nicht endlich mitspielen?«, rief Isabel von dem Beachvolleyballfeld am Rande des Schulhofes herüber. »Wir könnten Verstärkung gebrauchen!«
Lina steckte den Rest ihres Schulbrotes in den Mund. Und dann flitzten sie los, um die kostbaren fünf Minuten vor der Mathestunde noch auszunutzen.

Mittags im Bus sagte Isabel: »Ich glaube, das mit deiner Mutter und meinem Vater wird doch nichts.«
»Wieso nicht?«, fragte Lina überrascht.
Isabel druckste etwas herum. »Na ja, ich habe meinen Vater gefragt, ob er eigentlich irgendwann noch mal heiraten möchte und … also …« Sie spielte angelegentlich mit dem Reißverschluss an ihrem Rucksack, »er … also, er fand das richtig

gut, dass ich das gefragt habe, weil ... er will wirklich gern wieder heiraten. Er hat gesagt, nur wir zwei allein in dem großen Haus, das ist nichts auf die Dauer.«

»Und?«, fragte Lina gespannt. »Hat er schon wen?«

»Nee. Aber er will jetzt suchen«, sagte Isabel.

»Suchen? Wie?«

»Na ja, so über Kontaktanzeigen und so was.«

»Und wie findest du das? Willst du eine neue Mutter?«

»Klar. Wenn sie nett ist.« Isabel sagte das so lässig, dass Lina sie verwundert anstarrte.

Eine neue Mutter – das konnte sie sich überhaupt nicht vorstellen. Keine konnte netter und lieber sein als ihre Mama. Aber Isabels Mutter war nicht lieb gewesen, vielleicht war es darum für Isabel anders. Ruth zum Beispiel, fiel Lina jetzt ein, hatte auch nie davon gesprochen, dass Hanni ihre neue Mutter werden sollte. Irgendwie ging das nicht, wenn man die eigene, richtige Mutter sehr lieb hatte. Hanni würde eher so etwas wie eine erwachsene Freundin für Ruth werden.

»Willst du etwa keinen neuen Vater?«, fragte Isabel.

Lina musste lachen. »Na, das ist vielleicht eine Frage! Mein Vater ist doch gerade erst weggegangen. Das ist doch nicht so, als hätte man dummerweise seine Turnschuhe verloren und dann kauft man mal eben neue!« Außerdem – nein. Lina wollte keinen neuen Vater. Lieber einen besseren alten. Der sollte dann auch ruhig in der Stadt wohnen, aber ab und zu sehen wollte sie ihn und mit ihm im Reinen sein. Dann wäre alles okay. Und darum würde sie ihn doch anrufen, gleich heute Mittag, nahm sie sich vor, und ihm sagen, dass sie *beide* noch eine zweite Chance brauchten, und zwar bald.

»Und warum meinst du plötzlich, dass es mit meiner Mutter und deinem Vater nichts wird?«, fragte sie. Isabel hatte das so sicher gesagt, dass sie sich nun traute, diese Frage zu stellen, denn ganz offensichtlich hatte Isabel diesen blöden Plan wirklich aufgegeben.

»Weil ... na ja, mein Vater will eine jüngere Frau«, sagte Isabel verlegen. »Eine, die noch Kinder kriegen kann.«

»Echt?« Lina rief es fast laut durch den Bus. »Kinder? Und was sagst du dazu?«

»Och«, meinte Isabel, »das könnte doch ganz lustig sein. Ein bisschen Leben im Haus.«

»Aber dann musst du immer den Babysitter spielen!«

»Quatsch! Das muss ich nicht!« Isabel sah Lina unsicher an. »Oder ... na ja, vielleicht manchmal. Aber das wäre bestimmt nicht so schlimm. Kleine Kinder sind doch süß. Außerdem möchte mein Vater, dass unsere Linie fortgeführt wird«, fügte sie hinzu. »Er wünscht sich einen Sohn.«

»Und der wäre dann mehr wert als du?« Lina fasste es nicht.

»Das ist eben so, wenn der Name etwas wert ist«, sagte Isabel.

Du spinnst, hätte Lina am liebsten gesagt. Aber sie verkniff es sich. Sie hatte einfach keine Lust, sich mit Isabel zu streiten. Das Leben war schon kompliziert genug, auch ohne dass man seine Energie an völlig bescheuerte Probleme vergeudete.

Jetzt wollte sie erst einmal froh sein, dass ihre Mutter, was Isabels Vater anging, anscheinend aus dem Rennen war. Und um ganz sicherzugehen, sagte sie: »Ich glaube, meine Mutter könnte auch gar keine Kinder mehr kriegen, selbst wenn sie wollte. Das haben sie ihr nach meiner Geburt gesagt.«
Isabel drückte ihre Hand. »Es tut mir so leid, aber …«
»Macht nichts«, sagte Lina und heute hatte sie kein schlechtes Gewissen. Vielleicht waren ihre ganz dicken Freundschaftsgefühle für Isabel neulich auf der Schaukel gleich mit in den Himmel geflogen.

18. Kapitel

Lina probierte es unter Papas Handynummer. Und sie hatte Glück, er meldete sich sofort. »Kätzchen, ich bin auf dem Weg zu einem Termin. Was ist?«

Sie zögerte. Er klang eklig geschäftsmäßig. »Papa, ich wollte … Können wir uns noch mal treffen? Besser irgendwie? Ohne deine Verena und ohne meine Motzerei?«

Ihr Vater lachte, laut und herzhaft. »Sehr, sehr gern! Ich wollte dich auch anrufen, aber, ganz ehrlich, ich hatte ein bisschen Angst davor.«

»Aber wir brauchen eine zweite Chance, Papa«, sagte Lina.

»Mein kluges Kätzchen«, sagte er und Lina spürte, dass er lächelte, sehr lieb, sehr zärtlich. Ganz wie ihr guter alter Papa.

»Warte mal kurz«, sagte er dann und sie hörte, wie er noch ein wenig weiterfuhr und dann den Motor abstellte. »So, da war gerade eine Parklücke. Jetzt kann ich in Ruhe meine Termine checken. Augenblick …« Lina sah ihn genau vor sich, wie er mit dem kleinen silbernen Stift auf dem elektronischen Terminkalender herumtippte. »Oje, diese Woche habe ich jeden Tag Gerichtstermine. Du weißt ja, da kann man nie absehen, wie lange das dauert. Und dann sind da auch noch diese

Verhandlungen wegen der Wohnung … Aber wie wäre es am Donnerstag? Da muss ich vormittags zwar auch ins Gericht, aber das ist eine Sache, die schnell gehen dürfte. Ich könnte dich von der Schule abholen und dann gehen wir essen. Chinesisch, wenn du willst.«

»Italienisch«, sagte Lina. Papa mochte chinesisches Essen gar nicht so gern, das war mehr etwas für Mama und sie. »Ich habe sechs Stunden. Um fünf nach eins bin ich fertig.«

»Gut. Ich warte vor der Schule. Und dann – die beste Spaghettisoße der Welt?«

Lina lachte, hell und froh. Das hatte er also nicht vergessen. »Und du isst dieses Spring-in-den-Mund, stimmt's? Wie heißt das noch gleich?«

»Saltimbocca«, sagte ihr Vater. »Und hinterher teilen wir uns den großen Früchteeisbecher.«

»Nur wenn du mir nicht das ganze Heidelbeereis wegisst!«, sagte Lina vergnügt.

»Ich? Gott bewahre! Ein Viertel lasse ich dir übrig! Der Rest steht mir als Vater dienstgradmäßig zu!«

Lina kicherte. »Darüber reden wir noch. Ich bin jetzt eine verlassene Tochter, vergiss das nicht! So viel Heidelbeereis, wie mir jetzt zusteht, kannst du gar nicht kaufen!«

»Und du nicht essen!«, sagte ihr Vater und lachte.

»Wart's ab! Also, bis Donnerstag?«

»Bis Donnerstag, mein Kätzchen. Ich freu mich!«

»Ich mich auch«, sagte Lina und legte auf.

Und dann rannte sie in die Küche. »Mann, ich hab Hunger! Was gibt's denn?«

Tante Agnes schmunzelte. »Dir scheint's ja gut zu gehen! Aber wasch dir erst einmal die Hände. Und dann gibt es Fleischklößchen mit Reis und Möhren.«
»Heute hätte ich auch gegrillte Regenwürmer gegessen«, rief Lina ausgelassen und lief ins Bad. Eigentlich war jetzt schon alles gut. Eigentlich war das Telefonat schon die zweite Chance gewesen. Und die hatte ihr Papa voll bestanden. Und sie selbst auch, fand sie.

Die Zeit bis Donnerstag verging im Schneckentempo. Aber einen Lichtblick gab es: ein neues Projekt in der Schule, und zwar ein richtig gutes. Jeder sollte ein Buch lesen, dass irgendwann in der Vergangenheit spielte – »In der Steinzeit oder vor fünfzig Jahren, das ist egal«, sagte Womo – und dazu ein Lesetagebuch anfertigen.
»Ich möchte, dass ihr etwas über die Zeit schreibt, in der eure Geschichte spielt, und auch Bilder dazu auftreibt. Wie waren die Menschen damals gekleidet, wie wohnten sie, was aßen sie? Welche Erfindungen gab es damals schon, wer regierte das Land, in dem sie lebten? Und natürlich sollt ihr auch etwas über das Buch selbst schreiben, über die Personen, die darin vorkommen, ob sie Dinge erleben, die uns heute auch noch widerfahren könnten, ob sie Probleme haben, die wir auch kennen und so weiter.« Womos Blick blieb an Lina hängen, die ihm gebannt zuhörte, und er lächelte. »Für die Leseratten unter euch wird das gar kein Problem sein und den anderen helfe ich gern, ein Buch zu finden. Eine Liste mit ausführlichen Tipps zu eurer Arbeit bekommt ihr natürlich auch noch.«

Lina und Ruth verabredeten, gleich am nächsten Nachmittag in die Stadtbibliothek zu gehen. »Kommst du auch mit?«, fragte Lina Isabel.
Aber die schüttelte den Kopf. »Ich bin mit Nadine verabredet. Und außerdem weiß ich schon, was ich nehme – *Emil und die Detektive*. Das spielt doch früher, oder?«
»Ja, klar, vor achtzig Jahren oder so.« Lina fand das ein bisschen einfallslos. Sie wollte lieber ein Buch lesen, das sie noch nicht kannte.
Aber sie freute sich, mit Ruth allein in die Bibliothek zu gehen.

»Es ist komisch«, sagte die auf dem Weg dorthin, »plötzlich habe ich wieder richtig Lust zu lesen. Ich werde fragen, ob es nicht irgendein Buch über ein Waisenkind in der Vergangenheit gibt. Das wäre doch interessant.«
»Aber ich will kein Buch über ein Scheidungskind«, sagte Lina, »auf keinen Fall!«
Frau Schmidtmann, die Kinderbibliothekarin, freute sich, Lina zu sehen. Sie kannten sich schon seit Jahren, seit Lina vier war. Damals hatte ihre Mutter begonnen, jede Woche mit ihr in die Bibliothek zu fahren, um ihren unersättlichen Hunger auf neue Bilderbücher zu stillen.
Für Ruth fiel Frau Schmidtmann sofort etwas ein. »Lies *Oliver Twist*«, sagte sie und zog einen richtig schönen dicken Schmöker aus dem Regal.
»War der ein Waisenkind?«, fragte Ruth.
»Ja«, sagte Frau Schmidtmann, »und arm. Er hatte es schwer.«

Ruth riss ihr das Buch förmlich aus der Hand, setzte sich auf einen der kleinen bunten Hocker und schlug es auf.
»Und ich?«, fragte Lina. »Ich weiß gar nicht so genau, was ich will.«
Frau Schmidtmann sah sie nachdenklich an, aber dann hellte sich ihr Gesicht auf. »Ich glaube, ich weiß etwas, das dich interessieren könnte. Komm mal mit.« Sie führte Lina von dem Regal mit ›D‹ wie Dickens zu dem mit ›K‹.
»Aber nicht Erich Kästner«, sagte Lina. »Die kenne ich alle. Ich möchte gern etwas Neues lesen.«
Frau Schmidtmann lächelte. »Das habe ich mir gedacht. Und ich habe hier etwas für dich, in dem die Zeit, in der es spielt, interessant und wichtig ist. Sieh mal!« Sie zog ein schmales Taschenbuch aus dem Regal und hielt es Lina hin.
Als Hitler das rosa Kaninchen stahl las Lina. Zögernd nahm sie es in die Hand, es war enttäuschend dünn. Aber klein gedruckt, stellte sie zufrieden fest, als sie es aufschlug. Dann las sie den Klappentext. Das Buch handelte von einer Familie, die vor den Nazis fliehen musste, erst in die Schweiz, dann nach Frankreich und schließlich nach England. »Das scheint wirklich interessant zu sein«, sagte Lina. »Aber es ist so dünn. Ich möchte auch so ein dickes Buch wie meine Freundin.«
Frau Schmidtmann schmunzelte. »Du kannst wirklich nie genug bekommen, was?«
Lina schüttelte grinsend den Kopf. »Von Büchern und Heidelbeerquark nie«, sagte sie.
»Na, dann guck mal!« Frau Schmidtmann zog noch zwei Bücher aus dem Regal. »Es gibt noch zwei weitere Bände.«

»Oh, gut!« Lina ließ sich auf dem Hocker neben Ruth nieder und begann zu lesen. Mann, das war spannend, von der ersten Seite an! Und wenn sie es richtig sah, dann steckte eine Menge Vergangenheit darin. Außerdem handelte es von einer richtigen Familie, mit Mutter und Vater und Tochter und Sohn. Aber – sicher sein konnte man da ja nie. Lina stand auf und suchte Frau Schmidtmann. Die hockte zwischen den Regalen und sortierte zurückgegebene Bücher ein, die sich auf einem großen Rollwagen stapelten. »Lassen die Eltern von dieser Anna sich irgendwann scheiden?«, fragte Lina.

Frau Schmidtmann sah überrascht zu ihr auf. »Nein. Im Gegenteil, sie waren froh, dass sie alle zusammen waren! Manchmal war es für die Eltern natürlich nicht leicht und sie hatten auch ihre Probleme. Aber stell dir mal vor, die Heimat verlassen zu müssen ... da hält man zusammen.«

Lina nickte. »Okay, dann will ich das lesen. Darf ich gleich alle drei Bände ausleihen?«

»Aber natürlich!« Frau Schmidtmann kam etwas wackelig aus der Hocke. »Wie ich dich kenne, bringst du sie mir schon nächste Woche zurück und willst mehr.«

»Diesmal nicht«, sagte Lina. »Wir arbeiten ganz lange an dem Projekt. Ich brauche sie mindestens sechs Wochen.«

»Dann kannst du die Ausleihfrist ja verlängern«, sagte Frau Schmidtmann, »das ist kein Problem.«

Lina konnte es kaum erwarten, nach Hause zu kommen. Schon nach den ersten Seiten wusste sie, dass sie diese Bücher lieben würde.

Ihre Hausaufgaben erledigte sie im Schnelldurchgang. Nur an den Matheaufgaben blieb sie hängen. Aber nicht lange. Sie rief Ruth an. »Hat dein Opa schon Mathe raus?«
Ruth stöhnte. »Er ist wirklich nicht so trottelig, wie ich gedacht habe. Heute hat er sich die Aufgaben nicht mal angeguckt, sondern mir die Blätter gleich wieder zurückgegeben. Einmal reicht, hat er gesagt, und *ich* soll's lernen, *er* kann's nämlich schon.«
»Mist!«, sagte Lina aus tiefstem Herzen.
Und Ruth stimmte aus tiefstem Herzen zu. Aber dann hatte sie einen guten Vorschlag: »Wollen wir es zusammen versuchen?«
Sie verbrachten eine geschlagene Stunde am Telefon. Aber dann hatten sie die Aufgaben nicht nur gelöst, sondern sogar verstanden.
»Ich weiß gar nicht, warum wir uns so angestellt haben. Was machst du jetzt noch?«, fragte Lina, als sie endlich fertig waren.
»Lesen. Mein Buch ist ganz toll.«
»Meins auch.«
»Wollen wir tauschen, wenn wir sie durchhaben?«, schlug Ruth vor. »Dann können wir uns gegenseitig Tipps für das Projekt geben.«
»Unbedingt!« Lina war sofort begeistert von dieser Idee. So würde das Projekt doppelt Spaß machen. Wie hatte sie Ruth nur je für eine Schlaftablette halten können? Und glauben können, man könne sich nicht mit ihr unterhalten? Sie war die beste Freundin zum Reden, die man sich vorstellen konnte!

Und dann kam endlich der Donnerstag. Schon fünf Minuten vor dem letzten Klingeln begann Lina leise und unauffällig, ihre Sachen einzupacken, damit sie mit dem ersten Ton des Schulgongs aus dem Klassenzimmer stürzen konnte. Sie freute sich so auf ihren Vater!

Aber sie hatte sich umsonst beeilt. Er war noch gar nicht da. Doch wenigstens ergatterte sie so einen Platz auf der kleinen Bank an der Bushaltestelle. Was allerdings, wie sie bald merkte, eine äußerst ungünstige Stelle war, denn die vielen Schüler, die nach und nach herbeiströmten, nahmen ihr die Sicht auf die Straße. Also schulterte sie ihre Tasche und ging ein Stück weiter, um sich direkt an den Rand des breiten Bürgersteigs zu stellen. Hier würde ihr Vater sie bestimmt sehen.

Nach einer Viertelstunde waren fünf Busse an ihr vorbeigefahren und der Platz vor der Schule hatte sich geleert. Lina wanderte zurück und setzte sich wieder auf die verlassene Bank. Und wartete. Noch eine Viertelstunde. Aber ihr Vater tauchte nicht auf. Ob er ihre Verabredung vergessen hatte?

Schließlich ging sie zurück in die Schule. Zum Glück war Frau Reck-Esser, die Schulsekretärin, noch da. »Darf ich mal telefonieren?«, fragte Lina.

Frau Reck-Esser stellte ihr den Apparat auf den Tresen. »Handy oder Festnetz?«

»Handy«, sagte Lina.

»Fünfzig Cent«, sagte Frau Reck-Esser und Lina begriff nun, warum sie von den älteren Schülern Dreckfresser genannt wurde. Sie spuckte einem die Brocken hin, als hätte sie wirklich Dreck gefressen.

Lina kramte nach ihrem Portemonnaie und legte fünfzig Cent neben das Telefon, die Frau Reck-Esser wegschnappte, als könnten sie verloren gehen, und tippte Papas Handynummer ein. Es klingelte nicht einmal, sondern sofort kam diese blöde Ansage: »The person you have called is temporarily not available. – Der gewünschte Gesprächspartner ist zurzeit nicht erreichbar. – The person …« Na, toll!

»Darf ich es noch auf dem Festnetz probieren?«, bat Lina.

»Zwanzig Cent!«

»Aber …«

»Zwanzig Cent!« Dreckfresse – das ›r‹ am Ende, fand Lina, war völlig überflüssig – trommelte mit langen, roten Fingernägeln auf den Tresen und starrte Lina aus kalten, schwarz umrandeten Augen an.

Die hätte Kassiererin in einem Gruselkabinett werden sollen, dachte Lina, während sie noch einmal eine Münze auf den Tresen legte. Wer war bloß auf die Idee gekommen, sie ausgerechnet in einer Schule anzustellen?

Lina suchte in ihrem Notizbuch nach Papas neuer Nummer. Die kannte sie nämlich noch nicht auswendig.

Schon nach dem ersten Klingeln wurde abgenommen und Lina hörte eine schluchzende Verena: »Ja?«

»Ich hätte gern meinen Vater gesprochen«, sagte Lina. »Hier ist Lina.«

»Ja, aber …«, wieder ein Schluchzen, »ich dachte, er wäre mit dir essen und«, ein Schniefen, »und hat darum sein Handy abgestellt.«

»Nein, er ist nicht gekommen«, sagte Lina.

Verena schluchzte noch einmal auf. »Oh Gott, wenn ihm etwas passiert ist! Ich … ich weiß gar nicht, was ich machen soll!« Sie klang sehr verzweifelt.
»Was ist denn?«, fragte Lina. »Warum weinst du?«
»Ich blute! Ich blute ganz schrecklich!«
Lina rollte mit den Augen und drehte sich von Dreckfresse weg, die sie neugierig beobachtete und ganz lange Ohren machte. Hatte sie es plötzlich nur noch mit abgedrehten Zicken zu tun? Wenn Verena blutete, sollte sie sich ein Pflaster holen, das war doch kein Grund, so ein Theater zu machen! Lina hatte schon ganz oft geblutet, auch schrecklich. »Wo blutest du denn?«, fragte sie. Sie selbst hatte es meistens an den Knien erwischt, aber Erwachsene bluteten eher an den Händen, vom Kartoffelschälen oder so.
»Ich glaube, ich verliere das Kind! Ich habe so große Schmerzen!«, wimmerte Verena.
Au wei! Das war wirklich etwas anderes als ein aufgeschlagenes Knie oder ein ausgerutschtes Küchenmesser. Und Papa war nicht zu erreichen. »Du musst einen Arzt anrufen«, sagte Lina.
»Aber ich kenne doch keinen! Ich wohne doch erst seit Kurzem hier! Ich kenne niemanden!«, rief Verena hilflos.
»Ich komme zu dir«, sagte Lina. »In zehn Minuten bin ich da.« Wenn sie rannte, schaffte sie das. So weit war es nicht.
Sie pfefferte den Hörer auf den Apparat und lief aus dem Büro.
»Danke heißt das immer noch!«, bölkte Dreckfresse hinter ihr her.

»Bitte!«, rief Lina über die Schulter und dann war sie auch schon auf der Straße. Und rannte, so schnell sie konnte. An wen sollte sie sich bloß wenden, wenn es wirklich schlimm um Verena stand? Sie konnte doch unmöglich ihre Mutter anrufen! Tante Agnes? – Nein, das passte irgendwie auch nicht. Ruth? – Die würde genauso hilflos sein wie sie selbst. Ihre Oma? – Die würde Verena was husten, sie war total sauer auf Papa und seine neue Freundin. »So ein junges Ding!«, hatte sie gestern geschnaubt, als sie zum Abendessen da gewesen war. »Schnappt dir den Mann weg! Findet sie keinen in ihrem Alter?«

»Mama!«, hatte Linas Mutter gesagt. »Es ist doch egal, wie alt sie ist. Außerdem ist es nicht ihre Schuld, dass es zwischen Gert und mir nicht mehr geklappt hat.«

»Na und?« Linas Oma hatte vor Empörung gepumpt wie ein Wiesenfrosch. »Dann hätte er sich wenigstens eine Frau suchen können, die zu ihm passt!«

Das fand Lina eigentlich auch. Oder – noch besser – er hätte sich erst einmal gar keine andere Frau gesucht. Aber dann wäre er ganz allein gewesen, das wollte sie auch nicht. Mama und sie waren ja auch zu zweit. Trotzdem. Ausgerechnet Verena?

Auf den letzten hundert Metern wurde Lina langsamer. Sie hatte Seitenstechen und sie bekam kaum noch Luft. Als sie auf Verenas Klingelknopf drückte, fühlte sie sich ziemlich schwach und wackelig.

19. Kapitel

Die Wohnungstür stand offen, als Lina im ersten Stock ankam. Verena hatte sich schon wieder ins Schlafzimmer geschleppt. Ganz klein und bleich lag sie auf dem Bett und Lina nahm die rosa Wände und das riesige Lichterkettenherz über dem Bett kaum wahr.

Aber sie sah die blutdurchtränkten Handtücher auf dem Fußboden neben dem Bett und Verenas verweintes Gesicht, ungeschminkt, die Nase rot, die Augen verquollen. Wie ein Kind lag Verena da, ganz klein und eingerollt, und hielt sich den Bauch. »Ich habe solche Schmerzen«, flüsterte sie.

Lina sah sich hilflos um. Hier konnte sie gar nichts tun, um zu helfen, so viel war klar. Verena brauchte einen Arzt, und zwar sofort. »Wo ist dein Telefon?«, fragte sie.

Verena deutete mit einer Kopfbewegung zum Nachttisch. »Aber ich hab's tausendmal probiert. Das Handy ist immer noch ausgeschaltet.«

Linas Herz klopfte bis zum Hals, als sie die Nummer tippte: eins – eins – zwei. »Ja, guten Tag, hier ist Lina Weyhe. Hier ist ein Notfall, in der Albrechtstraße sieben, bei Mainhardt. Eine Frau hat große Bauchschmerzen und sie blutet ganz doll …«

»Ein Unfall?«
»Nein, sie liegt im Bett und …«
»Wir kommen.«
Lina drückte auf den Aus-Knopf. Hatte sie total übertrieben oder es gut gemacht? Zumindest hatte sie es richtig gemacht: Adresse, Anzahl der verletzten Personen – genau so hatten sie das neulich besprochen, als Womo diese Sanitäter in die Schule eingeladen hatte und sie zwei ätzend langweilige Tage lang etwas über Erste Hilfe lernen mussten. »Das kann man gar nicht früh genug lernen«, hatte Womo gesagt und vielleicht war da auch was dran, wie an so vielen nervenden Erwachsenensprüchen.
Lina kauerte sich auf den Bettrand und sah Verena an. »Willst du was trinken?«
Verena schüttelte den Kopf. Ihr Haar war zerzaust und ohne das Make-up sah sie noch jünger aus.
Auf einmal tat sie Lina leid. »Kennst du wirklich niemanden hier?«
Verena schüttelte matt den Kopf. »Nicht richtig. Meine Eltern wohnen in einem kleinen Ort im Harz, da habe ich auch meine Freunde. Aber als ich die Stelle hier bekam, bin ich eben weggegangen, weil …«, sie hielt sich schon wieder den Bauch und krümmte sich, »weil … da gab's halt keine Arbeit.«
Plötzlich hörten sie die Sirene des Krankenwagens. Erschrocken sahen sie sich an und Lina wurde ganz schwummerig. Das hatte sie gemacht! Wenn man die 112 nur zum Spaß anrief, musste man das bezahlen, und das war sehr, sehr teuer. Das hatten die Sanitäter in der Schule auch gesagt.

Mit zitterndem Finger drückte Lina auf den Türöffner, als es klingelte. Drei Männer kamen im Eilschritt die Treppe herauf.
»Wo?«, fragte der erste atemlos.
Lina zeigte auf die Schlafzimmertür. Dann wartete sie im Flur.
Schließlich kam einer der Männer wieder heraus. »Sie muss sofort ins Krankenhaus.« Er strich Lina über das Haar. »Hast du uns angerufen?«
Lina nickte beklommen.
»Das hast du goldrichtig gemacht. Wie heißt du denn?«
»Lina.« Sie hatte plötzlich einen ganz trockenen Mund.
»Ist das deine Schwester?«
Lina schüttelte den Kopf. Sie hatte keine Idee, wie sie dem Mann erklären sollte, wer Verena war. »Muss sie sterben?«, fragte sie.
Der Mann lachte. »Nein! Aber sie muss behandelt werden. Willst du mitkommen?«
Lina nickte wieder. Sie musste bei Verena bleiben, sonst war sie ganz allein. Und wie sollte Papa dann je erfahren, wo sie geblieben war? »Darf ich noch mal zu ihr?«
»Aber ja«, sagte der Mann, »geh nur.«
Lina ging ins Schlafzimmer, während die anderen beiden Männer in ihren roten Westen an ihr vorbeistiefelten. »Ich nehme dein Handy mit, okay?«, sagte sie zu Verena.
Die sah sie dankbar an. »Wenn du nicht gekommen wärest …« Sie schloss die Augen. Ihr Gesicht war ganz schmal und weiß, wie durchsichtig.
Lina blickte sich um. Sollte sie noch etwas mitnehmen? Aber

was? Bevor sie sich noch entscheiden konnte, waren die beiden Sanitäter wieder da, mit einer Trage und einer Decke.
Danach ging alles ganz schnell. Ehe Lina sich versah, saß sie neben Verena im Rettungswagen und sie brausten mit Sirenengeheul durch die Stadt. Das war aufregend, aber Lina hatte viel zu viel Angst, um es zu genießen. Wenn Verena nun doch sterben musste? Vielleicht hatte der Arzt ihr nicht die Wahrheit gesagt, weil er sie nicht erschrecken wollte. Und wo, zum Teufel, war eigentlich Papa? War ihm am Ende auch etwas zugestoßen?

Dann kam das lange Warten in einem trostlosen Krankenhausgang. Sie hatten Verena in die Notaufnahme gebracht und eine Schwester hatte zu Lina gesagt, sie sollte sich hierhersetzen und warten, sie bekäme Bescheid. Sie hatte ihr noch ein Glas Mineralwasser gebracht und freundlich gelächelt, aber das war's.
Lina tippte sich durch das Adressbuch in Verenas Handy. Es war lang, aber natürlich kannte sie keinen der Namen. Nur Gert. *Gert Handy* fand sie und *Gert Kanzlei*. Sie rief *Gert Handy* an. »The person you have called …« Lina drückte die freundliche Frauenstimme weg und wählte *Gert Kanzlei*. Besetzt.
Sie erschrak, als das Handy in ihrer Hand klingelte. *Gert Handy ruft an* stand im Display und Lina drückte erleichtert auf den grünen Knopf. »Papa! Endlich!«
»Lina? Du?«
»Papa, du musst sofort kommen! Wir sind im Krankenhaus! Verena geht es schrecklich schlecht und …«

»In fünf Minuten bin ich da!« Und dann war seine Stimme auch schon weg.

Lina lehnte sich zurück. Puh! Endlich! Wenn Papa kam, würde alles gut werden – hoffentlich!

Da öffneten sich die Türen am Ende des Ganges und ein Bett wurde herausgerollt. Lina sprang auf. »Verena!«

Die Schwester, die das Bett schob, schüttelte den Kopf. »Sie schläft. Aber mach dir keine Sorgen.« Sie schob Verena in den Fahrstuhl und die Türen schlossen sich hinter ihr.

Lina hätte am liebsten geweint. Vor Erleichterung und vor Wut. Warum sagten die ihr nichts? Bloß weil sie ein Kind war?

Aber da kam Papa. Lina stürzte in seine Arme. Er drückte sie viel zu fest, aber das machte nichts. Außerdem ließ er sie sofort wieder los, um mit der Schwester zu sprechen, die in dem kleinen Glasbüro saß und Lina vorhin das Mineralwasser gebracht hatte.

Aber viel erfuhr er nicht. Nur, dass Verena auf Station 09 lag und er dort mit dem Arzt sprechen könne.

Papa machte ein finsteres Gesicht und griff nach Linas Hand. »Komm!«

Auf Station 09 musste Lina wieder auf einem der ekligen Plastikstühle warten, an denen man festklebte, wenn man schwitzte vor Angst.

Papa verschwand im Schwesternzimmer. Dann hastete ein Arzt in den Raum. Lange passierte nichts. Dann eilte Papa hinter dem Arzt an Lina vorbei, rief: »Gleich, mein Kätzchen!«, und schon wieder schloss sich eine Tür hinter ihm.

Lina sackte auf dem ollen Stuhl zusammen. Warum sagte ihr niemand etwas? Unschlüssig spielte sie mit dem Handy in ihrer Hand. Am liebsten hätte sie Mama angerufen. Oder Tante Agnes. Oder Ruth. Oder ihre Oma. Irgendjemanden aus *ihrer* Welt.

Diesmal dauerte es nicht lange, bis die Tür des Krankenzimmers wieder geöffnet wurde. Der Arzt kam heraus und eilte vorbei, ohne Lina eines Blickes zu würdigen. Aber ihr Vater winkte sie heran und legte den Finger auf die Lippen. »Sie schläft noch. Aber komm nur herein.«

Verena lag allein in dem Zimmer, das zweite Bett war leer. An einer Wand standen ein kleiner Tisch und zwei Stühle. Linas Vater stellte die Stühle neben Verenas Bett und sie setzten sich.

»Was ist nun mit ihr?«, fragte Lina flüsternd.

»Sie hatte eine Fehlgeburt«, antwortete ihr Vater ebenso leise. »Und sie hat sehr viel Blut verloren.«

»Also war es wirklich richtig, dass ich den Notarzt gerufen habe?«, vergewisserte Lina sich noch einmal. Das hatte der zwar schon gesagt, aber vielleicht war er einfach nur nett gewesen und hatte ihr nicht noch mehr Angst machen wollen, aber das dicke Ende kam hinterher.

Ihr Vater sah sie ungläubig an. »*Du* hast den Notarzt gerufen?«

Lina nickte ängstlich. »War das doch falsch? Müssen wir jetzt eine Strafe zahlen?

»Nein, natürlich nicht. Du hast das einzig Richtige getan,

Kätzchen. Ich dachte, Verena hätte ihn selbst …« Er unterbrach sich. »Wieso warst du überhaupt bei ihr?«
Lina berichtete ihrem Vater, wie sie versucht hatte, ihn zu erreichen, nachdem sie eine halbe Stunde vergeblich vor der Schule auf ihn gewartet und schließlich Verena ans Telefon bekommen hatte. »Wo warst du überhaupt?«, fragte sie, als sie geendet hatte.
Er schaute sie schuldbewusst an. »In einer Gerichtsverhandlung. Lina, es tut mir unendlich leid, aber die Sache hat sich völlig anders entwickelt, als ich vorher gedacht habe. Es war wirklich heikel, es ging um Gefängnis oder nicht, und der Richter war meinem Mandanten nicht wohlgesonnen. Er hatte einen Zeugen geladen, mit dem ich nicht gerechnet hatte, und ich konnte unmöglich eine Unterbrechung beantragen.«
»Und? Muss dein Mandant nun ins Gefängnis?«, fragte Lina.
»Das konnte ich gerade noch abwenden, aber es stand auf des Messers Schneide, darum hat es auch so furchtbar lange gedauert. Kannst du mir noch einmal verzeihen?«
Lina nickte. »Jetzt bist du ja da. Und ich bin froh, dass ich nichts Falsches gemacht habe.«
Ihr Vater lächelte. »Du hast dich vorbildlich verhalten! Und es war sehr lieb von dir, dass du überhaupt zu Verena gegangen bist.«
»Sie hat gesagt, sie kennt hier niemanden«, erklärte Lina, »da musste ich es doch tun.« Aus Liebe hatte sie nicht gerade gehandelt, das wollte sie lieber klarstellen.
»Nein, du *musstest* es nicht. Jeder hätte verstanden, wenn du es nicht getan, sondern Verena nur geraten hättest, den Not-

ruf zu wählen.« Er legte seine Hand auf Linas. »Ich bin sehr stolz auf dich, Kätzchen. Du hast großes Verantwortungsgefühl gezeigt, mehr, als man von einem Mädchen in deinem Alter eigentlich erwarten kann.«

»Papa, ich bin *zehn*!«

Er lächelte wieder. »Eben. Für eine Zehnjährige ist so viel Umsicht bemerkenswert.«

»Das kommt, weil ich schneller groß werden muss, als normal wäre«, erklärte Lina ihm.

Er sah sie verblüfft an, doch in diesem Moment regte sich Verena und schlug die Augen auf. »Gert?«

Linas Vater rückte seinen Stuhl sofort näher an ihr Bett und griff nach ihrer Hand. »Süße, wie fühlst du dich?«

Lina rutschte unbehaglich auf ihrem Stuhl hin und her. Sollte sie die beiden nicht besser erst einmal allein lassen? »Ich gehe mal eben auf die Toilette«, sagte sie.

Das tat sie auch wirklich. Und dann wusch sie sich ganz lange und gründlich die Hände. Und dann spazierte sie noch ein wenig durch das Krankenhaus. Unten in der Halle gab es einen Kiosk und plötzlich merkte Lina, wie hungrig sie war. Sie kaufte einen Schokoriegel und eine Cola, und gerade als sie bezahlen wollte, sah sie, dass es hier auch Kaffee zum Mitnehmen gab. Darüber würde ihr Vater sich bestimmt freuen. Er war geradezu kaffeesüchtig und nach der langen Gerichtsverhandlung und der ganzen Aufregung hier litt er bestimmt an Entzugserscheinungen. Also ließ sie sich einen großen Becher geben. Für Verena kaufte sie nichts. Sie war sich nicht sicher, ob die überhaupt schon etwas essen oder trinken durfte.

Außerdem konnte sie ja einfach nach der Schwester klingeln und sich etwas bringen lassen, das konnten Besucher nicht. Jetzt hatte sie ihren Vater und Verena fast zwanzig Minuten allein gelassen, das musste reichen, fand sie. Und schließlich sollte der Kaffee auch nicht kalt werden. Vorsichtig klopfte sie an die Krankenzimmertür und drückte die Klinke mit dem Ellbogen hinunter. Sie hatte ja beide Hände voll.

Ihr Vater kam ihr sofort zur Hilfe. »Wo warst du denn so lange?«

»Einkaufen!« Lina hielt ihm den Kaffeebecher hin.

»Kätzchen, du bist eine wahre Lebensretterin!« Er riss den Deckel von dem Pappbecher und trank in langen Zügen. »Wunderbar!«

Lina knabberte an ihrem Schokoriegel. »Soll ich der Schwester sagen, dass sie dir auch etwas bringen soll?«, fragte sie Verena.

Die schüttelte den Kopf. »Nein, danke.« Sie war immer noch sehr blass und Lina sah, dass sie wieder geweint hatte. Jetzt aber brachte sie ein schwaches Lächeln zustande. »Komm mal zu mir«, sagte sie und streckte die Hand aus.

Lina stellte ihr Getränk ab und ergriff sie. Ganz schlaff und kühl fühlte sie sich an, richtig matt.

»Ich weiß gar nicht, wie ich dir danken soll«, sagte Verena. »Du warst einfach großartig. Jetzt verstehe ich, warum dein Vater immer so von dir schwärmt. Das hat mich ein bisschen eifersüchtig gemacht und darum habe ich mich neulich auch so blöd benommen, als du bei uns warst. Hinterher habe ich mich sehr dafür geschämt.« Sie drückte Linas Hand.

Lina setzte sich vorsichtig auf die Bettkante. »Ich war auch nicht nett«, sagte sie. »Aber du musst nicht eifersüchtig sein. Ich will dir meinen Vater doch nicht wegnehmen. Ich will nur manchmal auch etwas von ihm haben. Und«, fügte sie mutig hinzu, »ich möchte ihn auch ab und zu allein sehen können.«

»Das sollst du auch«, erwiderte Verena, »so oft du willst. Aber ich würde mich freuen, wenn wir uns auch anfreunden könnten.«

»Damit fangen wir doch gerade an, oder?«, sagte Lina.

Verena lachte ein bisschen und hielt sich sofort den Bauch.

»Hast du noch Schmerzen?«, fragte Lina erschrocken.

»Nein, nein, es geht schon. Es ist nichts gegen vorhin. Da waren sie so schlimm, dass ich ja nicht einmal mehr klar denken konnte. Ich hätte längst einen Notarzt rufen sollen, aber ...«

Linas Vater unterbrach sie. »Vielleicht war es ganz gut, dass du damit gewartet hast. Geändert hätte es sowieso nichts, wenn er früher da gewesen wäre, aber so seid ihr zwei euch wenigstens nähergekommen.«

»Also, Papa, manchmal bist du echt herzlos«, sagte Lina empört. »Verena ging es saudreckig! Natürlich hätte es etwas geändert, wenn sie das weniger lange hätte aushalten müssen.«

Ihr Vater blickte betreten in seinen leeren Kaffeebecher. »Na ja ...«

Aber Lina hatte sich schon wieder Verena zugewandt. Sie hielt noch immer ihre Hand. »Bist du sehr unglücklich wegen des Babys?«

Verena lächelte traurig. Sie nickte und schluckte und wahrscheinlich hätte sie gern wieder geweint.

»Aber ihr könnt es doch noch mal versuchen«, sagte Lina. »Oder kannst du nun ...?« Keine Kinder mehr kriegen, hatte sie fragen wollen, aber das wagte sie nicht.

Doch Verena hatte auch so verstanden. »Doch«, sagte sie, »ich kann noch Kinder bekommen. Vielleicht war es jetzt sowieso zu früh.«

Linas Vater beugte sich über das Bett und streichelte ihr blasses Gesicht. »Nun erhol dich erst einmal, meine Süße. Ich fahre Lina nach Hause, dann bringe ich dir ein paar Sachen und bleibe den Abend über hier. Und wir zwei«, er zwinkerte Lina zu, »holen unsere Verabredung morgen nach. Und ich verspreche dir – dann bin ich garantiert da, denn ich sage alle meine Termine für morgen ab. Und außerdem darfst du das ganze Heidelbeereis alleine essen.«

»Ach«, sagte Lina großzügig, »ein bisschen lasse ich dir. Wenn du gar nichts abkriegst, lädst du mich vielleicht nicht noch einmal ein.«

Als sie das Krankenhaus verließen, fiel Lina ein, dass ihre Schultasche noch in Verenas Wohnung stand.

»Dann fahren wir erst da vorbei«, sagte ihr Vater. »Wenn du einverstanden bist, packe ich bei der Gelegenheit gleich die Sachen für Verena ein, dann muss ich auf dem Rückweg nicht noch einmal einen Umweg fahren.«

»Sie ist bestimmt froh, wenn sie aus dem hässlichen Krankenhausnachthemd herauskommt. In dem Ding muss man sich ja

doppelt krank fühlen«, sagte Lina munterer, als ihr zumute war. Vor allem, überlegte sie, war ihr Vater bestimmt froh, wenn er endlich wieder zu Verena zurück ins Krankenhaus kam. Wahrscheinlich passte es ihm gar nicht, dass er jetzt erst noch seine Tochter durch die Gegend kutschieren musste.
»Ich kann auch mit dem Bus nach Hause fahren«, sagte sie tapfer. Das würde ewig dauern, die Nachmittagsbusse fuhren immer einen Riesenumweg, um noch drei Dörfer mehr abzuklappern.
Ihr Vater schüttelte den Kopf. »Quatsch«, sagte er.
Lina sah ihn von der Seite an. Sie hätte wer weiß was dafür gegeben, jetzt seine Gedanken hören zu können. Aber er starrte verbissen geradeaus. Hinter ihnen hupte es, ein Motorradfahrer schoss in einem halsbrecherischen Manöver rechts an ihnen vorbei, die Bremsen eines Lkws quietschten. Wie sollte man da etwas hören?

Linas Vater wurde bleich, als er die Handtücher auf dem Boden sah und die Blutflecken im Bett. »Du meine Güte«, murmelte er und stopfte die Handtücher schnell in die Waschmaschine.
»Sollen wir nicht auch das Bett abziehen?«, fragte Lina.
»Das mache ich später«, sagte er. »Damit halten wir uns jetzt nicht auf.«
Lina setzte sich in einen breiten Ohrensessel, der in einer Ecke des Zimmers stand, und zog die Beine auf die Sitzfläche. Ein Supersessel war das, knallrot und absolut kuschelig. »Den nehmt ihr aber mit, wenn ihr umzieht, oder?«, fragte sie.

Ihr Vater betrachtete den Sessel ohne große Begeisterung. »Wenn es nach mir geht, nicht. Warum? Willst du ihn haben?«

»Nein, nein, natürlich nicht«, sagte Lina hastig. Das wäre jetzt wirklich mies, wenn sie Verenas Dankbarkeit ausnutzen würde, um ihr das einzige gute Möbelstück abzuschwatzen, das sie hatte. »Er ist nur sehr schön und ich dachte, wenigstens der würde dir hier gefallen.«

»Nicht wirklich«, sagte ihr Vater und öffnete den Kleiderschrank.

Lina lehnte sich zurück. Ganz klein machte sie sich und schloss die Augen. Wie still es hier war nach der lauten Hektik des Feierabendverkehrs. So still, dass es doch eigentlich ganz leicht sein musste, etwas zu hören, oder?

Im Bad tropfte ein Wasserhahn. Papas Schuhe machten ein komisches Geräusch, während er hin und her ging. Irgendwo tickte eine Uhr.

Lina machte sich noch kleiner und lauschte, bis sie sogar den Atem ihres Vaters hören konnte. Nur den, darauf konzentrierte sie sich ganz fest. So lange, bis sie nichts anderes mehr hörte und ihr Verstand ganz leer war. Und da hörte sie es: Verdammt, ich hätte sie fragen sollen, was sie eigentlich braucht! Nachthemd? Schlafanzug? Hat sie so etwas überhaupt? – Ach ja, hier, das ist gut. Und Unterwäsche … herrje, wo ist die Unterwäsche? Ach, der Kosmetikkoffer, den will sie bestimmt … Mein Gott, was für ein Segen … kein Kind! Wenn sie nur nicht so traurig wäre … lästig. Aber nächstes Wochenende fahre ich mit ihr nach Sylt, da kommt sie auf andere Gedanken. Genau, ich werde sie richtig verwöhnen, vielleicht merkt sie dann, dass man auch anders glücklich sein, gerade glücklich sein kann … Den Jogginganzug? Soll ich den einpacken? … Aber die große Wohnung kaufen wir trotzdem, die ist fantastisch. Bringt Verena auch auf andere Gedanken, und ich muss endlich aus diesem rosa Loch hier raus … Schuhe! Sie braucht irgendwelche Schuhe … au Mann, Kofferpacken war noch nie meine Stärke, das hat Chris immer perfekt gemacht … Und für Lina richten wir das Zimmer doch ein, vielleicht … jetzt … und wenn sie erst in ein paar Jahren davon Gebrauch macht, aber ich wäre so glücklich, wenn sie sich bei uns wohlfühlen … verdammt, ich muss Grünberg anrufen, der wird Stunk machen, wenn ich den Termin morgen … aber jetzt ist erst einmal Lina dran, sie ist wichtiger als der alte Geldsack mit seinen windigen Geschäften … ach ja, ein, zwei Pullover braucht sie auch. Und einen Rock? Ach was, Hosen reichen … Lina schläft schon, die Ärmste. Mein Kätzchen, mein liebstes Kätzchen. Das ist das Schlimmste an allem, sie fehlt mir wirklich, meine Kleine. Aber Quatsch, wenn ich mich nicht weiter so blöd anstelle, verliere ich sie ja gar nicht, morgen reden wir einmal richtig … Die Kosmetika, um Himmels willen, was soll ich da nur …? Egal, ich stecke einfach alles in den Kosmetikkoffer, was reinpasst … Er ging ins Bad und Lina hörte Fläschchen und Döschen klappern. Noch immer verharrte sie in ihrem Dämmerzustand, weder schlafend noch wachend.

So, das war's, oder? Linas Vater war wieder ins Schlafzimmer gekommen. Sonst braucht sie ja wohl nichts für die paar Tage. Mein Gott, das Bett sieht aus! Als hätte man ein Schwein geschlachtet. Genau! Diese Frau Kern wollte ich anrufen, wir brauchen endlich eine Putzfrau. Hoffentlich putzt sie auch kernig … So, für Verena habe ich jetzt alles …

»Was zu lesen fehlt noch«, murmelte Lina.

Ihr Vater sah sie überrascht an. »Ich dachte, du schläfst?«
»Ich hab nur ein bisschen gedöst«, sagte Lina und streckte sich. Plötzlich fühlte sie sich wieder ganz frisch. Und – glücklich. Papas Gedanken waren zwar immer noch ziemlich chaotisch, fand sie, aber sie hatten ihr gutgetan. Viel besser als Reden, denn nun war sie sicher: Sie hatte immer noch zwei Eltern.
»Was zu lesen?«, fragte ihr Vater ratlos.
»Na klar!« Lina stand auf. »Sonst langweilt sie sich doch zu Tode. Wie lange muss sie überhaupt im Krankenhaus bleiben?«
»Bis Montag, wenn alles gut geht.«
»Na, siehst du. Wie soll sie das aushalten ohne Unterhaltung?«
Lina ging ins Wohnzimmer. Auf dem Tisch lag ein aufgeschlagenes Buch, *Die sanfte Geburt*. Na ja, das war im Moment bestimmt nicht das Richtige. Lina sah sich um. Viele Bücher hatte Verena nicht und die paar, die in dem kleinen Regal standen, sahen so aus, als hätte sie sie schon zigmal gelesen.
»Du kannst ja auf dem Weg zum Krankenhaus noch an der Buchhandlung haltmachen und ihr was kaufen«, schlug Lina vor. »Aber kauf bloß nichts, was mit Babys zu tun hat!«
Ihr Vater lachte. »Meine kluge Tochter!« Er schloss Lina in die Arme, sanft diesmal und lange. »Ich habe dich sehr, sehr lieb, meine Kleine.«
»Ich dich auch, Papa«, sagte Lina und spürte, wie sie ganz leicht wurde.

20. Kapitel

Lina hielt sich gar nicht erst damit auf, an der Tür zu klingeln, sondern lief gleich um das Haus herum in den Garten. Erst auf der Rückfahrt hatte sie gemerkt, wie warm und sonnig es heute war, also wühlte ihre Mutter bestimmt im Garten.

Aber nein. Sie saß faul auf der Terrasse in der Sonne und las. Natürlich ein Gartenbuch. Nun sah sie auf. »Na, war's schön?«

»Und wie!« Lina ließ sich in einen Stuhl fallen. »Verena hatte eine Fehlgeburt und wir sind mit Sirenengeheul durch die Stadt gerast und du hast recht – Papa hat mich immer noch lieb!«

Ihre Mutter richtete sich auf. »Kannst du mir das bitte alles mal der Reihe nach erzählen?«, bat sie.

Also erzählte Lina der Reihe nach. Mit dem Warten vor der Schule fing sie an und sogar Dreckfresse ließ sie nicht aus, obwohl sie die beinahe schon wieder vergessen hatte über all der Aufregung. »Und morgen kauft mir Papa ein Handy«, schloss sie und fügte, als sie das Gesicht ihrer Mutter sah, schnell hinzu: »Aber nur, wenn du es erlaubst. Er will dich deswegen noch anrufen. Es ist nur, damit so was wie heute nicht wieder passieren kann. Er hat gesagt, dass er mir sonst wenigstens eine SMS aus dem Gerichtssaal hätte schicken können. Das geht immer, hat er gesagt, auch wenn er nicht telefonieren kann.«

Ihre Mutter nickte bedächtig. »Ja, ich sehe ein, in solchen Situationen wäre es wahrscheinlich wirklich praktisch, wenn du ein Handy hättest. Dann hättest du auch mich anrufen können und ich hätte dich aus dem Krankenhaus abgeholt, als du so lange warten musstest.«

»Hm«, machte Lina, so, dass es wie Zustimmung klang. »Ich hätte dich gern angerufen«, sagte sie und wenigstens das war ehrlich. Dass sie nun sehr froh war, es nicht getan zu haben, sagte sie nicht. Es hätte Mama vielleicht wehgetan zu hören, dass Lina heute die besten Sachen erlebt hatte, nachdem sie sie *nicht* angerufen hatte – das Gespräch mit Verena und die Zeit mit Papa in Verenas Wohnung.

»Und nun holst du also morgen deine Verabredung mit Papa nach?«, fragte ihre Mutter.

»Ja. Oder ist das nicht okay?«

»Doch, doch, natürlich. Ich hatte zwar eigentlich andere Pläne, aber das können wir auch verschieben.« Linas Mutter klang ein bisschen enttäuscht.

»Was denn?«, fragte Lina neugierig.

Ihre Mutter zwinkerte ihr zu. »Überraschung!«

»Och, Mama, nun sag schon! Bitte!«

Ihre Mutter lachte übermütig. »Keine Chance! Nun musst du dich eben bis übermorgen gedulden. Oder bis Sonntag, mal sehen.«

»Das ist gemein! Nur weil ich mich mit Papa treffe, schiebst du irgendwas Schönes auf! Wenn ich gewusst hätte, dass du eine Überraschung planst, hätte ich mich doch nie für morgen mit ihm verabredet!«
Ihre Mutter sah sie an. Aus dunklen Augen. »Du hast recht«, sagte sie und auch ihre Stimme war dunkel, »das war gemein.« Sie seufzte. »Lina, ich muss das erst einmal lernen, dich mit Papa zu teilen. Plötzlich führst du ein zweites Leben, an dem ich nicht mehr teilhabe, und wie es scheint, machst du das auch ganz prima und sehr selbstständig, aber ...« Sie stockte.
Lina war ganz erschrocken. »Aber, Mama, ich gehöre doch trotzdem vor allem zu dir! Du musst nicht traurig sein!«
Ihre Mutter lächelte. Genau wie Verena vorhin, traurig und schwach. »Ich weiß«, sagte sie. »Ich will auch nicht traurig sein. Es ist nur ... Weißt du, ich freue mich ja auch, dass du so eigenständig wirst, aber ...«, wieder hielt sie inne, um nachzudenken, »es ist einfach schwierig für eine Mutter loszulassen. So wie dir das Großwerden manchmal wehtut, so tut es mir auch weh.«
»Mama!« Lina hörte, dass sie das in genau dem Ton sagte, in dem ihre Mutter oft mit Oma sprach. »Wenn ich groß werde, hab ich dich doch trotzdem noch genauso lieb. Das hat doch nichts mit dem Alter zu tun.«
»Nein«, gab ihre Mutter zu, »wahrscheinlich nicht. Aber manchmal wünsche ich mir die ganz kleine Lina zurück, die ich ganz für mich allein hatte. Das war sehr süß.«
»Aber so etwas kannst du doch sofort wieder haben«, sagte

Lina grinsend. »Du musst nur Isabels Vater heiraten, der wünscht sich dringend einen Stammhalter. Dem kannst du noch jede Menge Kinder in die Welt setzen, dafür würde er dir die Füße küssen! Und ganz für dich allein haben kannst du sie auch. Der würde sich kein bisschen um sie kümmern, wetten?«

Linas Mutter lachte. Und wie! »Ich glaube, eine große Tochter, mit der ich über die Welt lachen kann, ist viel besser als eine *niedliche* Tochter.«

Am nächsten Mittag ließ Lina sich mehr Zeit. Sie packte ihre Sachen erst zusammen, nachdem es geklingelt hatte, und dann schlenderte sie gemächlich mit Ruth die Treppe hinab. »Bleibt es bei morgen?«, fragte sie.

»Klar! Ich nehme den Bus um zehn.«

Sie hatten sich zu einem Lesewochenende verabredet, Ruth durfte bei Lina übernachten. Und Linas Mutter hatte hoch und heilig versprochen, dass sie abends nicht kommen würde, um das Licht auszumachen. »Selbst wenn ihr den ganzen Sonntag verschlaft, ist das auch egal«, hatte sie gesagt. »Das braucht man mal.«

»Deine Mutter ist wirklich klasse«, sagte Ruth.

»Mein Vater auch«, sagte Lina. »Guck mal, er wartet schon!«

»Na, dann! Viel Spaß!«

»Hi!« Lina warf ihre Tasche auf den Rücksitz, ließ sich daneben fallen und gab ihrem Vater einen Kuss. »Wie geht's Verena?«

»Gut, schon viel besser als gestern«, erzählte ihr Vater. »Das mit den Büchern war eine prima Idee von dir. Ich hab ihr Krimis gekauft, das lenkt sie ab.«

»Ist sie sehr traurig?«

»Ich weiß nicht. Einerseits ja, andererseits ... irgendwie scheint mir, ist sie auch froh. Wir wollten eigentlich kein Kind, weißt du.«

Wir? Oder *er* nicht? – Egal. Es war, wie es war. Und jetzt hatte Lina erst einmal Hunger. Heute wollte sie einfach nur mit ihrem Vater zusammen sein, ohne Probleme.

Nachdem sie bestellt hatten, berichtete sie ihm von dem neuen Projekt und dem Buch, das sie gerade las. Ihr Vater erzählte ihr viel über die Zeit, in der es spielte, und langsam verstand Lina vieles, das ihr beim Lesen Rätsel aufgegeben hatte. Vor allem aber begriff sie, dass sich zwischen ihrem Vater und ihr gar nichts ändern musste, wenn sie sich nicht vor ihm verschloss wie neulich bei ihrer ersten Chance. Heute redete sie mit ihm ja sogar besser als ... ja, seit wann eigentlich? So viel Zeit hatte er für sie schon seit Monaten nicht mehr gehabt.

»Du, Papa?«, begann sie vorsichtig, als das Eis serviert worden war. Sie hatten den großen Früchtebecher bestellt, aber nur mit Heidelbeereis. Warum waren sie auf diese Idee nicht schon früher gekommen?

»Ja?« Ihr Vater angelte sich genau die Erdbeere, die Lina gerade ins Visier genommen hatte.

»Das nächste Mal bestellen wir zwei kleine Früchtebecher«, sagte Lina und nahm schnell das Stück Ananas, das einzige.

»Wolltest du mir das sagen?«, fragte ihr Vater.

»Nein, ich wollte ...« Sie zögerte. Vielleicht war ihr Wunsch doch zu unbescheiden? Schließlich hatte ihr Vater viel zu tun und bestimmt musste er jetzt noch mehr Geld verdienen, wenn er so eine große Wohnung kaufen wollte.

»Na, komm, spuck's schon aus!«, forderte er sie auf.

»Ihhh! Das Eis?« Sie grinste. Kleiner Zeitgewinn.

»Was du sagen wolltest.«

»Hm, ja, also ...« Sie legte ihren Löffel beiseite und sah ihren Vater an. »Kannst du mich ganz fest in deinen Terminkalender einbauen, jede Woche? Donnerstags von eins bis drei – mit Lina essen gehen. Es muss ja nicht jedes Mal hier sein, eine Bratwurst reicht auch, aber ich will Zeit mit dir haben, ganz regelmäßig. Sonst ... sonst verlieren wir uns vielleicht doch.«

Ihr Vater dachte nach. »Lina, ich kann dir nicht versprechen, dass das immer klappt. Du weißt doch, wie unregelmäßig meine Termine sind und ...«

»Aber du kannst es doch wenigstens versuchen! Und wenn es donnerstags nicht klappt, dann eben am Dienstag oder Mittwoch!«

»Und wenn wir uns für die Samstage verabreden?«, schlug ihr Vater vor.

Lina schüttelte den Kopf. »Das ist Mist, da vermasseln wir uns lauter andere Sachen. Morgen zum Beispiel bin ich mit Ruth verabredet und am nächsten Wochenende willst du mit Verena ...« Sie brach erschrocken ab. Nach Sylt fahren, hatte sie sagen wollen, aber das wusste sie ja nur aus seinen *Gedanken*! »... bestimmt irgendwohin fahren, damit sie sich noch besser erholen kann«, beschloss sie ihren Satz. Gut gemacht, fand sie.

»Das hatte ich mir tatsächlich überlegt«, sagte ihr Vater überrascht. »Du hast recht, die Wochenenden sind wirklich nicht geeignet für einen festen Termin. Was nicht heißt, dass wir uns da nie verabreden können, aber die Idee, dass wir uns regelmäßig im normalen Alltag sehen, gefällt mir sehr. Das«, er lächelte Lina an, »wäre wie eine kleine Zeitinsel nur für uns beide. Pass auf, wir machen das so: Ich sage meiner Sekretärin, dass die Zeit donnerstags zwischen eins und vier absolut tabu für Termine ist. Wenn aber ausgerechnet dann ein Gerichtstermin anberaumt sein sollte, soll sie mir in derselben Woche eine andere Auszeit freihalten, okay?«

»Super!« Lina nahm ihren Löffel wieder auf und stieß prompt mit dem ihres Vaters zusammen. Sie lachten. »Langsam finde ich es richtig gut, dass wir uns scheiden lassen«, sagte sie. »So viel Zeit hattest du früher nicht für mich.«

»Nein«, sagte ihr Vater nachdenklich. »Als wir noch zusammenlebten, habe ich alles für selbstverständlich gehalten und gedacht, wir hätten alle Zeit der Welt. Und jetzt sehe ich, wie schnell du dich veränderst, und plötzlich habe ich große Angst, etwas davon zu verpassen.«

Das würde er auch, dachte Lina, ganz viel. All die alltäglichen, scheinbar unwichtigen Kleinigkeiten und auch die großen, wichtigen Dinge, die alle zusammen das richtige Leben ausmachten. Gestern zum Beispiel: Die Erlebnisse dieses einen Nachmittags hatten sie einander näher gebracht, als es mit langen Gesprächen je möglich gewesen wäre.

Aber so eine Zeitinsel war vielleicht das Zweitbeste. Auf jeden Fall war es besser als gar nichts.

»Ist das ein Deal?«, fragte Lina.
»Absolut«, sagte ihr Vater.
»Gut«, sagte Lina. »Dann sag mal, dass du bezahlen willst. Ich muss jetzt nach Hause.« Es war schön gewesen auf der Papa-Lina-Insel. Aber jetzt wollte sie zurück ins richtige Leben.

Doch erst kauften sie noch ein Handy. »Du bekommst jeden Monat ein Guthaben von 25 Euro«, sagte ihr Vater. »Damit musst du auskommen. Schaffst du das?«
»Klar!«, sagte Lina.
Linas Vater war in dem Handyladen aufgeregter als sie. »Guck mal, mit diesem hier kannst du sogar Filme aufnehmen. Und wie flach es ist!«
»Papa, so was brauche ich nicht! Das ist voll das Angeberhandy!«
»Aber toll! Das nehmen wir! Dann hast du eben ein Angeberhandy, freust du dich nicht?«
Doch, natürlich. Lina hatte sich schon lange ein Handy gewünscht, aber als sie nun mit dem Karton auf dem Schoß neben Papa im Auto saß, freute sie sich nicht halb so sehr, wie sie gedacht hatte. Es war … wie ein Schlechtes-Gewissen-Geschenk und das machte sie ein bisschen traurig.
»Den roten Sessel, der dir so gut gefallen hat, kannst du übrigens haben«, sagte ihr Vater. »Verena will ihn nicht mehr.«
»Weil du ihn ihr ausgeredet hast?«, fragte Lina.
Ihr Vater lachte. »Na ja …« Er überholte einen Traktor. »So wie du mir dein neues Zimmer beschrieben hast, passt er doch bestimmt prima da rein, oder?«

Lina hatte ihm gestern, als er sie nach Hause gefahren hatte, erzählt, wie ihr neues Zimmer aussah. »Nein«, sagte sie jetzt. »Da habe ich keinen Platz dafür. Vielleicht könnt ihr ihn ja in mein Zimmer bei euch stellen.« Ob sie das je benutzen würde?
Ihr Vater wandte den Blick für einen Moment von der Straße und strahlte sie an. »Das ist auch eine gute Idee! Dein Zimmer bei uns wird bestimmt sehr schön! Sowie wir die Wohnung haben, gehen wir Möbel aussuchen, einverstanden?«
»Ja«, sagte Lina und wusste: Auch dafür würde er viel zu viel Geld ausgeben. Genau wie für das Angeberhandy, das sie nicht brauchte.

Ihre Mutter hatte den Tisch für vier gedeckt, mit Kerzen und Blumen und dem Geschirr für besondere Anlässe.
»Besuch?«, fragte Lina. »Wer kommt denn?«
Ihre Mutter lächelte geheimnisvoll. »Lass dich überraschen. Aber wir haben noch ein bisschen Zeit. Willst du mir dein neues Handy zeigen?«
»Jetzt nicht. Ich brauche es ja erst am Donnerstag, das können wir uns immer noch angucken. Ich will lieber mit Kleckschen spielen. Muss ich mich umziehen?«
»Nein. Du siehst sehr hübsch aus. Und feierlich wird es heute Abend nicht, eher fröhlich, hoffe ich.«
»Und warum hast du dann so fein gedeckt?«
»Ich hatte Lust dazu«, sagte Linas Mutter. »Einfach nur so.«
Als es klingelte, ließ Lina Kleckschen mitten im schönsten

Spiel im Stich, stürzte zur Tür und riss sie auf. »Was? *Ihr?*« Irgendwie hatte sie mit Tante Agnes und Onkel Kurt gerechnet, aber da standen – Ruth und Hanni!

Ruth lachte. »Ich hab auch nicht geahnt, wohin es geht, als Hanni mich abgeholt hat.«

Hanni hielt einen großen Gartenkorb mit vielen mickrigen Pflanzen in den Armen. »Astilben«, sagte sie zu Linas Mutter, als sie ihr den Korb überreichte. »Für deine traurige Schattenecke.«

Linas Mutter stellte den Korb ab und umarmte Hanni. »Du bist ein Schatz!«

Lina und Ruth sahen die beiden groß an. Seit wann duzten sie sich?

Zum Essen gab es Salate und Käse und die Minibrötchen, die Lina so liebte. »Ich dachte, es ist besser, etwas aufzutischen, das nicht kalt werden kann«, erklärte Linas Mutter. »So haben wir Zeit zum Reden.«

»Worüber denn?«, fragte Lina. »Nun rück schon endlich raus mit deiner Überraschung!«

»Nein«, rief Ruth, »erst ich!« Sie blitzte Lina an. »Meine Überraschung ist so gut, das glaubst du nicht!« Sie war richtig hibbelig, so kannte Lina sie gar nicht. »Ich darf bei Hanni wohnen! Ist das nicht toll?«

»Echt?« Lina blickte zwischen ihr und Hanni hin und her.

»Echt! Meine Großmuter findet das jetzt richtig gut, sie *will* es sogar!« Ruth strahlte über das ganze Gesicht.

Lina sah Hanni ungläubig an. »Wieso denn das plötzlich?«

»Deine Mutter, Tante Agnes und ich haben eine Lösung gefunden, die sie überzeugt hat«, sagte Hanni. »Und sie hat wohl auch gemerkt, dass es für sie nicht mehr ganz das Richtige ist, in ihrem Alter noch einmal ein Kind zu haben.«

»Tante Agnes?«, fragte Lina verwundert. »Was hat die denn damit zu tun?«

Auch Ruth sah nun ganz neugierig aus und saß endlich still. Welche Rolle Tante Agnes bei der ganzen Sache spielte, wusste sie anscheinend auch noch nicht.

»Tja, also, das ist so«, sagte Linas Mutter. »Wir haben uns überlegt, dass Hanni und ich uns Tante Agnes in Zukunft teilen. An zwei Tagen in der Woche geht sie zu Hanni, an drei Tagen kommt sie hierher. Und ihr zwei verbringt eure Nachmittage dort, wo sie ist, zweimal bei Hanni, dreimal hier.«

»Wie? Immer zusammen? Jeden Nachmittag?« Ruth schien ihr Glück kaum fassen zu können.

Hanni und Linas Mutter nickten. »Wenn euch das recht ist«, sagte Linas Mutter.

Ruth und Lina sahen sich an. Und nickten. »Und wie!«, riefen sie gleichzeitig.

Linas Mutter und Hanni lachten. »Na, Gott sei Dank! Das war nämlich Bedingung dafür, dass Ruth zu mir ziehen darf. Sonst hätte es meine Mutter nicht erlaubt. Sie hatte Angst, dass Ruth ein Schlüsselkind wird.«

»Und Tante Agnes? Will die das auch?«, fragte Lina. »Sie war doch so froh, dass sie nicht mehr jeden Tag arbeiten musste.«

»Ja, *war*«, sagte ihre Mutter. »Inzwischen sieht sie das anders. ›Wer rastet, der rostet‹, hat sie gesagt, aber ich glaube, sie langweilt sich ein bisschen an ihren freien Tagen. Und über mehr Geld freut sie sich natürlich auch.«

Lina sah ihre Mutter erschrocken an. »Können wir uns das denn leisten?«

»Ich bezahle sie doch auch für die Mehrarbeit«, sagte Hanni. »Außerdem ...« Sie nickte Linas Mutter zu. »Nun sag's ihr schon!«

»Was?« Lina war ein bisschen erschrocken. Noch eine Überraschung? Konnte die auch noch erfreulich sein oder war das zu viel des Guten?

»Ich bin in der Firma ziemlich weit nach oben gerutscht«, sagte ihre Mutter. »In die Geschäftsleitung. Das ist ja auch der Grund, warum du von nun an zwei Tage bei Hanni verbringen musst. Ich muss nämlich wieder voll arbeiten. Aber dafür werde ich so viel Geld verdienen, dass wir uns keine Sorgen machen müssen.«

»Gut!«, sagte Lina erleichtert und bediente sich endlich von dem Tomatensalat, der sie schon die ganze Zeit anlachte. Plötzlich hatte sie großen Appetit. Die beste Spaghettisoße der Welt und den halben großen Früchteeisbecher schien sie in einem anderen Leben gegessen zu haben, vor Urzeiten. Doch da fiel ihr etwas ein: »Aber ich will mich donnerstags immer nach der Schule mit Papa treffen!«

»Na und?«, sagte Ruth. »Dann kommt Tante Agnes donnerstags eben zu uns. Und verwöhnt mich ganz allein!« Sie grinste und streckte Lina die Zunge raus.

»Kotelett mag ich sowieso nicht!« Lina streckte Ruth die Zunge raus. Sie lachten.

Hanni lachte auch. »Ich sehe schon, ihr werdet euch bald wie Schwestern benehmen, richtig zickig.«
»Ja«, sagte Linas Mutter ernster, »ein bisschen Streiten gehört dazu.«
»Bei uns?« Ruth und Lina sahen sich an. »Nie!«
»Doch«, sagte Hanni, »das gehört dazu.«
»Es macht auch nichts«, sagte Linas Mutter. »Es ist wichtig, dass ihr euch sagt, wenn ihr unterschiedlicher Meinung seid. Sonst geht auf Dauer jede Freundschaft kaputt.«
Lina musste plötzlich an Isabel denken. Mit ihr hatte sie nicht offen gestritten. Sie hatte nicht gesagt, wenn sie anderer Meinung war und so waren sie ganz langsam und unmerklich auseinandergedriftet. Isabel traf sich nun fast jeden Nachmittag mit Nadine und Lina vermisste sie kaum, weil sie sich mit Ruth viel besser verstand.
Ob das mit Mama und Papa so ähnlich gewesen war? Hatten sie auch aufgehört, über wichtige Dinge miteinander zu reden, bis es ihnen gar nicht mehr wehgetan hatte, sich zu trennen, weil sie sich so fremd geworden waren?
»Und wenn Papa donnerstags einen Gerichtstermin hat?«, fragte Lina jetzt. »Dann müssen wir uns an einem anderen Tag treffen.«
»Das macht doch nichts«, sagte Hanni. »Dann tauschen wir eben unsere Tante-Agnes-Tage.«
»Und was haltet ihr davon, wenn wir im Sommer alle zusammen Reiterferien an der Nordsee machen?«, fragte Linas Mutter.
»Toll!« Ruth fiel Hanni um den Hals. »Auf einem Reiterhof?«

»Mit Reitstunden«, sagte Hanni. »Das reicht. Ich möchte gern in einem hübschen Hotel wohnen und ein bisschen Luxus genießen und mich bedienen lassen. Schließlich sind Chris und ich schwer arbeitende Frauen.«
»Aber Lina und ich könnten doch auf einem Reiterhof wohnen«, beharrte Ruth.
Lina rümpfte die Nase. »Nee, Hotel ist besser. Da stinkt's nicht so.«
»Aber dafür kann man morgens gleich in den Stall!«, sagte Ruth.
»Will ich gar nicht!« Lina tippte sich an die Stirn. »Ich will morgens frühstücken und keine Pferdeäpfel einsammeln!«
Ihre Mutter lachte. »Na, seht ihr, es geht schon los! Das diskutiert mal schön aus!«
»Ich kann bestimmt auch abends beim Stallausmisten helfen, wenn Lina keine Lust dazu hat«, meinte Ruth gutmütig.
»Na, viel Spaß!« Lina steckte sich ein Stück Käse in den Mund. Aber wenn Ruth unbedingt den Stall ausmisten wollte, würde sie schon mitmachen, war doch klar!
Na ja – wenn sie Lust hatte.

Vier Monate später

Lina ließ sich atemlos neben ihrer Mutter auf das Badetuch fallen. »Heute sind richtig gute Wellen«, sagte sie, »ganz schön hoch.«
Ihre Mutter lächelte. »Vielleicht komme ich auch noch mal mit ins Wasser«, sagte sie. »Aber ich bin gerade so schön faul.«
Sie waren heute allein am Strand. Ruth und Hanni hatten unbedingt an einem großen Reitausflug teilnehmen wollen, aber Lina und ihre Mutter hatten dazu keine Lust gehabt. Solche Pferdenarren wie die beiden waren sie nicht.
»Das darfst du auch«, sagte Lina. »So wie du in der letzten Zeit gearbeitet hast!« Jeden Abend hatte ihre Mutter Berge von Aktenordnern mit nach Hause geschleppt und die halbe Nacht darüber gesessen.
»Das war der Anfang«, sagte ihre Mutter. »Ich musste mich halt einarbeiten. Aber jetzt wird's besser, das verspreche ich dir.« Sie reichte Lina ein Handtuch für ihr nasses Haar. »Habe ich dich sehr vernachlässigt?«
»Ein bisschen«, sagte Lina. »Aber ich habe schon verstanden, dass es sein musste. Und ich habe ja noch Tante Agnes und Ruth und Hanni. Und Papa.«

Der hatte sich sehr viel Mühe gegeben, ihre Donnerstagsverabredungen einzuhalten, aber immer klappte das nicht. Auch nicht mit den Ausweichterminen, manchmal sahen sie sich zwei Wochen lang nicht. Aber neulich hatten sie ein ganzes Wochenende miteinander verbracht und eine Paddeltour gemacht, mit Lagerfeuer und Kentern und allem. Das hatte Spaß gemacht und war noch besser gewesen, als immer nur zu reden.

Aber viel wichtiger als ihr Vater war Tante Agnes. Es gefiel Lina sehr, jeden Nachmittag mit ihr und Ruth zu verbringen. Tante Agnes war einfach lieb. An den Tagen, die sie in Hannis Haus verbrachten, fuhr sie vormittags sogar extra hinaus ins Dorf, um Kleckschen zu holen, damit die nicht den ganzen Tag allein war. Das hatte Hanni glücklicherweise erlaubt und Kleckschen, die ihren Transportkorb früher gehasst hatte, weil sie ihn nur von Fahrten zum Tierarzt kannte, hatte sich inzwischen zu einer erfahrenen und gelassenen Reisekatze entwickelt.

»Wir müssen unbedingt ein schönes Mitbringsel für Tante Agnes kaufen«, sagte Lina.

»Aber was?«, fragte ihre Mutter. »Ich glaube nicht, dass wir etwas finden, worüber sie sich so freut wie über euer Bild.«

Darüber war Tante Agnes ganz aus dem Häuschen gewesen. Ruth und Lina hatten es zusammen fertig gemalt und noch lauter Sachen untergebracht, die auch etwas mit Ruth zu tun hatten, eine Pfanne mit Koteletts natürlich und ein bisschen von der Unordnung, die Ruth immer in ihrem Zimmer hatte, eine einzelne Socke unter dem Bett und einen angebissenen

Apfel neben ihren Schulsachen. Tante Agnes war entzückt gewesen: »So ein schönes Bild! Genau aus dem Leben!«
Am besten aber war es mit Ruth. Sie wurde immer lebhafter und manchmal konnte sie richtig frech sein, aber lustig frech, sie tat niemals jemandem weh. Vielleicht weil sie wusste, wie Schmerz und Verletztheit sich anfühlten. Wahrscheinlich wusste sie es von ihnen allen am allerbesten. Doch ihre Wunden schienen zu heilen.
Ihr neues Zimmer bei Hanni hatte sie sehr hübsch eingerichtet und jeder durfte es betreten. Natürlich hatte sie an einer großen Pinnwand noch viele Fotos aufgehängt, auf denen sie mit ihren Eltern zu sehen war, doch Lina war aufgefallen, dass sich allmählich auch neue Fotos daruntermischten, von Hanni und Tante Agnes, von Linas Mutter, Lina und Kleckschen, und ein paar Schnappschüsse von einem Klassenausflug hatte Ruth auch aufgehängt. Es war wohl so, wie Linas Mutter einmal gesagt hatte: Mit der Zeit brauchte Ruths Trauer immer weniger Platz. Obwohl sie natürlich noch da war.
Das Einzige, womit Ruth noch gar nicht zufrieden war, war das Doppelporträt, das sie von ihren Eltern gezeichnet hatte. Es hing zwar an der Wand neben ihrem Schreibtisch, aber jede Woche tauschte sie es gegen eine neue Version aus. »Irgendwie ist es immer noch nicht richtig«, sagte sie dann jedes Mal und begann mit einem neuen Versuch.
»Aber für Ruth weiß ich ein schönes Geschenk«, sagte Lina. »Sie hat doch bald Geburtstag. Können wir ihr nicht einen Zeichenkurs schenken, oder ist das zu teuer?«

»Das ist eine prima Idee«, sagte ihre Mutter. »Hättest du nicht auch Lust dazu?«
»Doch, schon. Aber nicht zum Porträtmalen. Ich will lieber lernen, wie man Bilder malt, auf denen alles echt aussieht, so das ganz normale Leben, verstehst du?«
Ihre Mutter blinzelte in die Sonne und nickte. »Ich glaube, ich weiß, was du meinst. Wir sollten auch gar nicht lange damit warten. Solche Kurse beginnen meistens nach den Sommerferien, also lass uns mal sehen, dass wir euch gleich noch anmelden, wenn wir wieder zu Hause sind.«
»Ehrlich? Das wär ja toll!« Lina drehte sich auf den Rücken und blinzelte auch in die Sonne. »Irgendwie ist unser Leben richtig schön geworden«, sagte sie. »Gar nicht einsam.«
Ihre Mutter richtete sich etwas auf und sah sie aufmerksam an. »Findest du das wirklich?«
»Ja, klar«, sagte Lina, »sonst würde ich es doch nicht sagen!« Sie stupste ihrer Mutter den Finger in die Schulter. »Leg dich ruhig wieder hin, du brauchst dir keine Sorgen um mich zu machen. Mit geht es supersahnegut!«
Ihre Mutter lachte und ihre Augen waren so blau wie der Himmel über ihnen.
Lina schloss die Augen. Supersahnegut, überlegte sie, war eigentlich noch untertrieben. Wenn sie es genau bedachte, ging es ihr superheidelbeerquarkgut!
Aber dann hörte sie auf nachzudenken. Sie lag einfach nur da, spürte die Wärme der Sonne auf ihrer Haut und hörte nichts als das Rauschen des Meeres, Fetzen von Rufen und Lachen, die der Wind zu ihnen herübertrug, und das flirrende Ge-

räusch der Dünengräser. Ganz still lag sie da, still und leer, an der Grenze zum Schlaf.

Und dann schreckte sie auf. Sie hörte tatsächlich nichts anderes als das, was *jeder* hören konnte, der hier lag. Plötzlich wurde ihr bewusst, dass sie schon seit Wochen nichts anderes gehört hatte, als jeder hören konnte!

»Sag mal«, fragte sie, »*denkst* du gerade an etwas?«

Ihre Mutter schlug die Augen auf. »Ja«, sagte sie, »ich habe darüber nachgedacht, wie recht du hast. Gerade habe ich das letzte Jahr noch einmal im Geiste an mir vorbeiziehen lassen, und wirklich – unser Leben ist sehr schön geworden. Ich freue mich, dass wir Hanni und Ruth kennengelernt haben, und über meine neue Arbeit und …«

Lina unterbrach sie: »An all das hast du gerade gedacht? Gerade jetzt eben?«

»Ja«, sagte ihre Mutter verwundert. »Das ist doch naheliegend, oder? Was erstaunt dich daran so?«

Da rutschte es Lina heraus: »Dass ich es nicht gehört habe.«

»Wie? Dass du es nicht gehört hast?« Ihre Mutter setzte sich auf und blickte Lina verwirrt an.

»Na ja …« Lina zupfte verlegen an dem Badetuch und wagte es nicht, ihre Mutter anzusehen. Doch dann beschloss sie, es einfach zu sagen: »Eine Zeit lang konnte ich manchmal Gedanken hören. Immer wenn ich ganz müde und leer innen drin war, dann passierte das. Aber nun nicht mehr, seit Wochen schon nicht.«

»Und wann hat das angefangen?«, fragte ihre Mutter. »Warum hast du mir das nie erzählt?«

»Angefangen hat es an meinem Geburtstag, als wir mit Oma Kaffee trinken waren«, sagte Lina, »und erzählt habe ich es dir nicht, weil ... weil ich Angst hatte, dass du dann nicht mehr *ehrlich* denkst, wenn ich in der Nähe bin. Über Papa und so. Dabei wollte ich doch wissen, was wirklich ist. Weil Erwachsene Kindern nämlich nicht immer die *ganze* Wahrheit sagen.«

Ihre Mutter schüttelte ungläubig den Kopf. »Aber das tun sie doch nicht aus Bosheit. Im Gegenteil, oft sagen sie Dinge nicht, um die Kinder nicht zu beunruhigen.«

»Aber wenn man nicht weiß, was los ist, macht das doch erst recht Angst!«, entgegnete Lina. »Dann malt man sich alles Mögliche aus und das ist manchmal schlimmer als die Wahrheit. Mir hat das jedenfalls geholfen, dass ich ab und zu eure Gedanken hören konnte. Vor allem, weil ich gemerkt habe, dass *du* immer ehrlich zu mir warst. Bei dir hat reden und denken immer zusammengepasst.«

Ihre Mutter sah richtig erleichtert aus. »Und bei Papa?«, fragte sie dann neugierig.

Lina winkte ab. »In seinem Kopf ist eine noch größere Unordnung als manchmal in Ruths Zimmer. Der denkt alles durcheinander. Aber er *redet* ja nicht so viel über richtige Probleme, also hat er mich auch nicht angelogen. Doch gerade weil er nicht so viel über so etwas spricht, hat es mir geholfen, dass ich wenigstens seine Gedanken hören konnte. Es stimmt nämlich wirklich, dass er mich immer noch genauso lieb hat wie früher.«

»Aber das habe ich dir doch gleich gesagt!«, sagte ihre Mutter.

»Ja, *gesagt*. Aber es zu *hören* war besser.«

»Hm«, machte ihre Mutter. Und dann sagte sie: »Einmal habe ich dich aber belogen. Erinnerst du dich an den Abend, als ich so geweint habe und dir erzählt habe, ich wäre so traurig, weil mein Bruder so weit weg ist?«

Natürlich erinnerte sich Lina daran. Wenn man nachts aufwachte und die eigene Mutter in Tränen aufgelöst fand, vergaß man das doch nicht!

»Ich habe nicht wegen Matthias geweint, sondern weil ich an dem Abend begriffen habe, dass es mit Papa und mir vorbei war. Dabei war es einmal sehr schön zwischen uns.«

»Bist du jetzt immer noch manchmal traurig?«, fragte Lina.

»Manchmal, ein bisschen. Aber es ist nicht mehr so schlimm. Weißt du, wenn man der Traurigkeit Zeit lässt, heilt sie den Schmerz.«

»Wie bei Ruth?«

»Wie bei Ruth«, sagte ihre Mutter. »Aber sie wird länger brauchen. Ihr Schmerz ist viel größer und er kam so plötzlich, so unvorhersehbar. Ich hatte ja Zeit, mich darauf gefasst zu machen, und konnte langsam innerlich von Papa Abschied nehmen. Vor allem aber konnte ich Erklärungen dafür finden, warum es so gekommen ist. Für den Tod von Ruths Eltern aber gibt es keine Erklärung.«

»Hm«, machte jetzt Lina und legte sich wieder zurück auf das Badetuch.

Auch ihre Mutter legte sich wieder hin. Ganz still lagen sie da, still und nachdenklich.

»Hörst du was?«, fragte ihre Mutter plötzlich misstrauisch.

»Ja«, sagte Lina und grinste. »Du denkst gerade voller Sehnsucht an Isabels Vater. Weil du ihn unsterblich liebst.«
Ihre Mutter lachte. »Genau«, sagte sie erleichtert.
»Willst du wissen, was ich wirklich denke?«, fragte sie dann. »Vielleicht konntest du Gedanken hören, weil du gespürt hast, dass etwas nicht stimmt. Und da hast du plötzlich alle deine Antennen aufgestellt und die Menschen um dich herum viel genauer beobachtet als sonst, so genau, dass du dich manchmal selbst vergessen und nur noch die anderen wahrgenommen hast und dich in sie einfühlen konntest.« Sie seufzte. »Wenn das alle Menschen könnten, wäre die Welt bestimmt friedlicher und liebevoller. Dann würden wir begreifen, dass das Böse meistens aus Angst und nicht verheiltem Schmerz entsteht. Wir könnten vielleicht anders damit umgehen.«
»Hm«, machte Lina wieder. Ganz verstand sie das nicht. »Aber ich kann es nun ja auch nicht mehr.« Darüber war sie auch ganz froh. Manchmal hörte man mit Katzenohren *zu* viel.
»Doch«, sagte ihre Mutter. »Ich glaube, du wirst es immer können. Vielleicht wirst du die Gedanken anderer Menschen nie wieder richtig *hören*, aber wenn du dir die Fähigkeit bewahrst, sie in schwierigen Situationen zu *spüren*, dann ist das ein großes Geschenk. Für dich und für die Menschen in deiner Umgebung.«
»Aber du hast mal gesagt, es würde Mord und Totschlag geben, wenn alle Menschen die Gedanken von anderen hören würden. Weißt du noch? Als du so schlecht über die Verkäuferin gedacht hast, bei der wir die Glitzerjeans gekauft haben.«
Ihre Mutter brauchte ein bisschen, bis ihr wieder einfiel, was

Lina meinte. »Nun, ich denke, die Gedanken von ganz fremden Menschen kann man wahrscheinlich nie hören oder erspüren. Man muss jemanden schon ein bisschen kennen, um sich in ihn einfühlen zu können. Und vor allem muss man es wollen.«

»Hm«, machte Lina zum dritten Mal. Und dann fragte sie: »Kannst *du* jetzt spüren, was *ich* gerade denke?«

»Ja«, sagte ihre Mutter und stand auf. »Komm!«

Lina fasste nach ihrer Hand. Sie liefen den breiten Strand hinunter, genau auf die Sonne zu und das glitzernde Meer.

Lina sprang in eine Welle, die sich brodelnd brach und sie zurück an den Strand wirbelte. Sie landete etwas unsanft auf dem harten Sand und sprang sofort wieder auf, um ja nicht die nächste Welle zu verpassen. Die war noch höher. Aber Lina wusste, sie würde wieder auf festem Boden landen.